Inselglück Inkognito

Brigitte Ploenes

Buchbeschreibung

Wie würdest du entscheiden, wenn du deine kleine Stadtwohnung gegen ein wunderschönes Haus direkt am Meer eintauschen könntest?

Die einzige Bedingung: Du musst deine Identität aufgeben, um zu jemand anderem zu werden.

Anneke jedenfalls zögert nicht lange ... Als es darum geht, ihre Tochter Jenna zu beschützen, erscheint ihr die Flucht auf eine kleine Nordseeinsel der einzige Ausweg. Kurzerhand wird sie zu Carla Frerichs. Dumm nur, dass jeder auf der Insel Erinnerungen an die echte Carla hat, die vor über zwanzig Jahren nach einem traumatischen Erlebnis ihre Heimat an der Küste verließ.

So wird Anneke mit offenen Armen empfangen. Nur Carlas bester Freund aus Kindertagen begegnet ihr mit Misstrauen. Ob Aike bereits ahnt, dass er jemand anderen vor sich hat?

Schneller als ihr lieb ist, holt Anneke die Vergangenheit wieder ein.

Während sie verzweifelt versucht, das Blatt noch zu wenden, steht plötzlich die echte Carla vor ihrer Tür. Mit einem Mal scheint alles, was Anneke wichtig ist, auf dem Spiel zu stehen ...

Über den Autor

Brigitte Ploenes wurde 1981 in Hattingen geboren und lebt heute mit ihrem Mann und ihrem Sohn im nahe gelegenen Bochum, mitten im Ruhrgebiet. Ihre Heimat im Herzen liegt allerdings schon seit vielen Jahren an der Nordsee, weshalb sie auch am liebsten Romane schreibt, die an der Küste spielen.

Schreiben … das war für sie schon immer sehr viel mehr als nur Worte zu Papier zu bringen. Geschichten in ihrem Kopf entstehen zu lassen, Romanfiguren ein Gesicht und einen Charakter zu geben, sie sich entwickeln und quasi lebendig werden zu lassen. All das hat sie bereits in ihrer Kindheit fasziniert und dazu veranlasst zu Füller und Papier zu greifen. Und auch wenn ihr Werdegang nach der Schulzeit sich durch Ausbildung und Tätigkeit in der Versicherungsbranche zunächst in eine andere Richtung entwickelte, hat sie ihre Leidenschaft für das Schreiben immer begleitet.

Mit ihren Büchern verbindet sie nun ihre Leidenschaft für das Schreiben mit ihrer Liebe zum Meer und dem Lebensgefühl an der Küste. So hofft sie, mit ihren maritimen Büchern diese Gefühle auch bei ihren Lesern zu wecken. Familie, Freundschaften, Liebe und das alltägliche Leben sind weitere bestimmende Themen sowohl in ihrem Leben als auch in ihren Büchern.

Sand und Strand … die Wellen des Meeres, mal sanft mal tosend … das Flüstern der Dünen im Wind …

FSC
www.fsc.org
MIX
Papier aus ver-
antwortungsvollen
Quellen
Paper from
responsible sources
FSC® C105338

Für Udo, Robin und meine Eltern (Mo und W)

Inselglück Inkognito

Roman

Brigitte Ploenes

kontakt@brigitteploenes.de
www.brigitteploenes.de

Originalausgabe Mai 2025
© 2025 Brigitte Ploenes – alle Rechte vorbehalten.

Alle Inhalte dieses Buches, insbesondere Texte, Fotografien und Grafiken sind urheberrechtlich geschützt. Das Urheberrecht liegt, soweit nicht anders gekennzeichnet, bei Brigitte Ploenes.

Texte: © Copyright und Urheberschaft bei Brigitte Ploenes.

Umschlags-/Covergestaltung durch Udo Ploenes unter Verwendung von Bildlizenzen von shutterstock.com, istockphoto.com, pixabay.com und unsplash.com.

Coverfotos:

© shutterstock 1751102090, © shutterstock 1145454086,

© Foto von ewg3D auf istockphoto (2141136842), © Foto von Ale-ks auf istockphoto (939062826), © Foto von Christian Horz auf istockphoto (698617954), © Foto von artisteer auf istockphoto (688928310), © Foto von IakovKalinin auf istockphoto (177731733),

© Bild von Stanly8853 auf Pixabay (2955582), © Bild von Hans auf Pixabay (2851140), © Bild von Dorothe auf Pixabay (7076249), © Bild von Dlohner auf Pixabay (3666868), © Bild von croisy auf Pixabay (1337565), © Bild von RGY23 auf Pixabay (3817872),

© Bild von Francesco Califano auf Unsplash

Lektorat: Christine Giegerich, Alzenau

Verlag:
BoD · Books on Demand GmbH,
Überseering 33, 22297 Hamburg, bod@bod.de
Druck:
Libri Plureos GmbH,
Friedensallee 273, 22763 Hamburg

ISBN: 978-3-8192-4569-5

Bibliografische Information der Deutschen Nationalbibliothek:
Die Deutsche Nationalbibliothek verzeichnet diese Publikation in der
Deutschen Nationalbibliografie; detaillierte bibliografische Daten sind im
Internet über http://dnb.dnb.de abrufbar.

Prolog

Es war ein warmer Sonnenstrahl, der Anneke sanft aus ihren Träumen holte. Kein schriller Wecker und auch nicht der aufheulende Motor eines Wagens. Ebenso wenig das knarzende Tor der Tiefgarage, von dem sie früher immer geweckt worden war.

Solche Geräusche gehörten einfach nicht an einen so wunderschönen, friedlichen Ort wie diesen. Vielleicht war die Ruhe mit ein Grund dafür, dass sie die Tage in letzter Zeit immer mit einem unbeschwerten Lächeln auf den Lippen begann.

Sie schlug die Bettdecke zurück, streckte sich ausgiebig und stand schließlich auf. Die alten Holzdielen fühlten sich kühl unter ihren Fußsohlen an. Über Nacht hatte sich die angestaute Hitze unter den Dachschrägen etwas verflüchtigt. Anneke trat an das Dachfenster und öffnete es so weit, dass sie nach draußen blicken konnte. Eine warme Brise strich über ihre Haut. Sie brachte den Duft eines Sommertages am Meer mit sich. Früher hatte sie dafür diese aromatisierten Kerzen anzünden müssen, die vielversprechende Namen wie *Meeresbrise* oder *Ein Tag am Strand* trugen. Das, was sie jetzt wahrnahm, war so viel unverfälschter, so vollkommen anders.

Sie musste sich auf Zehenspitzen stellen, um aufs Wasser blicken zu können. Die Nordsee lag friedlich vor ihr. Auf den Wellen, die leise plätschernd an Land trafen, tanzten die Strahlen der Morgensonne. Ein wolkenloser Himmel kündigte einen weiteren spätsommerlichen Tag an. Noch war kaum jemand am Strand unterwegs. Ein Jogger lief soeben an der Wasserkante entlang. Für einen Moment hoffte Anneke, es wäre Aike, der mal wieder seinem Frühsport nachkam. Augenblicklich beschleunigte sich ihr Herzschlag. Sie ermahnte sich selbst, sich nicht wie ein junges Mädchen aufzuführen, das zum ersten Mal verliebt war. So war sie doch eigentlich gar nicht. Und dennoch spürte sie die Enttäuschung, als sie erkannte, dass es sich bei dem Sportler um jemand anderen handelte.

Anneke wandte sich vom Fenster ab und lief, nur im Nachthemd, die schmale Treppe hinab. In der ersten Etage lagen zwei weitere Zimmer. Das Bad und Jennas Reich. Diese hatte, wie erwartet, ihre Tür noch geschlossen. Vermutlich würde sie erst wieder nach zehn Uhr aufstehen. Jenna war eben schon immer eine Langschläferin gewesen.

Anneke verschwand kurz im Bad, nahm eine schnelle Dusche, schlüpfte in ein leichtes Sommerkleid und ging anschließend in die Küche. Wie so oft in alten Häusern, handelte es sich bei der Wohnküche um einen großen Raum, der Platz für einen geräumigen Esstisch bot, an dem die ganze Familie zusammenkommen konnte. Acht Stühle reihten sich um einen dunklen Eichentisch, der sich perfekt in das Gesamtbild der rustikalen Landhausküche einfügte. In ihrem alten Leben hätte Anneke sich niemals in diesem Stil eingerichtet, doch hier schien alles stimmig zu sein. Die schweren Holzmöbel gegen moderne Regale oder gar Hochglanzschränke einzutauschen, wäre ihr falsch vorgekommen. Sie war es, die sich dem Haus und diesem neuen Leben anpassen musste, und nicht andersherum. Das hatte sie schnell verstanden und akzeptiert.

Sie nahm nun die Teedose von einem schmalen Regalbrett oberhalb der Spüle. Schon beim Öffnen des Deckels entfaltete sich dieser wunderbar aromatische Duft, der ihre Vorfreude auf einen weiteren Tag am Meer erweckte. Anneke wählte bewusst den alten Teekessel. Sie liebte das Pfeifen, wenn das Wasser kochte. Dann füllte sie Kandis in eine kleine Schale, die mit blauen Blumen bedruckt war, nahm eine dazu passende Tasse und wartete geduldig. Hektik war für sie ein Fremdwort geworden. Es hatte eine Weile gedauert, um dieses neue Lebensgefühl zuzulassen. Doch nun war sie endlich so weit.

Sorgsam füllte sie die Teeblätter in ein Sieb und übergoss sie anschließend mit dem sprudelnden Wasser. Zuletzt fügte sie dem Ganzen einige Kluntjes hinzu.

Während sie eine Scheibe Brot abschnitt, sah sie den Briefträger am Fenster vorbeilaufen. Anneke öffnete es, um ihn zu begrüßen.

»Moin, Smutje«, rief sie fröhlich.

Eigentlich befand er sich in einem Alter, in dem andere längst ihren Ruhestand genossen, aber Smutje hatte ihr neulich erzählt, dass er sich ein Leben ohne seine Arbeit nicht vorstellen konnte. Es erfüllte ihn, mit seinem Rad über die Insel zu fahren und den Menschen ihre Post zu bringen.

»Moin«, entgegnete er und rückte sich seine dunkelblaue Schirmmütze zurecht. Dann fuhr er sich über seinen grauen Schnäuzer. Er lachte gut gelaunt. »Ein herrlicher Tag, oder? Wetter wie aus dem Bilderbuch.«

»Ja, da hast du recht.«

Smutje griff in seine Tasche.

»Ich habe nur ein paar Prospekte für dich. Werbung vom Inselsupermarkt.«

»Dafür hat sich der Weg zu mir ja kaum gelohnt.«

»Zu dir komme ich doch immer besonders gern«, sagte er. Smutje verstand es eben, den Frauen zu schmeicheln.

»Möchtest du einen Tee? Ich habe ihn gerade frisch aufgesetzt.«

»Ein anderes Mal. Meine Enkelin hat heute Geburtstag. Sie wird vier und ich habe ihr versprochen, pünktlich zum Kuchenessen bei ihr zu sein. Da darf ich heute nicht so trödeln.«

»Marie wird schon vier?«, staunte Anneke.

»Ja, tatsächlich.« Smutje zeigte das Lächeln eines stolzen Großvaters.

»Sag ihr alles Liebe von mir.«

»Das kannst du ihr doch selbst sagen. Du weißt, dass du jederzeit willkommen bist.«

Es war immer noch ungewohnt für Anneke, dass man auf der Insel beinah wie eine große Familie zusammenlebte. Jeder kannte jeden. Hier war es ganz normal, ohne Einladung auf einer Feier aufzutauchen. Ganz nach dem Motto: Es passt immer noch ein weiterer Stuhl an den Tisch.

»Mal sehen, vielleicht komme ich später noch vorbei.«

»Marie würde sich freuen«, entgegnete Smutje, reichte ihr den Prospekt durch das Fenster und radelte weiter.

Anneke wollte sich jetzt endlich ihrem Frühstück widmen, doch kaum hatte sie Honig auf die Scheibe Brot geschmiert, klingelte es an der Haustür.

Erneut wanderten ihre Gedanken zu Aike. Ob er auf einen kurzen Besuch bei ihr vorbeisah?

Doch als sie die Tür öffnete, stand eine Frau vor ihr. Sie hatte in etwa ihre Größe, war aber schlanker. Vielleicht war es ihr sportliches Auftreten, vielleicht auch die Tatsache, dass sie ungeschminkt war und reichlich verschwitzt aussah. Eigentlich hätte Anneke sie gleich erkennen müssen, doch vermutlich war sie zu leichtsinnig geworden, um genauer hinzusehen. Vielleicht hatte sie sich in den letzten Wochen einfach zu sicher gefühlt.

»Wer sind Sie?«, fragte ihr Gegenüber nun. Sie sah nicht gerade freundlich aus.

»Carla Frerichs.«

Mittlerweile kam ihr dieser Name viel zu leicht über die Lippen.

»Das glaube ich kaum. Denn *ich* bin Carla Frerichs.«

»Oh Mann!« Diese Äußerung war von Jenna gekommen, die plötzlich hinter Anneke stand. »Jetzt sind wir wohl aufgeflogen.«

Kapitel 1

3 Monate zuvor

Anneke wusste genau, wie sich ein Zuhause anfühlen musste. Es waren die Eindrücke ihrer Kindheit, die dieses Gefühl noch heute definierten: vertraute Düfte, die aus der Küche kamen, das alte Sofa im Wohnzimmer, auf dem man es sich am Abend gemütlich machen konnte, die warme Umarmung eines Menschen, der einen nach einem langen Tag willkommen hieß.

Wenn sie nun die Tür der kleinen Etagenwohnung öffnete, war da nichts außer Leere in ihr. Was konnte man auch von einer Bleibe erwarten, die nicht einmal seine eigene war? Alles hier trug die Handschrift einer Frau, die sie nicht kannte.

Sogar die Laken, in denen sie schlief, gehörten ihr. Lediglich ihren Kleiderschrank und ihre persönlichsten Dinge hatte sie geräumt, bevor sie ihre Wohnung nahe der Hattinger Altstadt zur Untermiete, oder wie es heutzutage üblich war, über Airbnb freigegeben hatte. Für Anneke war diese Wohnung auf Zeit die perfekte Möglichkeit gewesen, möglichst schnell mit ihrer Tochter Jenna eine neue Unterkunft zu finden. Und das hier war allemal besser als ein unpersönliches Hotelzimmer.

Wenn man von einem auf den anderen Tag nichts mehr besaß, musste man eben improvisieren können. Und Anneke fand, dass ihr das gar nicht mal so schlecht gelungen war. Auch wenn Jenna in allem, was sie tat, auszudrücken verstand, dass sie da völlig anderer Meinung war. Aber mit sechzehn war es wohl noch um einiges schwieriger, mit solchen Veränderungen umzugehen.

Anneke durchschritt nun zügig den kleinen Flur, in dem sich Schuhe und Jacken geradezu stapelten, lief durch die enge Küche, in der man sich kaum um die eigene Achse drehen konnte, und betrat den Balkon. Dieser bot gerade mal Platz für einen Klappstuhl und eine Grünpflanze, die unter der Wärme des Frühlingstages bereits die Blätter hängen ließ. Dennoch stand Anneke am Abend gerne draußen. Von der neunten Etage des grauen Hochhauses hatte man eine atemberaubende Sicht. Man musste nur schwindelfrei sein. Jenna hatte bisher keinen Fuß auf den Balkon gesetzt. Immer mit der Begründung, dass es sie langweilte, nur herumzustehen und über die Dächer der Stadt zu schauen. Aber Anneke wusste es besser. Ihre Tochter und die Höhe waren noch nie Freunde gewesen.

Sie selbst liebte es, bis über die Ruhr blicken zu können, die sich in einer schmalen Linie zwischen hohen Wiesen entlangschlängelte. Hier spürte man kaum noch, sich mitten im Ruhrgebiet zu befinden. Unweit von den großen Metropolen dieser Region gelegen, besaß der Ort seinen ganz eigenen Charme. Anneke war einfach nur fasziniert von der romantischen Altstadt mit ihren Fachwerkhäusern, kleinen Geschäften und einladenden Lokalitäten und Cafés. Dort konnte man bummeln, gemütlich eine Tasse Kaffee trinken und sich dem Gefühl hingeben, sich weit entfernt von Großstädten und Industrie zu befinden. Erst am letzten Wochenende hatte Anneke einen Ausflug ins Hinterland unternommen. Elfringhauser Schweiz nannten sie es hier. Und tatsächlich hatten die vielen grünen Hügel, dichten Wälder und wunderschönen Höfe ihr einen Tag voller Erholung gebracht. Erholung von ihrem stressigen Alltag und den vielen Sorgen, die momentan ihre ständigen Begleiter waren.

Sie ging zurück in die Küche, ließ die Balkontür aber weit geöffnet, um die frische Abendluft hereinzulassen. Seit sie hier wohnten, hatte Anneke nur wenig Lust, zu kochen. Früher hatte sie es geliebt, Gemüse zu schnippeln oder frische Salate zuzubereiten. Aber die schmale Küchenzeile bot kaum Platz. Sie fühlte sich gar nicht wohl in dem gerade mal acht Quadratmeter kleinen Raum, der noch dazu nur mit dem Nötigsten ausgestattet war. Um auswärts zu essen, fehlte momentan leider das Geld. Dennoch sehnte sie sich danach, später in die nahe gelegene Altstadt zu spazieren, um gemeinsam mit Jenna den Italiener zu besuchen, bei dem sie damals, gleich nach ihrer Ankunft, so eine wunderbare Holzofenpizza genossen hatten. Mit diesem Restaurantbesuch hatte Anneke ihrer Tochter den Einstieg in ihr neues Leben erleichtern wollen. Und tatsächlich war ihr der Abend in guter Erinnerung geblieben. Sechs Wochen waren seitdem vergangen und vieles schien seither noch schwieriger geworden zu sein. Insbesondere ihr Verhältnis zu Jenna. Anneke bekam Bauchschmerzen bei dem Gedanken, dass Jenna gerade eben vermutlich wieder in der Nähe des Busbahnhofs abhing. So bezeichnete sie stets das Zusammentreffen mit ihren neuen Freunden. Und das traf es wohl auch. Auf Plastikbänken herumlungern, dabei die eine oder andere Zigarette rauchen und immerzu den Blick auf das Smartphone gerichtet … So sahen Jennas Tage aus. Anneke war mit ihren Freundinnen früher schwimmen gegangen oder Eis essen. Sie hatten sich Filme im Kino angesehen oder bei Regen Musik in ihrem Zimmer gehört und über Jungs geredet. Gab es diese Art der

Freizeitgestaltung heute tatsächlich nicht mehr oder hatte Jenna sich einfach auf die falschen Freunde eingelassen? Anneke wusste es nicht. Doch mit jedem Tag, der verstrich, schien sie ihre Tochter ein Stück mehr zu verlieren. Und das schmerzte sie.

Sie öffnete den Kühlschrank und griff zu einem Joghurt. Ein Blick auf die Wanduhr verriet ihr, dass es kurz nach sieben war. Die Tage zogen sich, wenn man schon um halb fünf aufstand, um Zeitungen auszutragen. Gleich danach ging sie ihrem Minijob in einem Supermarkt nach. Momentan konnte sie sich nur Arbeit suchen, bei der es möglich war, kurzfristig zu kündigen. Denn diese Unterkunft war keine Dauerlösung. Sie mussten unbedingt eine richtige Wohnung, ein richtiges Zuhause finden.

Anneke schlich kraftlos ins Wohnzimmer und setzte sich müde auf den schmalen Zweisitzer, dessen blauer Stoff bereits an einer Stelle gerissen war. Sie schaltete den Fernseher ein, einfach nur, damit es nicht so still war. Ohne auf die laufende Sendung zu achten, schloss sie die Augen. Plötzlich war sie sehr müde. Und ehe sie sichs versah, war sie auch schon eingeschlafen.

Laute Stimmen ließen Anneke kurz darauf hochschrecken. Sie brauchte gar nicht lange zu überlegen, um zu wissen, wer sich da mit wem im Hausflur stritt. Wenn Jenna nach Hause kam, gehörte eine Auseinandersetzung mit der alten Frau Sablonski aus der Nachbarwohnung förmlich schon zum Programm. Vom ersten Tag an hatte es die Dame, obwohl diese Bezeichnung auf die Frau im Kittel kaum zutraf, auf Jenna abgesehen. Diese musste nur etwas zu laut durch den Flur laufen, schon riss Frau Sablonski die Tür auf und gab einen mehr oder weniger passenden Kommentar von sich.

»Ich weiß gar nicht, was Sie immer von mir wollen?«, maulte Jenna für alle gut hörbar. »Kümmern Sie sich doch um Ihren eigenen Mist.«

Anneke stand alarmiert vom Sofa auf und eilte zur Wohnungstür.

»Du unverschämte Göre«, fauchte die Nachbarin. »Früher hätte man dir den Hintern versohlt.«

Bevor Jenna zur Gegenattacke ausholen konnte, stieß Anneke dazu.

»Was ist denn schon wieder los?«

Ihr Blick huschte zwischen den beiden hin und her. Frau Sablonski stand in einem blauen Kittel, zu dem sie beige Kniestrümpfe aus Nylon und braune Filzpantoffeln trug, im Türrahmen und hatte die Arme vor der Brust verschränkt. Aus ihrer Wohnung strömte ein penetranter Kohlgeruch. Vermutlich köchelte der Kohl gerade auf dem Herd. Im Hintergrund lief ein Schlager aus dem Radio. Das tat sie oft: laute Musik hören. Und diese drang auch schon um sechs Uhr morgens durch die dünnen Wände des Hauses.

Jenna machte ein trotziges Gesicht.

»Die Alte soll mich endlich in Ruhe lassen.«

»Ein Benehmen ist das.« Diese Bemerkung gepaart mit einem verständnislosen Kopfschütteln galt eindeutig Anneke. Es drückte ohne Zweifel ihr Versagen als Mutter aus.

»Und wie läufst du eigentlich immer rum?«, setzte Frau Sablonski zur nächsten Runde an. »Wenn meine Tochter so auf die Straße gehen würde ...« Sie sprach nicht weiter. Offenbar fehlten ihr die Worte.

Auch Anneke gefiel Jennas neuer Stil nicht besonders. Ihr sonst blondes Haar war mittlerweile leuchtend rot gefärbt und reichte ihr bis knapp über die Schultern. Der Lippenstift, den sie trug, war viel zu auffällig für ein Mädchen ihres Alters, ebenso der sehr kurze Rock und das hautenge Oberteil. Noch vor einem Jahr war sie in Schlabberpullis und weiten Jeans herumgelaufen. Damals war Jenna auch noch regelmäßig in die Schule gegangen. Ihr Leben hatte so anders ausgesehen. Anneke hatte die Dinge als viel zu selbstverständlich betrachtet. Als würde es ewig so weitergehen.

Jenna zeigte Frau Sablonski nun den Mittelfinger und stürmte anschließend an ihrer Mutter vorbei in die Wohnung.

»Ich sollte Frau Frerichs anrufen und Sie darüber informieren, was hier vor sich geht.«

»Dann tun Sie das doch.« Anneke hatte die Eigentümerin der Wohnung nie persönlich kennengelernt, da ein Unternehmen zur Vermietung zwischengeschaltet worden war. Aber sie vermutete, dass diese Frau Frerichs das Getratsche ihrer Nachbarin nur wenig interessierte, solange die Miete pünktlich gezahlt wurde.

Sie fand heute Abend nicht mehr die Kraft für weitere Diskussionen, also folgte sie Jenna und schloss schnell die Tür hinter sich. Für einen Augenblick herrschte Ruhe. Anneke holte tief Luft und versuchte, ein freundliches Gesicht zu machen.

»Hattest du einen schönen Tag?«

Jenna zog ihre schwarzen Schnürschuhe aus und schleuderte diese in die Ecke. Dann ging sie in die Küche.

»Ich hab Hunger. Was gibt es?«

Sie blickte zum Herd, dann in Richtung Ofen.

»Hast du schon wieder nicht gekocht?«

»Ich dachte, wir zwei könnten noch mal zu dieser Pizzeria gehen.« Eigentlich hatte Anneke gerade das nicht vorschlagen wollen. Der Monat neigte sich dem Ende zu und ihr Kontostand gab einen Restaurantbesuch nicht unbedingt her.

Aber sie wollte Jenna so gerne eine Freude machen. Auch sie hatte es in den letzten Wochen nicht leicht gehabt.

»Okay«, gab diese nun knapp zurück.

Anneke lächelte erleichtert. Sie hatte nicht erwartet, dass Jenna zustimmen würde.

»Schön, dann ziehe ich mir schnell etwas anderes an.«

Ohne zu antworten, ließ Jenna sich auf der Couch nieder und legte die Füße auf den Tisch.

Anneke beeilte sich, bevor ihre Tochter es sich noch anders überlegte. Sie konnte ziemlich sprunghaft sein.

Im Schlafzimmer standen zwei einzelne Betten. Auch das war ein Zustand, der nicht ewig so weitergehen konnte. Ein junges Mädchen brauchte schließlich sein eigenes Reich. Sie öffnete ihren Teil des Kleiderschrankes und nahm sich ein frisches T-Shirt und eine Jeans heraus. Ein Blick in den Spiegel verriet Anneke wieder einmal, dass sie sich in letzter Zeit zu sehr hatte gehen lassen. Ihr Haar war mittlerweile so lang wie Jennas. Eigentlich trug sie es für gewöhnlich nur bis ans Kinn, da es sonst zu dünn und kraftlos wirkte. Auch ihre Haut war viel blasser als üblich, die blauen Augen müde und ausdruckslos. Trotz der vielen Arbeit hatte sie etwas zugenommen. Neulich hatte sie den Knopf ihrer Lieblingshose nicht mehr schließen können. Das hatte Anneke deutlich gezeigt, dass sie sich nicht gut ernährte. Ständig griff sie zur Schokolade oder beim Fernsehen in eine Tüte Chips. Eine schlechte Angewohnheit. Vielleicht würde sie mal wieder mit dem Joggen anfangen, so wie sie und Erik es früher immer gemeinsam gemacht hatten. Erik ... Sie verbot sich, diesen Namen auszusprechen. Und sei es auch nur in Gedanken.

»Kommst du jetzt endlich?« Jenna klopfte an die Tür. »Sonst bestelle ich uns gleich was.«

»Ich bin jetzt so weit.«

Sie warf noch einen letzten Blick in den Spiegel. Es musste sich etwas ändern. Gleich morgen ... wenn sie die Kraft dazu fand.

Die Gassen der Altstadt waren an diesem frühen Mai-Abend gut besucht. Viele Menschen zog es bei den beinah schon sommerlichen Temperaturen in die Restaurants und Cafés.

Während Anneke mit Jenna durch den steinernen Torbogen des alten Rathauses schlenderte, hoffte sie, dass sie noch einen Tisch bekommen würden. Sie liefen ein paar Stufen hinauf und erreichten schließlich den großen Kirchplatz. Anneke hielt kurz inne und ließ die Szenerie auf sich wirken. Umgeben von urigen Fachwerkhäusern stand in der Mitte der hohe Kirchturm, dessen schiefe Spitze eines der bekanntesten Wahrzeichen von Hattingen war. Nicht selten beobachtete man Touristen, die nach oben blickten und sich fragten, warum der Kirchturm so auffallend schief gebaut worden war. Auch Anneke und Jenna hatten sich bei einer Stadtführung die Geschichte von den Baumeistern angehört, die gehofft hatten, dass der Turm so den oft wehenden Südwestwinden besser standhalten würde.

Während sie noch dastand und darüber nachdachte, steuerte Jenna bereits einen der wenigen freien Tische an. Sie folgte ihr eilig und nahm ihr gegenüber Platz. Durch die zartgrünen Blätter des Baumes, dessen Äste sich über ihnen erstreckten, wehte ein milder Wind. Es war ein herrlicher Abend und Anneke versuchte, sich heute einmal nur auf die positiven Dinge zu konzentrieren. Manchmal brauchte die Seele eine Auszeit von allem Belastenden.

»Herrlich, nicht wahr«, sagte sie lächelnd. »Wir zwei sind schon eine Weile nicht mehr abends ausgegangen.«

»Es ist doch erst sechs Wochen her, seit wir in dieses Loch gezogen sind«, maulte Jenna. »Und nach dem Umzug waren wir auch hier essen.« Gut, sie wollte wohl weiterhin lieber bockig sein, aber Anneke musste darauf ja nicht eingehen.

Ein junger Kellner trat an den Tisch und nahm ihre Bestellung auf.

»Eine Cola und eine Pizza Funghi, bitte«, bestellte Anneke.

»Ich nehme ein Glas Rotwein und eine Tonno«, sagte Jenna.

»Rotwein?«, fragte Anneke entsetzt.

»Ja, warum nicht? Ich bin doch kein Baby mehr.«

Der Kellner sah sie fragend an. Anneke nickte stumm.

»Der ist ganz schön teuer«, sagte sie.

»Soll ich ihn von meinem Taschengeld bezahlen?« Jenna sah sie vorwurfsvoll an.

»Nein, schon gut«, entgegnete Anneke. Sie wollte sich heute Abend nicht mit ihr streiten, doch momentan gab es nur wenig unbefangene Themen zwischen ihnen.

»Was hast du heute denn so unternommen?«, fragte sie vorsichtig.

»Nichts Besonderes. Mit Freunden abgehangen.«

»Auch mit diesem Jungen? Dem Großen, Dunkelhaarigen?«

»Du meinst Adrian?«

»Ja, genau den meinte ich.«

»Jap, der war auch dabei.«

Der Kellner brachte ihnen die Getränke. Jenna nahm einen großen Schluck. Dabei wirkte sie eher wie jemand, der furchtbaren Durst hatte und nicht einen guten Wein genießen wollte.

»Ist Adrian dein Freund?«

»Mama!«, rief Jenna entsetzt. »Warum willst du das wissen?«

»Nur so. Aber wenn du darüber nicht sprechen möchtest, ist das auch in Ordnung.«

»Ja, wir sind zusammen«, sagte sie schließlich. »Kann ich ihn mal mitbringen?«

»Sicher. Ich würde ihn gerne kennenlernen.«

Bisher hatte sie ihn nur auf einem Foto auf Jennas Handy gesehen. Ein gut aussehender Junge, der offenbar aber genauso wenig eine Schule besuchte oder einem Job nachging wie Jenna.

Diese lächelte nun zaghaft. Anneke freute sich. Der Abend schien besser zu laufen als erhofft. Vielleicht konnte sie es ja wagen, ein etwas heikleres Thema anzusprechen.

»Ich habe heute gesehen, dass sie Auszubildende in dem Supermarkt suchen, in dem ich arbeite. Ich habe der Marktleiterin von dir erzählt. Dass du einen guten Realschulabschluss hast, aber seitdem ein wenig aus der Spur geraten bist. Sie würde dich gerne kennenlernen.«

»Ich sie aber nicht«, entgegnete Jenna und bekam gleich wieder diesen verschlossenen Ausdruck. Anneke bereute es sogleich, dass sie damit angefangen hatte, und doch gelang es ihr nicht, ihren Redefluss zu stoppen.

»Du musst ja irgendwann weitermachen. Schließlich kann man nicht jeden Tag nur damit verbringen, herumzulungern.«

»Herumzulungern?«, wiederholte Jenna und leerte ihr Glas. »Das denkst du also von mir?«

»Lass uns jetzt nicht wieder streiten. Ich möchte ja nur, dass du darüber nachdenkst, was du nach dem Sommer gerne machen würdest.«

»Ich weiß ja nicht einmal, wo wir nach dem Sommer leben werden. Oder wolltest du ewig in dieser winzigen Absteige bleiben?«

»Das nicht, aber wir könnten uns doch hier im Umfeld etwas suchen. Schließlich hast du schon neue Freunde gefunden und sogar einen Jungen kennengelernt. Da wäre es doch schön, in Hattingen zu bleiben, oder?«

»Ja, vielleicht«, sagte sie schulterzuckend. »Und was ist mit dir? Suchst du dir auch mal neue Freunde oder willst du immer nur zu Hause sitzen und Erik nachtrauern?«

»Ich trauere diesem Mann nicht nach. *Ich* habe ihn verlassen. Das weißt du.«

»Ja, leider«, murmelte Jenna.

»Leider?«, wiederholte Anneke aufgebracht. »Das kann nicht dein Ernst sein?«

»Vor gerade mal zwei Monaten haben wir noch in diesem riesigen Haus gelebt, mit einem Pool im Garten und einem Fitnessraum, der größer als unsere Wohnung ist.« Jenna sprach plötzlich viel zu laut. Die Leute drehten sich schon nach ihnen um. »In den Ferien sind wir auf Eriks Jacht über die Ostsee geschippert, im Winter Ski gefahren. Und weißt du, wie ich jetzt meine Tage verbringe? Ich sitze auf graffitibeschmierten Bänken und warte darauf, dass es Abend wird.«

»Es liegt in deiner Hand, wie du den Tag gestaltest«, rief Anneke wütend. »Ich habe dir nicht gesagt, dass du dir diese Halbstarken als Freunde suchen sollst. Ich wollte nicht, dass du in diesen Klamotten herumläufst, Alkohol trinkst und Zigaretten rauchst. Früher hättest du selbst einen großen Bogen um solche Leute gemacht.«

»Dann hättest du vielleicht bei ihm bleiben sollen«, sagte Jenna leise. In ihrem Blick lag sowohl Trauer als auch Wut.

»Ich konnte nicht so weitermachen«, entgegnete Anneke. Sie versuchte, die Tränen zurückzuhalten. Was sollten die Leute denken, wenn sie jetzt zu weinen anfing? Der Kellner brachte die Pizza. Mittlerweile war ihr der Appetit längst vergangen.

Doch plötzlich tat Jenna etwas für sie Ungewöhnliches. Sie legte ihre Hand auf die ihrer Mutter, bevor sie sanft sagte: »Ich weiß.«

Dann begannen sie zu essen. Mit einem Mal lag eine einvernehmliche Stille zwischen ihnen. Das plötzliche Zugeständnis ihrer Tochter bedeutete Anneke unendlich viel. Ihr war schmerzlich bewusst, dass sie viel aufgegeben hatten. Aber manchmal musste man im Leben schwere Entscheidungen treffen. Und wenn diese sich trotz allem so gut anfühlten, dann wusste man, dass man richtig gehandelt hatte

…

Kapitel 2

Die Freitagsschicht im Supermarkt hatte länger gedauert. Zwei Kolleginnen waren an der Kasse ausgefallen, sodass Anneke kurzfristig einspringen musste. Dabei hatte sie sich nach der anstrengenden Woche so sehr dem Feierabend entgegengesehnt. Zumindest am Wochenende hatte sie frei. Vielleicht konnte sie Jenna überreden, mit ihr am Sonntag gemeinsam etwas zu unternehmen. Aber vermutlich hatte ihre Tochter längst andere Pläne. Anneke wurde sich wieder einmal darüber bewusst, dass auch sie sich einen neuen Bekanntenkreis aufbauen musste. Sonst würde ihr Leben über kurz oder lang sehr einsam werden. Sie hatte feststellen müssen, dass – abgesehen von ihrer ältesten Freundin Maja, die sie noch aus Schulzeiten kannte – Eriks und ihre Freunde hauptsächlich nur seine gewesen waren. Denn nach ihrer Trennung hatte sie von niemandem mehr etwas gehört. Vielleicht lag es an der örtlichen Entfernung, die sich zwischen ihnen aufgebaut hatte. Immerhin war Hattingen ein gutes Stück von Koblenz entfernt.

Während Anneke auf ihren Wohnblock zusteuerte, musste sie unwillkürlich an die wunderschöne Villa mit Rheinblick denken, in der sie und Jenna die letzten sechs Jahre gelebt hatten. Sie hatte sich viel zu sehr auf dieses Leben eingelassen, sogar ihren Job als Journalistin für ein kleines Tagesblatt aufgegeben. Erik hatte immer wieder betont, dass sein Einkommen völlig reichen würde und sie sich so auf ihre wahre Leidenschaft, das Schreiben von Geschichten, konzentrieren konnte. Letztendlich hatte Anneke immer mal wieder ein paar Zeilen zu Papier gebracht, nur um festzustellen, dass ihre Begabung sich wohl viel mehr auf das Verfassen von Artikeln als Romanen beschränkte.

Noch immer in Gedanken setzte sie sich auf eine Bank. Ihr Blick wanderte zum gegenüberliegenden Spielplatz. Schaukel, Rutsche, ein Sandkasten. Alles schon in die Jahre gekommen. Ein kleines Mädchen saß unterhalb der Rutsche, eigentlich noch zu jung, um unbeaufsichtigt unterwegs zu sein, und buddelte gelangweilt im Sand. Anneke kannte die Familie flüchtig, weil sie eine Etage unter ihr wohnte. Auch die Kleine schien sie erkannt zu haben, denn sie stand nun auf und lief auf sie zu.

»Schubst du mich auf der Schaukel an?«

Anneke zögerte. Sie wollte das Mädchen nicht enttäuschen, war aber auch so unendlich müde, dass sie gar nicht mehr von der Bank aufstehen mochte.

»Yasmin!«, rief in diesem Moment eine Frau. Sie stand auf dem Balkon. »Essen ist fertig!«

»Dann lauf mal schnell«, sagte Anneke erleichtert.

Sie beschloss, sich dem Mädchen anzuschließen, und folgte ihr ins Haus. Sie nahmen gemeinsam den Fahrstuhl.

»Heute gibt es Spaghetti«, erzählte Yasmin erfreut. »Mit Soße.«

»Dann lass es dir schmecken«, meinte Anneke, bevor das Mädchen in der achten Etage ausstieg.

Sie war froh, als sie den beengten Fahrstuhl ebenfalls verlassen konnte. Kaum hatten sich die Türen quietschend geöffnet, stürmte Frau Sablonski aus ihrer Wohnung.

»Ich muss Sie enttäuschen«, sagte Anneke. »Ich bin es nur.«

»Das sehe ich.«

»Sie haben doch bestimmt gehofft, dass Sie sich die nächste Runde mit Jenna liefern können.«

»Nächste Runde?« Frau Sablonski schien nicht zu verstehen.

»Ja, wie beim Boxen. Sie wissen schon …«

Ihr offen stehender Mund drückte da etwas anderes aus.

»Es war nur ein kleiner Scherz«, erklärte Anneke und beeilte sich, zu ihrer Wohnungstür zu kommen. Nur noch den Schlüssel umdrehen und dann hatte sie endlich ihre Ruhe.

Doch ihre Nachbarin ließ sie nicht so schnell entkommen. Erst jetzt bemerkte Anneke, dass sie einen Briefumschlag in der Hand hielt.

»Der hat heute für Frau Frerichs im Kasten gesteckt.«

»Sie meinen also den Briefkasten, der zu *meiner* Wohnung gehört?«, betonte Anneke. Es war nicht das erste Mal, dass Frau Sablonski die Post herausnahm. Wie immer es ihr auch gelang, mit ihren dicken Fingern durch den Schlitz zu greifen.

»Na na, es ist immer noch Frau Frerichs Wohnung.«

»Auf jeden Fall können wir uns darauf einigen, dass es nicht Ihre Wohnung und auch nicht Ihr Briefkasten ist, Frau Sablonski.«

»Was machen wir denn jetzt damit?« Sie wedelte ratlos mit dem Umschlag. »Es könnte ja etwas Wichtiges sein.«

»Geben Sie mir den Brief doch einfach. Dann frage ich das Vermietungsunternehmen, ob Sie Frau Frerichs' momentane Adresse kennen.«

»Das glaube ich kaum. Seit die das viele Geld hat, ist sie ständig auf Reisen.«

»Das viele Geld?«, fragte Anneke neugierig.

»Ich habe schon zu viel gesagt«, meinte Frau Sablonski und versuchte einen schuldbewussten Eindruck zu machen. »Darüber darf ich nämlich nicht sprechen.«

»Verstehe ...« Anneke nickte.

Dann streckte sie ihre Hand aus. Frau Sablonski zögerte.

»Aber nicht aufmachen«, sagte sie streng.

»Keine Sorge, das werde ich nicht.«

Anneke nahm den Brief entgegen und verabschiedete sich eilig. Beim Betreten der Wohnung warf sie einen schnellen Blick auf den Absender. Ein gewisser Aike Gerdes, der offenbar auf einer dieser kleinen ostfriesischen Inseln lebte. Für einen Mann besaß er eine sehr schöne, gleichmäßige Handschrift. Um den Umschlag zuzukleben, hatte er einen kleinen Aufkleber in Form eines Ankers verwendet. Ohne Zweifel war dies ein persönlicher Brief. Anneke wunderte sich, dass es so etwas heute überhaupt noch gab. Schließlich kommunizierten die meisten Menschen doch lieber per E-Mail oder Textnachricht. Sie hätte auch gerne mal wieder einen Brief bekommen, der keine Rechnungen oder Werbung enthielt. Vielleicht von einer Freundin, die schönes Briefpapier verwendete und ihr ein paar liebe Zeilen schrieb. Dass diese Sehnsucht in ihr schlummerte, hatte Anneke bis vor wenigen Minuten nicht einmal gewusst. Aber plötzlich wollte sie den Umschlag so gerne öffnen. Nicht aus reiner Neugierde, sondern einfach nur, um ein paar freundliche Worte zu lesen.

Ein Geräusch aus dem Schlafzimmer holte sie aus ihren Gedanken. Eine Tür wurde aufgerissen, dann stand Jenna vor ihr. In der Hand hielt sie ihre rote Reisetasche.

»Oh, gut dass ich dich noch erwische«, sagte sie. »Ich wollte dich gerade auf dem Handy anrufen.«

»Wieso? Was ist los?«

»Ich bleibe übers Wochenende bei einer Freundin.«

»Bei einer Freundin? Kenne ich sie?«

»Nein.«

»Das gefällt mir aber gar nicht, wenn du bei Leuten übernachtest, die ich nicht kenne.«

»Mach doch nicht immer so einen Aufstand um alles«, entgegnete Jenna verärgert. »Ich bin doch kein kleines Kind mehr.«

»Erwachsen bist du aber auch noch nicht.«

Sie sah ihre Tochter fragend an.

»Schläfst du etwa bei diesem Adrian? Falls ja, möchte ich das wissen.«

»Nein, es ist eine Freundin. Ich kann dir ihre Adresse geben, wenn du möchtest.«

»Ja, das solltest du.«

Jenna griff zu einem Zettel und schmierte ein paar Zeilen darauf.

»So, jetzt weißt du ja, wo ich bin. Also, bis Sonntagabend dann.«

»Aber ...« Anneke wollte weiterhin ihren Standpunkt vertreten, doch Jenna stürmte schon an ihr vorbei, zog die Tür auf und knallte sie hinter sich zu. Frau Sablonski rief ihr auf dem Weg zum Fahrstuhl unfreundliche Worte nach, die Jenna wie immer zu übertrumpfen wusste. Dann war es still. Viel zu still.

Anneke wusste, dass sie sich stärker durchsetzen musste. Sie durfte Jenna nicht alles durchgehen lassen. Doch was hätte sie schon tun können? Sie in ihr Zimmer sperren? Ihr Strafen androhen? Ihr ohnehin angespanntes Verhältnis würde dadurch auch nicht besser werden. Sie konnte nur hoffen, dass Jenna tatsächlich bei einer Freundin und nicht bei diesem Jungen übernachtete. Schließlich war sie selbst gerade mal zwei Jahre älter gewesen, als sie mit Jenna schwanger geworden war. Nur durch die Unterstützung ihrer Eltern hatte Anneke ihren Weg gehen können. Ihr Abitur machen und studieren, eine gute Arbeit finden.

Sie hatten ihr geholfen, einen soliden Grundstein zu legen, um selbstständig durchs Leben zu kommen. Und was hatte sie getan? Sich von einem Mann wie Erik abhängig gemacht. Alles aufgegeben, um sich auf seinem Vermögen auszuruhen. Sie wollte lieber nicht weiter darüber nachdenken. Stattdessen setzte sie sich auf den Balkon, griff zu ihrem Handy und suchte nach Stellenanzeigen. Leider waren diese für eine Journalistin nicht besonders vielfältig. Die großen Zeitungen starben langsam aus. Alles wurde digitalisiert. Die Artikel der kleinen Onlinezeitschriften waren oft wenig anspruchsvoll, aber auch sie musste schließlich ihre Ansprüche herabsetzen.

Während Anneke über die wenigen Angebote blickte, wanderten ihre Gedanken wieder zu dem Brief, der jetzt auf dem Küchentisch lag. Es musste schön sein, einen Bekannten zu haben, der am Meer lebte. Sie hatte die Nordseeküste schon immer geliebt. Als Kind hatte sie mit ihren Eltern dort Urlaub gemacht. Jedes Jahr im Sommer waren sie ans Meer gefahren, manchmal auch im Herbst. Dann hatte sie Drachen steigen lassen oder sich lachend gegen den Sturm gestemmt; dabei die Hand ihres Vaters gehalten, mit der Gewissheit, dass er sie nicht loslassen würde.

Das waren schöne, unbeschwerte Zeiten gewesen. Aber auch heute gab es für sie nichts Befreienderes als den Blick aufs Meer. Auf diese unendliche Weite, die rauen Wellen, die Kraft der Natur. Im Anblick dessen schienen viele Probleme nur noch klein und unbedeutend.

Plötzlich sehnte Anneke sich so sehr danach, einmal wieder an die Nordsee zu reisen. Hätte sie ein Auto besessen, wäre die Versuchung groß gewesen, sich hinter das Steuer zu setzen und gleich loszufahren.

Die Gedanken an das, was nicht sein konnte, stimmten sie traurig. Sie brauchte dringend jemanden zum Reden. Ihre Eltern befanden sich gerade auf einer mehrwöchigen Kreuzfahrt, ihre Freundin Maja auf einer Familienreise mit ihren zwei kleinen Kindern. Sie sah die Nummern in ihrem Handy durch, nur um festzustellen, dass es niemanden gab, den sie einfach anrufen konnte.

Kurzentschlossen stand Anneke auf, ging an den Kühlschrank, nahm eine Flasche Wein heraus und verließ die Wohnung. Dann drückte sie auf die Klingel ihrer Nachbarin. Auch Frau Sablonski war immer allein. Vielleicht hatte die Einsamkeit sie derart verbittert werden lassen.

Die alte Dame staunte nicht schlecht, als sie Anneke vor ihrer Tür stehen sah. Diese hielt die Weinflasche hoch.

»Lust auf einen Mädelsabend?«

»Mädelsabend?«, wiederholte Frau Sablonski überrascht.

»Ja. Nur wir zwei, eine Flasche Wein und ein wenig Getratsche.«

Ohne zu antworten, gab Frau Sablonski den Weg in ihre Wohnung frei.

»Ich habe aber nur Wassergläser«, sagte sie und führte Anneke in ihr Wohnzimmer. Sie zeigte auf die verschlissene Couch, auf der Zierkissen lagen, die mit Katzenmotiven bestickt waren.

»Das macht nichts«, versicherte Anneke ihr und setzte sich.

Immer noch sichtlich irritiert, holte Frau Sablonski zwei Gläser und einen Öffner für Weinflaschen aus der Küche. Den besaß sie also … Aber keine Weingläser? Anneke konnte es egal sein. Sie füllte den Weißwein in die milchigen Gläser, während Frau Sablonski sich im Sessel gegenüber niederließ.

»Auf einen lustigen Abend!«, rief Anneke überschwänglich.

»Ja, wenn Sie meinen«, murmelte Frau Sablonski und stieß zögernd mit ihr an.

Es würde sich noch zeigen, wie lustig ein Abend mit Frau Sablonski werden konnte.

Billigen Wein aus viel zu großen Wassergläsern zu trinken, hatte anscheinend den Nebeneffekt, dass er einem schneller zu Kopf stieg. Zumindest empfand Anneke das so. Vielleicht war es auch die stickige Wärme in Frau Sablonskis Wohnung, die Anneke schon nach einer Weile leicht benommen werden ließ. Gleichzeitig fühlte sie sich leichter und unbeschwerter als noch eine Stunde zuvor.

»Ich sollte mal öfter so einen Mädelsabend machen«, kicherte Frau Sablonski. Auch sie hatte den Wein viel zu schnell getrunken. Sie wollte ihr Glas erneut auffüllen, doch die Flasche war bereits leer.

»Ich müsste noch zwei Piccolo im Kühlschrank haben«, sagte sie und zwinkerte Anneke verschwörerisch zu. »Die landen eigentlich immer in meinem Einkaufswagen. Man gönnt sich ja sonst nichts.«

Sie erhob sich schwerfällig und stapfte in ihren Filzpantoffeln in Richtung Küche. Vermutlich war es keine wirklich gute Idee, ein weiteres Mal mit ihrer Nachbarin anzustoßen. Morgen würden sie beide bestimmt schlimme Kopfschmerzen haben. Andererseits wollte sie Frau Sablonski, die plötzlich so guter Laune war, nicht enttäuschen. Der Vorschlag mit dem Mädelsabend war schließlich von ihr gekommen, also konnte sie ihn auch nicht vorzeitig abbrechen.

»Glück gehabt«, sagte die alte Dame nun und zupfte sich ihren geblümten Kittel zurecht. Sie hielt die zwei Flaschen triumphierend in die Luft. »Jetzt kann die Party weitergehen. Moment, ich könnte die Musik etwas lauter drehen, oder?«

»Das ist nicht nötig«, beteuerte Anneke. Das Radio war ihr schon jetzt viel zu laut eingestellt. »Sonst beschweren sich noch die Nachbarn.«

»Unsinn! Die sollen sich mal nicht so anstellen.«

Das sagt die Richtige ... ging es Anneke durch den Kopf.

Frau Sablonski füllte nun die Wassergläser, drehte ein wenig an der Lautstärke und setzte sich anschließend.

»Wissen Sie, an was mich unser Treffen erinnert?«

Oh je, jetzt folgten bestimmt Geschichten aus Frau Sablonskis wilder Jugend. Vielleicht war es doch an der Zeit, sich bald zu verabschieden.

Anneke sah sie fragend an.

»An die Zeiten mit Carla«, erklärte sie.

»Carla?«

»Ja, sie ist wirklich ein nettes Mädchen, war oft für mich einkaufen oder hat mich besucht. So wie du jetzt.«

Anneke wusste nicht, wann sie zum Du übergegangen waren. Sie kannte ja nicht einmal den Vornamen ihrer Nachbarin. E. Sablonski stand auf dem Klingelschild. Mehr nicht.

Ihr vom Wein vernebelter Kopf brauchte einen Moment, um zu verstehen.

»Ach, Sie meinen Carla Frerichs.«

»Ja, wen denn sonst? Sie war wirklich eine gute Nachbarin. So eine fürsorgliche Frau! Wir haben am Abend auch öfter

einen Piccolo zusammen getrunken. Die Carla und ich …«
Frau Sablonski bekam einen verträumten Ausdruck in ihren
sonst so trüben Augen. Sie erinnerte sich anscheinend gerne an
diese Zeiten zurück. »Deswegen war ich auch so streng mit
euch. Mit dir und deiner Tochter. Ich vermisse meine Carla
eben sehr.«

»Das verstehe ich«, entgegnete Anneke und nahm einen
weiteren Schluck Sekt. Er schmeckte nicht besonders. Aber
schließlich war ihr Wein auch nicht von bester Qualität
gewesen. Nicht so wie die edlen Tropfen, die Erik in seinem
Weinkeller gelagert hatte.

»Carla war wie mein eigenes Kind.« Frau Sablonski hickste.
»Und dann ist sie einfach gegangen.«

»Gegangen? Wohin?«, wollte Anneke wissen.

Sie schielte zum Fenster. Ob sie aufstehen und es öffnen
durfte? So langsam wurde es ihr wirklich zu warm. Dazu dieser
Kohlgeruch, der sich überall in der Wohnung festgesetzt hatte.
Anneke stand auf, stieß leicht schwankend gegen den
Couchtisch und lief zum Fenster.

»Bloß nicht aufmachen«, ermahnte Frau Sablonski sie.
»Da schwirren immer so viele Wespen herum. Ich habe echt
Angst vor diesen kleinen, gemeinen Viechern.«

»Machst du denn nie das Fenster auf?«, wunderte Anneke
sich.

»Hin und wieder riskiere ich es. Aber nur, wenn es wirklich
sein muss.«

»Verstehe …« Sie taumelte zurück zur Couch und setzte sich
wieder.

»Also, was ist mit Carla passiert?«, kam sie auf das
eigentliche Thema zu sprechen. »Wohin ist sie
verschwunden?«

»Das weiß ich nicht. Ich kann ihre elektronischen Briefe leider nicht lesen.«

Anneke fuhr sich über ihre schweißnasse Stirn.

»Meinst du E-Mails?«

»Ja, genau. Die landen immer in meinem Laptop, aber der ist kaputt. Dabei hat Carla mir vor ihrer Abreise extra so was eingerichtet, damit ich ihre Post lesen kann. Hier, sie hat mir sogar ein geheimes Passwort aufgeschrieben. Das trage ich immer bei mir.«

Frau Sablonski fasste in die Tasche ihres Kittels und zog einen zerknitterten Zettel heraus. Darauf standen die Zugangsdaten für einen E-Mail-Account.

»Du kannst ihre Mails auch über dein Handy abrufen. Das sollte kein Problem sein«, erklärte Anneke und leerte ihr Glas. Die Wärme machte sie durstig. Vielleicht war es an der Zeit, zu Wasser überzugehen.

»Ach, wirklich?« Frau Sablonski sah sie überrascht an. »So etwas geht?«

Anneke nickte.

»Moment, ich hole mein Handy. Das liegt immer hier in der Schublade. Ich brauche das Teil ja nicht.«

Sie tapste zu ihrem großen Eichenschrank, der eine ganze Wand einnahm, und öffnete eine der drei Schubladen. Dann kam sie mit ihrem Mobiltelefon zurück und drückte es Anneke in die Hand.

Diese hatte so ein Modell schon seit Jahren nicht gesehen. Tatsächlich war das Handy mit den Tasten wohl nur zum Telefonieren geeignet. Vielleicht noch zum Schreiben einer SMS.

»Tut mir leid, damit geht das nicht.«

»Aber du hast doch gerade gesagt, das wäre kein Problem.« Frau Sablonski sah sie enttäuscht an.

»Es ist zu alt.« Anneke holte ihr Smartphone hervor. »Mit meinem würde es gehen.«

»Wirklich? Das wäre ja wunderbar. Ich würde so gerne erfahren, was Carla auf ihrer Reise so alles erlebt.«

»Aber wir können deinen E-Mail-Account doch nicht auf mein Handy laden.« Anneke spürte, dass es ihr zunehmend schwerer fiel, in zusammenhängenden Sätzen zu sprechen. Es wurde wirklich Zeit, dass sie ins Bett kam.

»Warum nicht? Du hast doch gerade gesagt, dass das geht.«

»Ja, rein technisch gesehen schon, aber ...«

»Kein Aber. Ich will jetzt Carlas E-Mails lesen.« Jetzt klang Frau Sablonski beinah wie Jenna, wenn sie ihren Kopf nicht durchsetzen konnte.

»Na gut, dann richte ich das gleich Morgen ein, okay?«

»Warum nicht jetzt? Der Abend ist jung und ich habe im Schrank auch noch Eierlikör? Möchtest du einen?«

»Besser nicht«, lehnte Anneke ab.

Frau Sablonski schien sie nicht gehört zu haben, oder sie ließ ein Nein nicht gelten. Denn nun lief sie erneut zu ihrem Schrank, öffnete eine Tür und nahm sowohl eine noch geschlossene Flasche Eierlikör als auch eine Packung mit Pinnchen aus Schokolade heraus.

»Die hat Carla mir zum Geburtstag geschenkt. Lass uns auf sie anstoßen.«

Ehe Anneke sichs versah, hielt sie ein gefülltes Schokopinnchen in der Hand.

»So, und jetzt richten wir diesen Akku auf deinem Handy ein.«

»Account«, berichtete Anneke sie, ohne sich wirklich sicher zu sein, ob sie selbst das Wort noch richtig ausgesprochen hatte. Sie blickte zu dem grünen Muster der Tapete, die das Wohnzimmer schmückte. Die kleinen grünen Kreise schienen auf sie zuzukommen. Ihr wurde schwindelig und sie musste für einen Moment die Augen schließen und tief Luft holen. Luft, die kaum vorhanden war.

»Wie ist Carla eigentlich an das viele Geld gekommen, von dem du gesprochen hast?«, wollte Anneke wissen, während sie versuchte, sich mit Frau Sablonskis Daten anzumelden. Dabei vertippte sie sich immer wieder.

»Das war eine aufregende Geschichte. Sie hat an so einer Spielshow im Fernsehen teilgenommen. Diesem Quiz ... du weißt schon. Da hat sie eine Viertelmillion Euro gewonnen.«

»Wirklich?« Anneke sah beeindruckt von ihrem Handy auf.

»Ja, ich konnte es auch nicht glauben. Und mit dem Geld erfüllt sie sich nun ihren Traum, quer durch die Welt zu reisen. Und das für ein halbes Jahr.«

»So, und jetzt kannst du auch lesen, was sie von ihrer Reise zu berichten hat.« Anneke war es endlich gelungen, die richtigen Daten einzugeben. Sie öffnete die erste Mail, die schon gute fünf Wochen alt war, und reichte ihr Handy an Frau Sablonski weiter.

Dann lehnte sie sich zurück und schloss die Augen. Frau Sablonskis begeisterte Aufrufe beim Lesen drangen nur schwach zu ihr durch. Und schließlich fiel Anneke in einen tiefen Schlaf.

Kapitel 3

Es gab wohl angenehmere Arten, geweckt zu werden, als von einem Schlager im Radio, den Frau Sablonski auch noch lauthals mitsang.

Anneke benötigte einen langen Moment, um zu realisieren, dass sie noch immer auf der Couch ihrer Nachbarin lag. Sie hatte Kopfschmerzen. Diese kamen vermutlich nicht nur vom Alkohol, sondern auch von ihrem furchtbar verspannten Genick. Der Zweisitzer war eben kein guter Ersatz für die Nacht in einem richtigen Bett.

»Auch endlich wach?«

Frau Sablonski stand vor ihr und wirkte völlig munter und ausgeschlafen. Sie schien offenbar keinen Kater zu haben.

»Tut mir leid. Ich bin wohl auf der Couch eingeschlafen.«

»Das macht doch nichts. Kann ja nicht jeder so trinkfest sein wie ich.«

Sie legte Annekes Smartphone auf den Tisch.

»Ich habe gestern Abend noch alle E-Mails gelesen. Es waren schon fünf. Die arme Carla. So richtig gut ist es bei ihr bisher nicht gelaufen. Aber nun ja, was soll man machen. Wie heißt es immer: Zuhause ist es eben am schönsten. Deswegen verreise ich nie. Das letzte Mal war ich vor fünfzehn Jahren im Sauerland. Seitdem bin ich immer im Lande geblieben.«

Sie sagte das so, als wäre das Sauerland tatsächlich ein fernes Land.

Anneke richtete sich mühsam auf. Ihr war ein wenig schwindelig.

»Kaffee? Ich habe gerade welchen aufgesetzt.«

»Nein, danke. Ich gehe jetzt lieber mal. Schließlich habe ich deine Gastfreundschaft lange genug ausgenutzt.«

»Wir können das gerne bald wiederholen. Vielleicht gleich morgen?«

Oh je, hoffentlich würde Frau Sablonski jetzt nicht allzu anhänglich werden. Darauf hatte es Anneke mit dem Mädelsabend eigentlich nicht angelegt.

»Mal sehen«, entgegnete sie ausweichend.

»Sagst du mir Bescheid, wenn Carla wieder Post an mich schreibt? Meistens sind ihre Briefe sonntags eingetroffen. Also wäre es morgen ja wieder so weit.«

»Ich komme sofort rüber, wenn eine Mail ankommt«, versprach Anneke und verabschiedete sich anschließend.

Sie war froh, als sie wieder in ihrer Wohnung war. Als Erstes öffnete sie die Balkontür, um endlich frische Luft zu bekommen. Das hatte ihr gefehlt: frei durchzuatmen. Anschließend warf sie die Kaffeemaschine an und ging ins Bad, um zu duschen. Danach fühlte sie sich schon etwas besser. Vielleicht würde sie später einen langen Spaziergang am Ruhrufer machen. Dafür bot sich der sonnige Maitag an. Sie hatte es schon immer geliebt, am Wasser zu sein. Auf einem Steg sitzen, die Füße baumeln lassen und ein gutes Buch lesen. Erik hatte dafür leider nicht viel übriggehabt. Er brauchte immerzu Action. Ein ruhiger Nachmittag, an dem man nur faulenzte, war für ihn ein verlorener Nachmittag. Auch sein Drang, stets eine Schar von Freunden um sich zu versammeln, war Anneke mit der Zeit ziemlich auf die Nerven gegangen.

Warum konnte man nicht einfach mal nur als Familie oder als Paar unterwegs sein?

Erst jetzt, nach so vielen Wochen des Abstandes zu ihm, bemerkte sie, wie unterschiedlich sie tatsächlich waren. Wie hatte sie bloß sechs Jahre an seiner Seite verbringen können?

Sie setzte sich mit ihrem Kaffee in der Hand auf den Balkon und nahm sich ihr Handy, um die Schlagzeilen des Tages zu überfliegen. Dann rief sie E-Mails ab und stieß dabei unwillkürlich auch auf die von Carla. Ob sie mal einen Blick darauf werfen durfte? Eigentlich ging es sie ja nichts an, was diese Frau von ihren Reisen zu berichten hatte, aber andererseits ... Neugierde war schon immer eine ihrer Schwächen gewesen. Außerdem befanden sich die Mails schließlich auch auf *ihrem* Handy und Frau Sablonski hatte mit keinem Wort erwähnt, dass sie ihre elektronische Post nicht lesen durfte. Falls doch, konnte Anneke sich nach dem Wein-, Sekt-, Eierlikörgemisch daran nicht mehr erinnern.

Sie rief die erste Nachricht auf. Diese war kurz nach ihrem Einzug in Carlas Wohnung versendet worden.

Liebe Else,

Else ... Dafür stand also das E. an der Klingel. Jetzt kannte sie wenigstens schon mal den Vornamen ihrer Nachbarin.

Gestern bin ich endlich auf Mallorca gelandet. Ich weiß, es ist eher ein bescheidenes Ziel, wenn man plötzlich eine Viertelmillion hat. Aber man muss ja klein anfangen und sich erst mal an seinen Reichtum gewöhnen.

Sie hatte einen zwinkernden Smiley dahintergesetzt. Anneke fand es sympathisch, dass diese Carla ein so bodenständiges

Reiseziel gewählt hatte. Es hätte ja auch gleich Dubai oder die Karibik sein können.

Leider fing meine Reise nicht so an, wie ich es erwartet hätte. Bei meiner Buchung in einem Fünfsternehotel (diesen Luxus wollte ich mir ja wenigstens gönnen) hat es wohl ein Missverständnis gegeben und ich konnte meine Suite nicht bekommen. Leider auch kein anderes Zimmer. Die wollten mir wirklich weismachen, komplett ausgebucht zu sein. Keine Ahnung, ob ich denen das glauben soll. Irgendwie hat der Typ an der Rezeption mich so angesehen, als glaubte er mir nicht, dass ich mir tatsächlich die Suite leisten könnte. Du kennst das ja. Wenn man sich nicht passend kleidet, denken die gleich, man hätte nicht das nötige Kleingeld, um im Luxus zu schwelgen. Na ja, was soll's? Ich bin ja flexibel. Da es schon spät war, habe ich mir ein Hotel, das mit drei Sternen bewertet ist, in Strandnähe gesucht. Von außen machte es eigentlich einen netten Eindruck, aber was verstehe ich schon von Hotels. Offenbar zu wenig. Vielleicht hätten mir die defekten Fahrstühle schon ein Hinweis sein müssen. Spätestens die offenen Kabel, die aus der Decke im Flur hingen, hätten mich wirklich stutzig machen sollen. Womöglich bin ich zu naiv an die Sache rangegangen, immer in der Hoffnung, dass die drei Sterne sich noch in den Zimmern wiederfinden würden. Leider wurde ich auch da enttäuscht. Meine erste Nacht habe ich auf einer durchgelegenen Matratze verbracht, aber das auch erst nachdem ich die Ameisenstraße vernichtet oder sagen wir mal, minimiert hatte. Auch das Bad war keine Wohlfühloase. Oberhalb der Dusche habe ich doch tatsächlich Schimmel entdeckt und von der Toilette fange ich lieber gar nicht erst an. Eigentlich wollte ich heute gleich nach dem Frühstück auschecken, aber irgendwas scheint mit den Eiern nicht in Ordnung gewesen zu sein. Mir ging es den ganzen

Ein weinender Smiley war eingefügt worden.

Anneke fand, dass Carla wie jemand klang, mit dem sie sich gut verstehen könnte. Sie hatte eine sympathische Art, zu schreiben. Vielleicht würde sie später noch die zweite Mail lesen, um zu erfahren, ob ihre Reise nun besser verlief. Aber jetzt brauchte sie erst einmal ein kleines Frühstück. Sie würde zum Bäcker laufen, sich ein schönes Croissant und vielleicht sogar einen Cappuccino gönnen, und dann mit einer Decke und einem Buch hinunter zum Fluss gehen. Endlich mal entspannen und das Wochenende genießen. Das war es, was sie nach einer langen Arbeitswoche wirklich brauchte.

Anneke hatte ihre Decke an einer mit Steinen bedeckten Bucht direkt am Flussufer ausgebreitet. Es war ein schöner, idyllischer Ort. Zwei Kinder spielten im seichten Wasser mit ihrer Mutter. Sie spritzten sich gegenseitig nass und hatten eine Menge Spaß.

Der Tag fühlte sich schon hochsommerlich heiß an und Anneke war dankbar, ein schattiges Plätzchen unter den Ästen eines knorrigen Baumes gefunden zu haben. Zunächst versuchte sie, einige Seiten in dem Roman zu lesen, den sie sich neulich in einer kleinen Buchhandlung gekauft hatte. Doch irgendwie gelang es ihr nicht, sich auf den Thriller zu konzentrieren. Ihre Gedanken wanderten immer wieder zu Carla, ihren E-Mails und auch zu dem Brief, der noch verschlossen zu Hause auf dem Küchentisch lag. Sie hatte ihn heute schon einige Male in den Händen gehalten, war kurz davor gewesen, ihn zu öffnen. Doch dann hatte Anneke sich selbst ermahnt. Schließlich ging sie die Post anderer Leute nichts an. Natürlich las sie auch die E-Mails, die eigentlich an Frau Sablonski gerichtet waren. Aber irgendwie fühlte es sich verwerflicher an, einen verschlossenen Umschlag zu öffnen, als einen harmlosen Klick im Handy zu tätigen.

Noch während Anneke darüber nachdachte, rief sie auch schon die nächste Mail auf und begann zu lesen:

Liebe Else,

eine Woche liegt mein unglückseliger Start in den Urlaub nun schon zurück. Jetzt könnte man meinen, das Schlimmste läge hinter mir, aber da habe ich mich leider getäuscht.

Nachdem ich mir einige Tage Mallorca angesehen habe, bin ich vorgestern in Südfrankreich gelandet, genau genommen an der Côte d'Azur. Ich habe mich auf lange Strände, ein tiefblaues Meer und den unbeschwerten Lebensstil der Menschen in dieser Region gefreut. Und eigentlich fing alles auch gut an. Das Hotel (es sind wieder fünf Sterne) ist traumhaft. In meiner Suite gibt es sogar einen Whirlpool. Du kannst mir glauben, man fühlt sich gleich wie eine reiche Frau, wenn man Champagner trinkend im Whirlpool sitzt und dabei einen wunderschönen Sonnenuntergang genießt.

Natürlich bin ich auch shoppen gegangen. Schließlich sollte ich mich meiner Umgebung angepasst kleiden, damit die anderen Gäste einen nicht immer so seltsam ansehen. Dieser

Einkaufsbummel ist mir dann leider zum Verhängnis geworden.

Während ich mit vollen Tüten die Promenade entlanggelaufen bin, hat mich ein sehr gut aussehender, charmanter Franzose auf Deutsch angesprochen. Pierre ... so hat er sich mir vorgestellt. Er hat mich auf einen Kaffee eingeladen und mir viel von seiner Heimat erzählt. Bei seinem französischen Akzent und den wunderschönen blauen Augen bin ich wirklich ins Schwärmen geraten. Jetzt, im Nachhinein, fühle ich mich einfach nur dumm und ausgenutzt. Denn als ich während unseres gemeinsamen Kaffees kurz auf der Toilette verschwunden bin, hat auch er sich aus dem Staub gemacht. Zusammen mit meiner Handtasche, in der ich meine Kreditkarten, Papiere und alles andere aufbewahre. Jetzt fragst du dich vielleicht, wie ich so dumm sein konnte, die Sachen in seiner Aufsicht zu lassen. Ehrlich gesagt, ich habe darauf keine Antwort. Vielleicht habe ich mich zu sehr dem unbeschwerten Gefühl eines sonnigen Urlaubstages hingegeben. Ich bin natürlich gleich zur Polizei, doch die haben kein Wort Deutsch gesprochen und es war wirklich mühsam, denen alles mit Händen, Füßen und einer Übersetzungs-App zu erklären. Ich habe meine Karten sperren lassen und bin danach zur deutschen Botschaft, um neue Papiere zu beantragen. Zum Glück hatte ich etwas Bargeld im Hotelzimmer gelassen, sodass ich nicht völlig mittellos dastehe. Jetzt warte ich erst einmal auf einen Ersatzausweis, den man mir in den nächsten Tagen ausstellen wird.

So langsam glaube ich, dass diese Reise unter keinem guten Stern steht. Vielleicht hätte ich mich doch lieber an meinen ursprünglichen Plan halten sollen. Schließlich gab es da ja noch dieses Versprechen, von dem ich dir erzählt habe. Wenn ich eines Tages zu Geld kommen sollte, dann ...

Du kennst die Geschichte aus meiner Kindheit. Aber das liegt ja schon sooo lange zurück.

Ich melde mich bald wieder bei dir.

Deine in Frankreich gestrandete Carla

Arme Carla … ging es Anneke durch den Kopf. Sie schien ja förmlich von einem Schlamassel in den nächsten zu geraten.

Sie legte ihr Handy beiseite und griff wieder zu ihrem Roman. Während sie die ersten Zeilen des Prologs erneut las, grübelte sie wieder über Carla nach. Was hatte es wohl mit diesem Versprechen aus ihrer Kindheit auf sich, für das man anscheinend viel Geld brauchte?

Anneke konnte nur über sich selbst den Kopf schütteln. All das ging sie doch gar nichts an. Sie kannte Carla ja nicht einmal. Hinzu kam, dass sie wirklich genug eigene Probleme und Sorgen hatte.

Was Jenna wohl gerade machte? Es war kein gutes Gefühl, dass sie bei irgendwelchen Leuten ihr Wochenende verbrachte, die Anneke nicht kannte. Ob sie mal kurz bei ihr anrufen sollte? Jenna würde genervt reagieren, aber dennoch ging sie meistens an ihr Handy, wenn ihre Mutter anrief.

Während Anneke den Kindern im Wasser zusah, wurde es ihr schwer ums Herz. Gefühlt war so wenig Zeit verstrichen, seit Jenna in diesem Alter war. Damals schien alles noch so viel einfacher gewesen zu sein.

Sie musste wenigstens kurz die Stimme ihrer Tochter hören, um sich zu vergewissern, dass es ihr gut ging.

Es dauerte nur einen kleinen Augenblick, bis sie sich meldete.

»Hey«, sagte sie knapp.

Nur ein Wort und doch glaubte Anneke, dass sie sich anders anhörte. Besorgt vielleicht?

»Alles in Ordnung bei dir?«

Kurzes Schweigen, dann ein knappes: »Ja.«

»Wo steckst du gerade? Sitzt du in einem Zug?«

Sie glaubte, im Hintergrund eine Durchsage gehört zu haben.

»Ja, warum auch nicht?«

Diese eine Frage war wohl schon wieder zu viel gewesen. Jenna klang gereizt.

»Ich wundere mich nur. Wohin fährst du?«

»Nach Hause.«

»Nach Hause? Du kommst heute schon zurück?«

»Ja.«

Sogar für Jenna waren die Antworten reichlich einsilbig.

»Aber ich dachte, deine Freundin lebt in der Nachbarschaft. Warum bist du dann mit dem Zug unterwegs?«

»Ich muss aufhören. Da kommt gerade ein Kontrolleur.«

»Da hast aber eine Fahrkarte, oder?«

Jenna war schon mehr als einmal beim Schwarzfahren erwischt worden.

»Ja, die habe ich. Bis später.«

Und schon war das Gespräch beendet. Jetzt war es bei Anneke endgültig vorbei mit der Entspannung. Ihr ging zu vieles durch den Kopf. Warum saß Jenna in einem Zug und woher kam sie? Warum kehrte sie schon heute zurück nach Hause, obwohl sie doch sonst jede Gelegenheit wahrnahm, der kleinen Wohnung fernzubleiben?

Anneke räumte ihre Sachen zusammen und begab sich auf den Heimweg, wohl wissend, dass Jenna ihr ohnehin keine zufriedenstellenden Antworten liefern würde.

Frau Sablonski riss die Tür auf.

»Na, endlich auch wieder zu Hause? Du hast wohl das schöne Wetter genutzt, was?«

»Ja, ich war ein wenig in der Sonne.«

»Ich vertrage die Sonne ja nicht. Da bleib ich lieber drinnen. Ich habe übrigens noch Butterplätzchen im Schrank gefunden. Trinkst du einen Kaffee mit mir?«

Anneke seufzte lautlos. Frau Sablonski schien sich mit einem Mal sehr nach ihrer Gesellschaft zu sehnen.

»Ein anderes Mal gerne. Ich warte darauf, dass Jenna nach Hause kommt.«

»Das kannst du doch auch bei mir.«

»Morgen komme ich gerne«, vertröstete Anneke ihre alte Nachbarin.

»Ich nehme dich beim Wort. So gegen halb drei?«

Sie stimmte nickend zu, obwohl sie so gar keine Lust auf dünnen Filterkaffee und trockene Plätzchen hatte. Aber Frau Sablonski schien wirklich sehr einsam zu sein, also wollte sie ihr diesen bescheidenen Wunsch nicht abschlagen.

Anneke war kaum aus ihren Sandalen gestiegen, da riss Jenna auch schon die Wohnungstür auf.

»Oh, auch schon da?«

Ihr Gespräch lag kaum mehr als dreißig Minuten zurück.

»Ja, das siehst du doch.«

Jenna stürmte mit ihrer Tasche in der Hand an ihr vorbei und verschwand für ein paar Minuten im Schlafzimmer. Dann kam sie mit einem Handtuch unter dem Arm zurück und lief in Richtung Bad.

»Ich dusch mal eben.«

»Soll ich uns einen Kaffee kochen?«

»Nee, lass mal. Ich gehe gleich zu Adrian.«

Sie wich Annekes Blick aus. Diese stellte sich ihr bewusst in den Weg und sah sie ernst an.

»Ist alles in Ordnung? Hattest du Streit mit deiner Freundin?«

»Es geht mir gut.« Noch immer wagte sie es nicht, ihrer Mutter in die Augen zu blicken.

»Jenna, ich merke doch, dass dich etwas bedrückt. Das ist mir schon vorhin am Handy aufgefallen.«

»Es ist nichts«, schleuderte sie ihr wütend entgegen, dabei sammelten sich Tränen in Jennas Augen, die sie zu verbergen versuchte.

»Du kannst immer mit mir reden, wenn du Kummer hast. Das weißt du doch.«

Jenna nickte.

»Kann ich jetzt endlich duschen? Adrian wartet schon auf mich.«

»Ja, sicher.«

Anneke lief zurück in die Küche. Sie setzte sich an den Tisch und fühlte plötzlich mehr denn je, wie sehr Jenna sie aus ihrem Leben ausschloss. Sie wollte ihr doch nur helfen. Offenbar war irgendetwas vorgefallen. Hoffentlich steckte sie nicht wieder einmal in Schwierigkeiten. Das letzte Mal hatte Jenna sich kurz nach ihrem Umzug so seltsam verhalten. Tagelang war sie auffallend schweigsam gewesen, bis sie schließlich gestanden hatte, in einem Supermarkt etwas gestohlen zu haben. Nur so, als Mutprobe. Jenna hatte ihr versprochen, dass so etwas nie wieder vorkommen würde, und sie hatten den Vorfall nicht mehr erwähnt.

Jetzt war die Sorge, dass Jenna erneut etwas Derartiges angestellt hatte, schlagartig zurück.

Als sie in die Küche kam, um sich eine Getränkedose aus dem Kühlschrank zu nehmen, zögerte Anneke zunächst, doch dann platzte es aus ihr heraus: »Du hast doch nicht wieder ...«

»Wieder was?«, fuhr Jenna ihr dazwischen.

»Na ja, etwas geklaut oder so?«

Anneke hörte, wie unsicher sie klang. Sie wusste, dass sie als Mutter viel strenger auftreten sollte.

»Warum denkst du das? Nur weil ich schlechte Laune habe?«

»Das gerade war keine schlechte Laune. Ich habe doch gesehen, dass du mit den Tränen gekämpft hast.«

»Ich gehe jetzt.«

»Wann kommst du zurück?«

»Keine Ahnung. Es wird auf jeden Fall spät.«

Und schon war sie weg. Anneke spürte, dass auch sie die Verzweiflung übermannte. Sie wollte jetzt nicht zu weinen beginnen. Es war dann immer so schwer, aufzuhören. Sie brauchte dringend eine Abwechslung, etwas, das sie auf andere Gedanken brachte.

Erneut fiel ihr Blick auf den Brief an Carla. Und ehe sie sich ihres Handelns richtig bewusst wurde, öffnete Anneke den Umschlag. Sie nahm ein beschriebenes Blatt Papier heraus und begann zu lesen:

Liebe Carla,

sicherlich bist du überrascht, nach all den Jahren von mir zu hören. Wie lange ist es jetzt her, dass wir uns das letzte Mal gesehen haben? Ich war damals 13 Jahre alt, du ein Jahr jünger. Seitdem scheint ein halbes Leben vergangen zu sein, und doch kommt es mir an manchen Tagen wie gestern vor, dass du die Insel mit deinen Eltern verlassen hast. Ich weiß noch, wie ich am Fährhafen stand und dabei zusehen musste, wie meine beste Freundin auf ein Schiff stieg. Ich habe dir nachgesehen, bis die Fähre am Horizont verschwunden war. Danach war ich für lange Zeit sehr traurig. Schließlich sind wir zusammen aufgewachsen. Du hattest bis zu diesem Tag immer zu meinem Leben gehört.

Doch wie es bei Kindern nun mal so ist, haben wir uns zu Beginn noch wöchentlich geschrieben, danach vielleicht einmal im Monat und irgendwann eben gar nicht mehr.

Dennoch habe ich oft an dich gedacht. Besonders an diesen einen Tag am Strand. Erinnerst auch du dich noch an das Versprechen, das wir uns damals gegeben haben? Wenn einer von uns in der Zukunft unerwartet zu Geld kommt, dann kaufen wir uns gemeinsam ein Hausboot. Dieses vermieten wir dann an Feriengäste oder wohnen zeitweise selbst darauf. Mich hat diese Idee nie wirklich losgelassen.

Leider ist vor einem halben Jahr mein Vater verstorben, zwei Jahre zuvor meine Mutter. Sie haben mir einige Gelder hinterlassen. Und plötzlich hatte sich diese Idee erneut bei mir festgesetzt; der Gedanke, dich auf die Insel einzuladen, um unseren Traum von damals zu verwirklichen. Bin ich nur ein naiver Träumer oder ist es gar nicht so abwegig, dass auch du noch an unserem Ziel aus Kindheitstagen festhältst?

Ich konnte deine aktuelle Adresse übers Internet ermitteln, aber kaum etwas über dich selbst herausfinden. Hast du vielleicht längst eine Familie gegründet? Bist du erfolgreich im Beruf oder gibt es andere Gründe, warum du nicht zurück auf die Insel kommen würdest? Womöglich lachst du gerade über meine Pläne und Gedanken. Das würde ich dir nicht verübeln. Falls aber auch du dich auf dieses Projekt einlassen möchtest, lass es mich wissen. Ich für meinen Teil wäre sehr glücklich, dich nach all den Jahren wiederzusehen. Manchmal können Träume aus Kindertagen wahr werden ...

Ich schicke dir ein herzliches Moin und würde mich freuen, von dir zu hören.

Dein Aike

Kapitel 4

Anneke lag im Bett und war hellwach. Immer wieder wanderte ihr Blick zu Jennas improvisiertem Nachtlager. Eigentlich hatte die Wohnung nur die Übernachtungsmöglichkeit für einen Erwachsenen oder ein Paar vorgesehen, das nicht viel Platz benötigte. Ihr Bett war einen Meter und vierzig breit. Sie hatte für Jenna eines dieser Zustellbetten gekauft und es noch neben dem Kleiderschrank untergebracht. Das war nur eine Lösung auf Zeit, so wie die gesamte Unterkunft. Anneke musste an ihre erste Nacht hier in Hattingen zurückdenken. Sie hatte heimlich in ihr Kissen geweint, einfach weil alles so furchtbar schiefgelaufen war. Und irgendwann hatte sich Jenna zu ihr gelegt und sie im Arm gehalten. So wie sie es sonst immer bei ihr getan hatte, wenn sie Kummer hatte. Doch jetzt schien Jenna sich nicht mehr von ihr trösten lassen zu wollen. Vermutlich lag sie gerade eben in den Armen eines Jungen. Würde sie heute Abend überhaupt nach Hause kommen? Es war schon fast elf Uhr.

An der Musik, die durch die dünnen Wände drang, konnte Anneke hören, dass auch Frau Sablonski noch auf den Beinen war. Die alte Dame schien nicht viel Schlaf zu brauchen. Auch Anneke hielt es nicht mehr im Bett aus. Sie musste sich beschäftigen, und sei es auch nur mit Hausarbeit.

Kurzentschlossen zog sie die Reisetasche hervor, die Jenna unter ihrer Liege verstaut hatte, um die schmutzige Wäsche herauszunehmen. Da Jenna ihre Sachen ungeordnet hineingestopft hatte, ließ sich schwer sagen, was bereits getragen war und was eigentlich zurück in den Schrank wandern konnte. Also leerte Anneke den kompletten Inhalt, indem sie alles auf den Fußboden schüttete. Sie wollte gerade die Kleidungsstücke aufsammeln, da bemerkte sie einen Briefumschlag, der ganz unten in der Tasche lag. Beinah wäre er ihr gar nicht aufgefallen. Die Sporttasche verfügte über einen losen Einlegeboden, der ihr Stabilität verleihen sollte. Und dieser Umschlag hatte offenbar daruntergesteckt. Nur eine kleine Ecke lugte hervor.

Anneke nahm ihn heraus. Er fühlte sich schwer an, prall gefüllt, und war unbeschriftet. Auch ohne ihn zu öffnen, konnte sie bereits ertasten, was er beinhaltete. Auch wenn sie dafür keine Erklärung hatte. Sie riss ihn vorsichtig auf und hielt kurz darauf ein beachtliches Bündel Geldscheine in der Hand. Es handelte sich ausschließlich um Hundert-Euro-Banknoten. Das mussten mindestens ein paar Tausend Euro sein. Warum hatte Jenna diesen Umschlag bei sich? Wo kam das viele Geld her?

Anneke spürte, dass ihr übel wurde. Das alles konnte nichts Gutes bedeuten. Ihre Tochter war am Nachmittag mehr als aufgewühlt gewesen. Was hatte sie dieses Mal bloß wieder angestellt?

Anneke ging in die Küche und nahm einen Schluck Wasser. Dann legte sie die Scheine vor sich auf den Tisch und begann zu zählen. Sie war noch nicht ganz fertig, da öffnete sich die Wohnungstür. Kurz darauf stand Jenna vor ihr.

»Es sind achttausend«, sagte sie knapp. »Du brauchst nicht nachzählen.«

Anneke warf ihr einen langen Blick zu; versuchte in dem Gesicht ihrer Tochter zu lesen, was diese empfand. So widersprüchlich es angesichts dessen, was sie getan hatte, auch war … Anneke sah in diesem Moment nur ihr kleines Mädchen vor sich. Jenna wirkte plötzlich so viel jünger. Sie bemerkte erst jetzt, dass sie seit Langem einmal wieder ungeschminkt war. Ihr Haar hatte sie zu einem Zopf gebunden. Es war feucht. War sie schwimmen gewesen? Sie trug einen weiten Sweatpullover, der offenbar nicht ihr gehörte. Womöglich hatte Adrian ihr ihn geliehen. Vielleicht war ihr kalt gewesen.

Anneke ermahnte sich. Das alles spielte doch jetzt wirklich keine Rolle. Sie holte tief Luft.

»Woher kommt das Geld?« Ihre Stimme klang erstaunlich ruhig, doch das Zittern ihrer Hände verriet sie. Jenna zog einen Stuhl zurück und nahm Platz.

»Du darfst jetzt nicht ausflippen«, sagte sie.

»Jenna, was hast du bloß wieder angestellt?«

Anneke stand auf und öffnete die Balkontür. Sie brauchte dringend frische Luft. Augenblicklich flogen ein paar Mücken herein, aber das störte sie jetzt nicht.

»Setz dich wieder«, bat Jenna.

»Ich kann nicht«, entgegnete Anneke und blieb an der geöffneten Tür stehen. Die kühle Abendluft strich über ihre Haut und ließ sie frösteln. Dennoch fühlte es sich gut an.

»Ich war gestern nicht bei einer Freundin«, gestand sie.

»Nicht?«

»Nein.« Jenna schwieg einige Sekunden. Die Geräusche der nahen Straße drangen zu ihnen. Ein Krankenwagen fuhr vorbei. Das alles hörte sich so normal an, als hätte sich nichts geändert.

»Ich war bei Erik.«

»Bei Erik?« Anneke konnte es nicht fassen. »Warum warst du bei ihm?«

»Er hat mich eingeladen; meinte, ich könnte ihn doch ein paar Tage besuchen kommen.«

»Und du hast zugesagt?«

»Wir haben sechs Jahre mit ihm zusammengelebt. Er ist doch beinah wie ein ...«

Jenna stoppte sich.

»Wie ein Vater für dich?«, ergänzte Anneke den Satz.

Jenna nickte.

»Sechs Jahre«, betonte sie erneut. »Und davor wart ihr ja auch schon eine ganze Weile zusammen. Er war immer ein Teil meines Lebens.«

So hatte Anneke das noch nicht betrachtet. Sie war zu wütend auf Erik gewesen, nachdem er sie mit einer anderen Frau betrogen hatte. Und das wohl nicht zum ersten Mal. Durch ihre Wut hatte sie nie erkannt, dass Jenna in ihm dennoch einen Vaterersatz sah.

»Ich habe dir extra nicht erzählt, dass ich zu ihm fahre. Ich wollte dich nicht verletzen.«

Anneke nickte stumm.

»Erik meinte, wir könnten ein schönes Wochenende zusammen verbringen. Vielleicht mit seinem Boot eine Tour über den Rhein machen, irgendwo nett essen gehen. Ich habe mich wirklich darauf gefreut.«

»Das verstehe ich«, gab Anneke ehrlich zu. Auch sie vermisste diesen Teil ihres alten Lebens.

»Doch dann hat mir diese Frau die Tür geöffnet«, fuhr Jenna fort. »Du weißt schon, von wem ich spreche.«

»Du meinst Nora?« Der Name kam ihr nicht leicht über die Lippen.

»Ja.« Jenna machte ein betroffenes Gesicht. »Sie und Erik erzählten mir freudestrahlend, dass Nora nun bei ihm wohnen würde und sie sich letztes Wochenende verlobt hätten.«

Jetzt musste Anneke sich doch setzen. Ihr war plötzlich schwindelig.

»Verlobt?«

In all den Jahren hatte sie Erik nicht zu diesem Schritt überreden können. Dabei hatte es Zeiten gegeben, in denen sie ihn wirklich gerne geheiratet hätte. Sie hätte so gerne noch weitere Kinder gewollt, zusammen mit ihm.

»Es wird noch schlimmer«, fuhr Jenna fort und nahm Annekes Hand. »Sie ist schwanger. Ich habe es sofort bemerkt.«

Jenna stand auf und reichte ihrer Mutter ein Glas Wasser.

»Trink einen Schluck.«

»Die zwei gründen also eine Familie«, sagte Anneke leise.

All das, was ihr in sechs Jahren Beziehung nicht gelungen war, schaffte diese Frau in wenigen Wochen.

»Du weißt doch, wie so etwas läuft«, meinte Jenna. »Die beiden hatten eine Affäre, sie wird schwanger und setzt ihn unter Druck. So etwas passiert schließlich Tag für Tag.«

»Erik ist kein Mann, der sich unter Druck setzen lässt. Wenn er diese Frau heiratet, dann nur, weil er es auch möchte.«

»Ja, vielleicht.«

Anneke strich gedankenverloren über das Bündel Scheine, das noch immer vor ihr lag.

»Eigentlich wollte ich gleich wieder abreisen«, erklärte Jenna nun. »Ich war so wütend. Er hat nun alles, und wir stehen vor dem Nichts.«

»Wir stehen nicht vor dem Nichts. Wir hängen momentan nur zwischen den Stühlen.«

»Nenn es, wie du möchtest. Ich war auf jeden Fall einfach nur wütend. Erik bat mich, nicht gleich wieder abzureisen. Also bin ich in mein altes Zimmer und habe nachgedacht. Und dann habe ich mich plötzlich an den Tresor in seinem Arbeitszimmer erinnert.«

»Jenna, du hast doch nicht? ...«

Anneke wagte es kaum, den Gedanken zu Ende zu führen.

»Er und Nora sind am Abend essen gegangen. Ich sollte mitkommen, aber danach war mir wirklich nicht zumute. Also blieb ich allein zu Hause. Ich bin in sein Büro und habe das Bild abgenommen, hinter dem der Tresor liegt. Als ich noch jünger war, habe ich mich manchmal unter Eriks Schreibtisch versteckt. Einmal habe ich beobachtet, wie er den Tresor geöffnet hat. Ich fand es aufregend; habe mir die spannendsten Dinge ausgemalt, was er wohl in diesem Safe aufbewahren könnte. Und ich habe damals auch gesehen, welchen Code er verwendete.«

»Und den konntest du dir all die Jahre merken?«

»Es war dein Geburtsdatum.«

»Oh ...«, brachte Anneke nur hervor.

»Ja. Ich wollte zunächst nur wissen, ob er den Code immer noch verwendet. Und tatsächlich. Er ließ sich öffnen.«

»Jenna, du hast doch nicht sein Geld genommen?«

Anneke wusste, wie dumm diese Frage klang. Schließlich lag der Beweis für Jennas Tat direkt vor ihr.

»Ich musste es tun. Er hat uns doch auch alles genommen. Und wir können es so gut gebrauchen.«

»Du musst es ihm zurückgeben.«

»Das kann ich nicht. Weißt du, wie wütend er dann wäre? Und Erik hat so viel Kohle, für ihn ist das doch nur Kleingeld. Aber *wir* können damit einiges anfangen. Und schließlich hast du ihm doch nicht unsere neue Adresse gegeben.«

Anneke schluckte schwer.

»Doch, er kennt sie.«

»Was?« Jenna sprang von ihrem Platz auf. »Warum?«

»Ich dachte damals, es wäre besser. Keine Ahnung, warum ...«

»Dann wird er herkommen und sich sein Geld zurückholen.«

»Zumindest, wenn er bemerkt hat, dass es fehlt«, sagte Anneke. »Ich weiß, dass er nur dann und wann an den Tresor gegangen ist. Hast du Spuren hinterlassen?«

»Nein. Ich habe ihn wieder verschlossen und das Bild davorgehängt. Auf den ersten Blick wird er nichts bemerken.«

»Früher oder später wird Erik hier auftauchen. Und wenn du Pech hast, bringt er gleich die Polizei mit. Wenn es um sein Geld geht, versteht er keinen Spaß.«

»Du denkst, er wird seiner Tochter die Bullen auf den Hals hetzen?«

»Du bist nicht seine Tochter, Jenna!«, rief Anneke aufgebracht. »Täusch dich in diesem Mann nicht. Er ist zu so vielem fähig. Hinter seinem strahlenden Lächeln steckt jemand ganz anderes. Wenn Erik richtig wütend wird, kann er sich zu einem anderen Menschen verwandeln.«

»Ich habe ihn selten so erlebt«, meinte Jenna. »Meistens konnte ihn doch nichts aus der Ruhe bringen.«

Anneke äußerste sich nicht weiter dazu. Sie wollte besser nicht an den Abend zurückdenken, an dem sie ihm mitgeteilt hatte, dass es aus zwischen ihnen war. Spätestens da hatte er sein wahres Gesicht gezeigt. Sie konnte Jenna unmöglich mit dem Geld zu ihm zurückschicken. Vielleicht würde er dann auch auf sie losgehen.

»Wir sollten von hier verschwinden, bevor er bemerkt, dass sein Geld weg ist«, sagte sie entschlossen.

»Aber wohin denn? Wir haben doch noch keine Wohnung.«

»Gib mir ein paar Stunden, um darüber nachzudenken. Ich muss mich zunächst etwas beruhigen, okay?«

»Es tut mir leid, Mama«, sagte Jenna. »Ich war so wütend auf ihn.«

»Ja, das kann ich verstehen«, meinte Anneke, bevor sie die Küche verließ. Sie würde einen Spaziergang machen. Bewegung und frische Luft konnten dabei helfen, ihre Gedanken zu ordnen. Um die nötigen Entscheidungen zu treffen, brauchte sie unbedingt einen klaren Kopf.

Als Anneke zurückkam, fand sie Jenna auf der Couch vor. Mit angezogenen Knien, die sie unter ihrem weiten Sweatshirt verbarg, saß sie regungslos da und starrte ins Nichts. Sie sah erst auf, als ihre Mutter den Raum betrat. Ihre Augen waren verweint.

Anneke setzte sich neben sie und legte einen Arm um sie.

»Und jetzt?«, fragte Jenna. »Ziehen wir jetzt um? Wieder in eine andere Stadt?«

»Weißt du zufällig, ob es hier in der Wohnung Fotos von dieser Carla Frerichs gibt?«

»Fotos?« Jenna sah ihre Mutter verständnislos an. »Wie sollen uns denn jetzt irgendwelche Fotos weiterhelfen?«

»Mir ist da so eine Idee gekommen. Vielleicht erklärst du mich für verrückt, wenn ich dir davon erzähle, aber es wäre ein Ausweg.«

»Ich verstehe zwar nicht, was du meinst, aber ich bin für alles offen.«

Das war neu und zeigte Anneke deutlich, wie verzweifelt Jenna war.

»Dann lass uns in den Schränken nachsehen, ob es alte Alben oder Ähnliches gibt.«

Sie glaubte nicht wirklich daran. Frau Sablonski hatte ihr erzählt, dass Carla all ihr persönliches Hab und Gut in einem gemieteten Lagerraum untergebracht hatte, bevor sie ihre Reise angetreten und die Wohnung zur Vermietung freigegeben hatte.

Verständlich ... Anneke hätte es vermutlich ähnlich gehandhabt.

Während sie beide den Wohnzimmerschrank durchwühlten, erklang plötzlich die Türklingel. Das Geräusch ließ sie zusammenfahren.

Jenna wurde schlagartig blass.

»Oh nein, das ist er bestimmt.«

»Nein, das glaube ich nicht«, entgegnete Anneke und klang zuversichtlicher, als sie es in Wirklichkeit war. Sie sah auf die Uhr. Es war schon nach Mitternacht.

»Wer sonst soll denn so spät noch bei uns vorbeisehen?«

»Bleib hier und verhalte dich ruhig«, bat Anneke sie und ging zur Tür. Sie warf einen Blick durch den Spion, dann lachte sie erleichtert auf. »Es ist nur Frau Sablonski.«

»Was will die denn schon wieder?«

Das klang schon wieder viel mehr nach der alten Jenna.

Anneke öffnete ihrer Nachbarin.

»Tut mir leid, dass ich um diese Uhrzeit noch störe«, sagte diese nun. »Aber ich habe gehört, dass ihr noch wach seid. Ihr habt ziemlich laut gesprochen.«

Und das klang wiederum nach der alten Frau Sablonski. Anneke konnte nur hoffen, dass nicht jedes ihrer Worte durch die Wände gedrungen war. Sie musste an das Geld denken, das noch auf dem Küchentisch lag.

»Da dachte ich mir«, fuhr Frau Sablonski nun fort. »Ich kann nicht schlafen, ihr könnt nicht schlafen ...« Sie holte die angebrochene Flasche Eierlikör hinter ihrem Rücken hervor. »Man könnte den späten Abend doch auch fröhlicher gestalten, als rastlos durch die Wohnung zu laufen. Ich habe auch nichts dagegen, wenn Jenna sich unserem Mädelsabend anschließt.«

»Mädelsabend?« Jenna war dazugestoßen und sah Frau Sablonski irritiert an.

»Ja, das haben deine Mutter und ich gestern gemacht. Es war sehr lustig.«

Sie machte Anstalten, an Anneke vorbeigehen zu wollen, doch diese versperrte ihr den Weg.

»Wir würden sehr gerne mit dir trinken, aber ...«

»Kein Aber. Wenigstens ein oder zwei Pinnchen. Seid doch keine Spielverderber.«

»Dann aber drüben bei dir. Ich habe nicht aufgeräumt.«

»Das macht mir gar nichts. Bei mir kann man ja auch nicht gerade vom Boden essen.« Sie lachte laut.

Anneke nahm sich den Schlüssel von der Kommode und zog Jenna leicht am Ärmel.

»Komm schon. Wir trinken jetzt ein Eierlikörchen mit Frau Sablonski.« Sie senkte die Stimme. »Und vielleicht hat sie ja auch ein Foto von Carla.«

Jenna gab einen unzufriedenen Laut von sich, folgte ihrer Mutter aber nach nebenan.

Dort fanden sie sich kurz darauf auf dem Sofa wieder.

»Wunderbar«, freute Frau Sablonski sich und schenkte ihnen ein. »Ich liebe diese ungeplanten Zusammenkünfte. Das haben Carla und ich auch oft gemacht.«

Sie füllte den Likör in die üblichen Wassergläser. Jenna schwenkte die gelbe, dickflüssige Masse kritisch hin und her und verzog das Gesicht.

»Hoffentlich ist der noch gut«, murmelte sie. »Schließlich sind da Eier drin.«

»Trink schon«, drängte Anneke, bevor sie sich ihrer Nachbarin zuwandte. »Sag mal, Else ...«

Jenna verschluckte sich, als sie hörte, dass ihre Mutter die alte Dame mit Vornamen ansprach. Sie hustete.

»Ist der zu stark für dich?«, lachte Frau Sablonski. »Ich dachte, da wärst du Schlimmeres gewohnt.«

»Ich trinke sonst nicht«, beteuerte Jenna. Sie klang beinah überzeugend.

»Ich wollte dich was fragen«, setzte Anneke erneut an. »Hast du vielleicht Fotos von Carla?«

»Ja, ich glaube schon. Warum möchtest du denn Bilder von ihr sehen?«

»Ich habe jetzt schon so viel über sie gehört. Ich würde gerne ein Gesicht vor Augen haben, wenn du von ihr sprichst.«

»Ich sehe mal nach. Wartet hier.«

Frau Sablonski verschwand kurz in ihrem Schlafzimmer. Dann kam sie mit einem Schuhkarton zurück.

»Hier verwahre ich alle meine Aufnahmen. Es müsste auch eine vom Sommerfest vor zwei Jahren dabei sein. Das war was! Der ganze Wohnblock hat zusammen unten auf der Wiese gefeiert. Es gab Grillwurst und ...«

Sie sprach nicht weiter, sondern begann in dem Stapel von Bildern zu wühlen.

»Seht mal«, sagte sie und lächelte entzückt. »Das bin ich auf einer Feier im Seniorenzentrum. Da habe ich den ersten Preis beim Bingo gewonnen.«

Sie reichte das Foto weiter.

»Ah, und das ist eine tolle Aufnahme. Die ist an Karneval vor fünf Jahren beim Umzug in Wattenscheid entstanden. Da habe ich mich als Clown verkleidet.«

»Oh Mann«, seufzte Jenna und füllte ihr Glas erneut auf.

In Anbetracht dessen, was sie die nächste halbe Stunde zu sehen bekommen würde, spielte die Qualität des Likörs wohl keine Rolle mehr.

Frau Sablonski hielt bei jeder zweiten Aufnahme inne und reichte die Bilder weiter. Nur die von Carla hatte sie offenbar noch nicht gefunden.

»Haben Sie auch noch was anderes Gutes?« Jenna hielt die leere Flasche hoch.

»Du hast jetzt genug«, ermahnte Anneke sie.

Frau Sablonski war ohnehin viel zu sehr mit der Reise in ihre jüngste Vergangenheit beschäftigt, um auf Jennas Frage zu reagieren.

»Ach, da ist es ja!«, rief sie plötzlich. »Carla und ich gemeinsam beim Grillfest.«

Anneke nahm das Foto entgegen. Carla war etwa in ihrem Alter. In einem engen Sommerkleid stand sie neben Frau Sablonski auf dem Rasen vor diesem Haus und hielt ein Glas in der Hand, mit dem sie in die Kamera prostete. Für ein Sommerfest hatte sie sich ziemlich rausgeputzt, beinah so, als würde sie auf eine schicke Abendveranstaltung gehen. Sie war schlanker als Anneke, schien aber in etwa ihre Größe zu haben. Das erkannte sie daran, dass Carla Frau Sablonski nur ein kleines Stück überragte. Ihr schulterlanges Haar war dunkelblond. Annekes war etwas heller, aber das spielte kaum eine Rolle. Sie versuchte ihre Augenfarbe zu erkennen. Waren sie blau, so wie ihre? Es schien fast so. Sie überlegte, wie Carla wohl als Zwölfjährige ausgesehen hatte. Damals waren sie und Aike sich das letzte Mal begegnet.

»Ihr zwei seht euch ein bisschen ähnlich«, sagte Frau Sablonski nun. »Das fällt mir jetzt erst auf. Natürlich hat Carla ein paar Kilos weniger auf den Rippen.« Sie lachte. »Aber mir schmeckt es ja auch immer zu gut, um eine Diät zu starten.«

Anneke fasste sich unwillkürlich an den Bauch. Sie hatte gerade in den letzten Wochen zugenommen. Das war der Stress. Andere nahmen ab, sie stopfte Unmengen an Schokolade in sich hinein.

Frau Sablonski reichte ihnen nun schon die nächste Aufnahme.

»Das bin ich auf meinem Balkon«, erklärte sie überflüssigerweise.

»Mama, ich bin langsam müde«, sagte Jenna und gähnte.

»Ja, wir sollten wirklich schlafen gehen.«

»Jetzt schon? Wir haben doch erst ein Uhr.«

»Es war ein langer Tag«, meinte Anneke und stand auf. »Aber danke für den Likör und den netten Abend.«

»Jederzeit wieder«, sagte sie, bevor die zwei sich verabschiedeten.

Kaum waren sie zurück in ihrer Wohnung, platzte es aus Jenna heraus: »Erzählst du mir jetzt endlich, warum ich mir eine Stunde lang Fotos von Else in jeder Lebenslange ansehen musste und dazu Likör trinken, der seine besten Zeiten schon hinter sich hat?«

Anneke öffnete die Schublade der kleinen Kommode, die im Flur stand, und nahm den Brief von Aike heraus.

»Hier, lies das.«

Jenna faltete das Blatt auseinander und vertiefte sich in den Brief. Es dauerte nur einen kurzen Augenblick, bis sie die Augen aufriss und ihre Mutter fassungslos ansah.

»Das kannst du nicht machen?«

»Warum nicht? Carla ist doch auf Weltreise. Sie wird es nicht erfahren.«

»Carla kommt aber irgendwann zurück.«

»Sie und dieser Aike haben seit über zwanzig Jahren keinen Kontakt mehr zueinander. Genauso lange war Carla wohl auch nicht mehr in ihrer Heimat. Es gibt also keinen Grund, warum sie jemals wieder dort auftauchen sollte. Vor allem, wenn sie niemals von diesem Brief erfährt.«

»Weißt du eigentlich, was du da sagst? Du willst die Identität dieser Frau annehmen? Das ist doch Wahnsinn.«

»Es wäre ein Ausweg für uns. Erik wird schon bald bemerken, dass sein Geld fehlt. Und dann möchte ich nicht mehr hier sein.«

»Ich kann darüber jetzt nicht weiter nachdenken«, sagte Jenna nur und zog sich ins Schlafzimmer zurück.

Es war sicherlich nicht verkehrt, eine Nacht darüber zu schlafen. Doch insgeheim hatte Anneke längst eine Entscheidung getroffen.

Kapitel 5

Anneke stand vor dem Kleiderschrank und hielt nachdenklich inne. Es war gerade mal sechs Wochen her, dass sie ihre Sachen zuletzt überstürzt in ein paar Taschen und Koffer gepackt hatten, um ihr vertrautes Umfeld zu verlassen. Sie waren mit leichtem Gepäck gereist. Und das kam ihnen nun zugute. Dennoch mussten sie sich auch dieses Mal von einigen Dingen trennen.

»Brauchst du den wirklich noch?«

Anneke hielt Jenna einen verwaschenen Strickpullover entgegen. Neben ihr lag bereits ein Stapel für die Altkleidersammlung.

»Soll ich jetzt alles wegwerfen, was mir gehört?«, maulte Jenna.

»Der ist doch schon sehr alt und ich kann mich nicht erinnern, dass du ihn im letzten Winter auch nur einmal getragen hättest.«

»Der kommt mit«, entgegnete sie entschlossen und riss ihn ihrer Mutter aus der Hand. Sie schnappte sich noch die restlichen Kleidungsstücke, die auf einem Schrankbrett vor ihr lagen, und stopfte sie allesamt in den ohnehin schon prall gefüllten Koffer.

»Den bekommst du doch gar nicht mehr zu.«

»Mir egal. Ich muss jetzt los.«

»Wohin gehst du? Wir haben noch so viel zu tun.«

Anneke hatte innerhalb einer Woche alles vorbereitet. Den Mietvertrag und ihren Job gekündigt, Tickets für den Zug und die Fähre besorgt. Jetzt blieben ihr noch sechs weitere Tage bis zur Abreise. Sie hatte den Brief an Aike bereits geschrieben, aber es noch immer nicht gewagt, ihn zu versenden. Dieser Schritt machte ihren irrsinnigen Plan zu endgültig.

»Ich gehe zu Adrian. Schließlich bleibt uns kaum noch Zeit, bis wir auf diese einsame Insel ziehen.« Jenna hatte ihrem neuen Zuhause diesen Namen verpasst. Doch es schwang nie etwas Positives mit, wenn sie darüber sprach. Nicht einmal die Aussicht auf das Meer und lange Strände konnten ihr den Abschied versüßen.

Sie sah ihre Mutter vorwurfsvoll an.

»Ich war es nicht, die uns in diese Situation gebracht hat.« Anneke hatte das nicht sagen wollen, aber es war nun wirklich nicht in Ordnung, dass Jenna die ganze Schuld auf sie abschob. Wenn es nach Anneke gegangen wäre, hätten sie gerne hier in Hattingen bleiben können. Auch wenn sie insgeheim froh darüber war, dass Jenna sich von ihren neuen Freunden verabschieden musste. Vielleicht würde der Umzug auch für sie eine Chance bedeuten.

Statt eine passende Antwort zu geben, wandte Jenna sich ab und stürmte aus der Wohnung. Kaum war sie verschwunden, klingelte es.

Schon bevor sie öffnete, wusste Anneke, dass es nur Frau Sablonski sein konnte.

»Da hatte es aber jemand eilig«, bemerkte diese und sah dabei zu, wie sich die Fahrstuhltüren hinter Jenna schlossen.

»Sie ist traurig, weil sie sich von ihren Freunden verabschieden muss«, sagte Anneke und ließ ihre Nachbarin herein.

»Ich finde es auch sehr schade, dass ihr so überstürzt umzieht. Ich hatte mich gerade an euch gewöhnt.«

»Es war immer nur eine Bleibe auf Zeit.«

»Na ja, ihr werdet euch in diesem Dorf in Süddeutschland bestimmt sehr wohlfühlen.«

Sie hatte die redselige Frau Sablonski bewusst auf eine falsche Fährte geführt. Man konnte schließlich nie wissen, ob Erik doch noch hier auftauchte und sich nach ihrem Verbleib auch bei den Nachbarn erkundigte.

»Ich hätte da noch eine Bitte an dich.«

Frau Sablonski zog eine Schachtel aus ihrem Kittel. Sie beinhaltete ein Smartphone. Ein schlichtes Modell, aber ein wahrer Fortschritt zu dem Handy, was sie bisher besaß.

»Das habe ich mir gestern gekauft. Der Verkäufer meinte, darauf könnte ich E-Mails lesen. Jetzt, wo du wegziehst, muss ich selbst sehen, wie ich an Carlas Post komme. Nur weiß ich leider gar nicht, wie man mit so einem Gerät umgeht. Kannst du es mir zeigen?«

»Wir können es gerne zusammen einrichten«, bot Anneke an. »Und dann erkläre ich dir alles.«

Frau Sablonski strahlte übers ganze Gesicht.

»Das wäre großartig. Lass uns doch gleich anfangen.«

»Na gut, meinetwegen.«

Eine kleine Ablenkung von alldem würde ihr vielleicht ganz guttun. Sie gingen in die Küche. Dort setzte Anneke erst einmal einen Kaffee auf. Ja, sie wollte ihrer Nachbarin gerne ermöglichen, Carlas E-Mails zukünftig selbstständig zu lesen. Aber sie würde nicht darauf verzichten, dass auch sie die Post weiterhin erhielt. Davon abgesehen, dass Carlas chaotische

Reiseerlebnisse recht unterhaltsam waren, war es für Anneke auch wichtig, in jeder Mail ein wenig mehr über sie zu erfahren; ihr neues Ich besser kennenzulernen. Und, das war ganz besonders wichtig, Carla im Auge zu behalten. Solange diese auf Reisen war, konnte sie sich in ihrer neuen Rolle sicher fühlen.

Es war noch früh am Abend, gerade mal sechs Uhr. Anneke dachte darüber nach, die zwei blauen Säcke zum Sammelcontainer an der Ecke zu bringen und dann vielleicht ein letztes Mal in Richtung Altstadt zu spazieren, um bewusst Abschied von dieser kurzen Episode in ihrem Leben zu nehmen. Gerade erst hatte sie das Gefühl, angekommen zu sein. Die Verkäuferin beim Bäcker wusste seit einigen Tagen, dass sie sich morgens vor der Arbeit immer ein Croissant kaufte, der Postbote hatte sie neulich zum ersten Mal gegrüßt und Frau Sablonski war so etwas wie eine gute Bekannte geworden, wenn auch eine manchmal recht aufdringliche. Es waren diese belanglosen Kleinigkeiten, die einen fühlen ließen, dass man an einem Ort zu Hause war. Die Leute sagten, dass es im Ruhrgebiet einfach war, einen guten Draht zu den Menschen zu gewinnen. Hier war es leicht, beim Einkaufen an der Kasse ins Gespräch zu kommen. Man schimpfte gerne über Politik, Fußball und die Themen des Alltages und jeder, der sich der laufenden Diskussion anschließen wollte, war herzlich willkommen. Anneke hatte die Offenheit ihrer Nachbarn zu schätzen gelernt. Wie würde es hoch oben im Norden werden? Bei den kühlen Nordlichtern, wie es immer so hieß. Bisher hatte sie das in ihren Urlauben keineswegs so empfunden. Aber als neu Dazugezogene? Obwohl, streng genommen war Carla ja eine von ihnen. Schließlich war sie auf der Insel geboren. Würde man die verlorene Tochter mit offenen Armen empfangen?

Anneke hatte sich gerade die Plastiksäcke über die Schulter geworfen, da kam Jenna zurück.

»Oh gut, du kannst mir helfen«, sagte Anneke.

»Mama, wir müssen noch heute weg«, schluchzte sie.

»Was redest du denn da?« Sie setzte die schweren Säcke wieder ab.

»Ich glaube, ich habe ihn gesehen.«

»Meinst du etwa Erik?«

Sie nickte.

»Ich war noch mit Adrian in der Stadt, um einen Döner zu essen. Und dann habe ich ihn bei diesem Bäcker durch die Scheibe entdeckt. Er saß an einem Tisch und hat Kaffee getrunken.«

»Bist du dir sicher? Ich meine, er würde doch vermutlich auf direktem Weg zu uns kommen, wenn er wirklich hier wäre, oder?«

»Keine Ahnung. Vielleicht hatte er nach der langen Fahrt eine Pause nötig.«

»Es könnte aber auch sein, dass du dich irrst.«

»Wollen wir es wirklich darauf ankommen lassen?« Jenna sah ihre Mutter eindringlich an.

»Nein, du hast recht. Das sollten wir nicht.«

Sie dachte nach.

»Unsere Taschen sind so gut wie fertig gepackt. Ich kann den Schlüssel bei Frau Sablonski hinterlegen, damit sie ihn für uns zurückgibt. Das sollte kein Problem sein.«

»Am besten rufst du uns ein Taxi. Der Fahrer soll uns an einem anderen Bahnhof rauslassen. Wir könnten von Bochum oder Essen aus den Zug nehmen.«

»Ja, gute Idee.«

Anneke suchte gleich die Nummer eines Taxiunternehmens.

»Hol schon mal unsere Taschen aus dem Schlafzimmer. Ich sehe noch mal nach, ob wir nichts vergessen haben.«

»Und falls er gleich vor der Tür steht?«, fragte Jenna ängstlich.

»Dazu wird es nicht kommen«, gab Anneke sich zuversichtlich. »Und jetzt los! Beeil dich!«

Als sich der Zug langsam in Bewegung setzte, wurde Anneke gleich von zwei Gefühlen übermannt. Zum einen war es Erleichterung. Falls Jenna sich nicht getäuscht hatte und der Mann in dem Café tatsächlich Erik gewesen war, dann waren sie ihm nur knapp entkommen.

Doch es schwangen auch Unsicherheit und Zweifel mit. War es richtig, auf diese Insel zu fliehen und sich als Carla Frerichs auszugeben? Aus moralischer Sicht gewiss nicht. Doch da steckte auch diese Sehnsucht in Anneke, einfach mal jemand anderes zu sein. In ihrer jetzigen Lage klang der Gedanke zu verlockend, um ihn ungeachtet beiseitezuschieben. Außerdem würde ihnen diese neue Identität helfen, Erik endgültig zu entfliehen. Unwillkürlich blickte sie zu dem roten Rucksack, der vor Jennas Füßen stand. Unauffällig, so als beinhalte er lediglich einige banale Dinge wie Snacks für die Fahrt, vielleicht noch ein Buch oder ein Tablet. Niemand würde wohl vermuten, dass dieser Rucksack achttausend Euro schwer war. Und das war auch gut so.

Jenna hatte eine ganze Weile schweigend aus dem Fenster gesehen, doch jetzt wandte sie sich ihrer Mutter zu.

»Warum?«, fragte sie. Nur ein Wort, doch aus ihrem Mund klang es wie eine Anklage.

»Was meinst du?«

»Na, all das hier? Deine verrückte Idee, zu jemand anderem zu werden? Es würde doch reichen, in eine andere Stadt zu ziehen. Da findet Erik uns auch nicht.«

»Du hast ihm achttausend Euro gestohlen.« Anneke sah ihre Tochter eindringlich an. »Denkst du, das lässt er so auf sich beruhen? Er wird die Polizei einschalten oder sich selbst auf die Suche machen, bis er uns gefunden hat.«

»Ja, vielleicht.«

»Nicht nur vielleicht, Jenna. Du hast diese Seite von ihm zum Glück nie kennengelernt. Wenn es um sein Geld geht oder darum, dass ihn jemand hintergeht, dann wird Erik zu einem gefährlichen Mann.«

»Übertreibst du jetzt nicht?«

»Ich habe es dir nie erzählt, weil ich mir immer selbst eingeredet habe, dass es nicht wahr sein kann.«

»Wovon sprichst du?«

Anneke zögerte, bevor sie weitersprach.

»Es ist zwei Jahre her, da waren Erik und ich in einem Restaurant. Als wir nach Hause fahren wollten, sind wir auf dem Parkplatz zufällig einem seiner Geschäftspartner begegnet. Der Mann wirkte augenblicklich eingeschüchtert. Es ging wohl um eine offenstehende Zahlung. Die zwei kamen ins Gespräch. Obwohl Erik ruhig und sachlich blieb, konnte man zwischen den Zeilen deutlich heraushören, dass er Drohungen gegen den Mann aussprach. Und das wohl nicht zum ersten Mal. Nur wenige Tage später erfuhr ich, dass der Mann einen Autounfall hatte. Jemand hatte ihn angefahren und er lag mit mehreren Knochenbrüchen im Krankenhaus. Ein Zufall ... das sagte ich mir immer. Erik würde doch niemanden auf einen Unschuldigen hetzen, nur weil dieser seine Rechnungen nicht bezahlt.«

»Und was hat deine Meinung geändert?«

»Es war der Abend, als ich ihm mitteilte, dass wir ausziehen. Zunächst redete er auf mich ein und versuchte mich umzustimmen. Das war ihm zuvor ja auch schon gelungen. Doch als er merkte, dass er dieses Mal nicht weiterkommen würde, ging er auf mich los. Er packte mich am Kragen und drängte mich gegen eine Wand. Da habe ich es in seinen Augen gesehen. Sechs Jahre lang haben wir mit ihm unter einem Dach gewohnt. Sechs Jahre lang konnte er sein wahres Ich vor uns verbergen. Und dann brauchte es nur diesen einen Moment, und ich habe erkannt, wer er wirklich ist.«

Jenna schwieg für einige Sekunden.

»Hätte ich das gewusst, wäre ich nicht zu ihm gefahren«, sagte sie.

»Ich wollte dich damit nicht belasten«, meinte Anneke.

»Es wäre besser gewesen, wenn du mir gleich alles erzählt hättest.«

»Ja, da hast du recht. Ich vergesse immer, dass du kein kleines Mädchen mehr bist.«

»Ich denke, dein Plan ist doch nicht so schlecht«, entschied Jenna schließlich und lächelte zaghaft. »Nur, dass ich noch keinen neuen Namen habe. Wenn du zu Carla wirst, wer werde ich dann sein?«

»Bleiben wir doch nah an der Wahrheit. Du bist meine Tochter Jenna ... Jenna Frerichs.«

Kapitel 6

Die erste Fähre zu nehmen, hatte den Vorteil, fast allein an Bord zu sein. Lediglich ein paar Handwerker, die aus beruflichen Gründen zur Insel übersetzten, und ein paar wenige andere Passagiere saßen mit ihnen unter Deck. Die meisten befanden sich noch im Halbschlaf, klammerten sich an einen Becher Kaffee oder nutzten die Überfahrt, um noch ein wenig zu schlafen. Auch Jenna hatte den Kopf an die Scheibe gelehnt und die Augen geschlossen. Anneke hingegen fühlte sich hellwach. Sie musste sich irgendwie ablenken. Der Schritt an Bord hatte sich wie der in ein neues Leben angefühlt. Als die Taue gelöst worden waren und das Schiff abgelegt hatte, war es so, als hätte auch Anneke endgültig loslassen müssen. Und das machte ihr solche Angst, dass sie kaum atmen konnte.

Sie entschied, nach oben an Deck zu gehen, um etwas frische Luft zu schnappen. Es war kurz nach sechs. Die Sonne ging gerade auf und schickte ihre sanften Strahlen über das Meer. Selten hatte Anneke die Nordsee so ruhig gesehen. Obwohl ihr der Fahrtwind entgegenwehte, gab es kaum Wellen. Vom monotonen Dröhnen des Motors abgesehen, war es um sie herum ruhig. Niemand sonst war hier draußen. Anneke fröstelte ein wenig. Noch war es kühl. Doch der blaue

Himmel versprach einen weiteren wunderschönen, warmen Tag. Eine Möwe kreiste direkt über ihr und ließ sich schließlich auf der Reling nieder.

»Moin«, grüßte Anneke. »Willst du auch rüber zur Insel?«

Sie musste über sich selbst schmunzeln. War es jetzt schon so weit mit ihr gekommen, dass sie sich mit Möwen unterhielt? Das Tier hatte offenbar kein Interesse am frühmorgendlichen Smalltalk, denn es flog nun kreischend davon.

Anneke sah wieder über die Reling und mit einem Mal schlich sich ein Lächeln auf ihr Gesicht. Die salzige, saubere Luft erinnerte sie an die Urlaube ihrer Kindheit. An der Küste brauchte es nur einen tiefen Atemzug, einen Blick aufs Meer, die steife Brise auf der Haut … und schon fühlte man sich freier, glücklich, leichter.

Ihr neues Leben würde wunderbar werden. Daran bestand mit einem Mal kein Zweifel mehr.

Anneke hielt kurz inne, bevor sie den ersten Schritt von der Fähre setzte.

»Worauf wartest du?«, drängte Jenna.

»Das ist der Beginn von unserem neuen Leben«, sagte Anneke feierlich.

»Mach doch nicht so einen Wirbel darum.« Jenna klang wie immer etwas genervt, doch als Anneke sich zu ihr umdrehte, bemerkte sie das leichte Grinsen auf ihren Lippen.

»Geht das da vorne auch mal weiter?«, rief einer der Handwerker ungeduldig.

»Ist ja schon gut«, schnaubte Anneke. »Die haben hier wohl kein Verständnis dafür, dass ich diesen Augenblick genießen möchte.«

»Genieß ihn doch einfach, wenn wir von Bord gegangen sind«, riet Jenna ihrer Mutter. Diese befolgte nun ihren Rat und betrat das Hafengelände. Gleich mehrere große Schilder wiesen die Neuankömmlinge darauf hin, wo sie ihr Gepäck entgegennehmen konnten. Ebenso priesen verschiedene Werbetafeln die beliebten Kutschfahrten an, mit denen die Touristen auf der autofreien Insel ihr Feriendomizil erreichen konnten.

Annekes Blick wanderte vom Fähranleger zum benachbarten Jachthafen. Die weißen Segel der Boote glitzerten in der Morgensonne. Der Wind fing sich in ihnen und ließ seine leise Melodie erklingen.

»Wunderschön hier, nicht wahr?«, seufzte Anneke.

Noch ihren Blick auf die Jachten gerichtet, setzte sie einige Schritte nach vorne.

»Vorsicht!«, schrie Jenna plötzlich.

Anneke fuhr erschrocken herum. Sie hatte die Radfahrerin, die sich ebenfalls gerade nach jemandem umdrehte, völlig übersehen. Und auch diese schaffte es nicht, rechtzeitig abzubremsen. Sie riss noch den Lenker zur Seite, stürzte und krachte gegen Anneke, die nun auch zu Boden ging.

»Mama, bist du verletzt?« Jenna beugte sich panisch über sie.

Anneke benötigte einen Augenblick, bevor sie sich wieder aufrichten konnte. Ihr Knie schmerzte und ihre Hände waren aufgeschürft. Sie sah zu der Radfahrerin. Diese hatte eine Schramme auf der linken Wange, schien ansonsten aber unverletzt.

»Ich habe Sie übersehen. Das tut mir so leid«, stammelte sie aufgeregt.

Sie streckte Anneke ihre Hand entgegen.

»Können Sie aufstehen? Brauchen Sie einen Arzt? Oh Mann, ich sollte mich wirklich auf kein Fahrrad mehr setzen.

Ständig baue ich irgendwelche Unfälle. Gut, dass ich kein Auto fahre. Das würde sicherlich böse enden.«

Anneke wurde von dem plötzlichen Redefluss der jungen Frau ganz schwindelig. Oder war es der Schock? Sie entschied auf jeden Fall, noch einen Moment sitzen zu bleiben. Die Radfahrerin war etwa in ihrem Alter, vielleicht auch ein paar Jahre jünger. Unter ihrem grauen Helm, auf dem zwei Schmetterlinge abgebildet waren, lugten einige Strähnen ihres rotblonden Haares hervor. Sie hatte eine Menge Sommersprossen im Gesicht.

»Was hast du denn wieder angerichtet, Mia?«

Ein Mann kam angerannt. Sein Haar hatte etwa dieselbe Farbe wie Mias. Überhaupt sahen die zwei sich ziemlich ähnlich. Das entging nicht einmal Anneke, die nun vorsichtig ihr aufgeschlagenes Knie betastete.

»Lassen Sie mich mal sehen.« Der Mann kniete sich zu ihr.

»Mein Bruder Jasper ist Arzt«, erklärte Mia. »Wir sind Zwillinge, aber das sieht man ja sofort.«

»Dann sorgen Sie also dafür, dass Ihrem Bruder die Patienten nicht ausgehen«, bemerkte Jenna.

Jasper grinste.

»So könnte man es auch ausdrücken.«

»Am besten wird es sein, ich nehme Sie mit in meine Praxis. Dort kann ich Ihr Knie besser verarzten.«

Er sah zu seiner Schwester.

»Und du könntest wohl auch ein Pflaster gebrauchen.«

»Wir müssen unser Gepäck noch entgegennehmen«, erinnerte Jenna sich.

»Oh, ihr seid wohl gerade erst angekommen. Na, das ist ja ein Start in die Ferien«, sagte Mia kopfschüttelnd.

»Kannst du das übernehmen?«, wollte Anneke von Jenna wissen und ließ sich von Jasper hochhelfen. Sie belastete vorsichtig ihr Bein. Es tat weh, aber schien nicht allzu schlimm zu sein.

»Ja, sicher«, entgegnete Jenna.

»Ich frage Kalle, ob er uns und euer Gepäck mit der Kutsche in den Ort bringen kann. Meine Praxis liegt gleich im Zentrum der Insel. Das sind von hier aus nur zehn Minuten zu Fuß. Zumindest unter normalen Umständen.«

Während Jenna sich auf den Weg machte, um die Koffer entgegenzunehmen, lief Jasper auf eine der wartenden Kutschen zu. Ein älterer Mann stand bei seinen zwei Pferden und wartete wohl auf Kundschaft. Mit seiner grauen Strickmütze, dem verwaschenen Flanellhemd und den kniehohen Gummistiefeln wirkte er mehr wie ein Fischer als ein Kutscher. Sie sah, wie die zwei ein paar wenige Worte wechselten, wobei der Blick des Mannes immer wieder zu Anneke ging.

»Kalle ist ein Knurrkopf«, erklärte Mia. »Der traut Fremden nicht über den Weg, aber eigentlich hat er ein gutes Herz. Wart ihr zwei schon mal auf unserer schönen Insel? Oder ist das euer erster Urlaub hier?«

Anneke zögerte. Ab jetzt zählte jedes Wort. Sie musste gleich in ihre Geschichte eintauchen. Immer bei der einen Version bleiben. Doch es war gar nicht so einfach, von jetzt auf gleich zu jemand anderem zu werden. Dieses Mal kam Anneke noch um eine Antwort herum, denn Jasper kehrte nun zu ihnen zurück.

»So, es kann losgehen.«

Er legte stützend einen Arm um Anneke. Auch Jenna kam mit dem Gepäck zurück. Sie zog an jeder Hand einen großen Trolley hinter sich her und hatte zusätzlich noch zwei Taschen umgehängt. Mia nahm ihr diese ab.

»Geht es?«, wollte Jasper von Anneke wissen.

»Ich glaube, so schlimm ist es nicht.«

Sie liefen hinüber zur Kutsche.

»Moin«, grüßte Kalle knapp, nahm das Gepäck entgegen, verfrachtete es, und stieg anschließend auf den Kutschbock. Mehr hatte er dann auch nicht zu sagen. Aber das war in Ordnung. Schließlich kam man in Mias Begleitung offenbar ohnehin selten zu Wort.

»Ein Wetterchen ist das«, meinte sie, während die Pferde sich in Bewegung setzten. »Seit zwei Wochen strahlender Sonnenschein. So etwas gibt es hier eher selten. Aber leider soll es ab morgen wieder regnen. Vielleicht gar nicht so schlecht.«

»Warum das denn?«, fragte Jenna verständnislos.

»Na ja, mit dem verletzten Knie könnt ihr doch so oder so nicht viel unternehmen. Bei Regen fällt es einem dann leichter, in der Ferienwohnung zu hocken.«

Sie schlug die Hand vor den Mund.

»Oh je, das war jetzt nicht besonders taktvoll von mir. Aber ich habe es nicht böse gemeint. Manchmal rede ich einfach drauflos.«

»*Manchmal* ist gut«, meinte Jasper.

»Wo seid ihr zwei denn untergebracht?«, wollte Mia nun wissen. »Ich hoffe doch nicht, bei der alten Mona. Da möchte niemand seine Ferien verbringen. Die Wohnung hat ihre besten Zeiten hinter sich, genau wie Mona selbst.«

»Es ist leider bei Mona«, sagte Jenna ernst.

»Nein. Ich trete heute aber auch in jedes Fettnäpfchen«, meinte Mia betroffen.

»Sie hat nur Spaß gemacht«, erklärte Anneke. »Meine Tochter hat manchmal eine seltsame Art von Humor.«

»Den ich durchaus teile.« Jasper zwinkerte Jenna amüsiert zu.

»Wir haben noch keine Unterkunft.«

Mia sah Anneke fassungslos an.

»Ihr seid aber mutig. Um diese Jahreszeit ist immer schon sehr viel ausgebucht.«

»Wenn ihr mögt, könnt ihr ein paar Tage in unserer Ferienwohnung unterkommen«, bot Jasper ihnen an. »Die liegt im selben Haus wie meine Praxis. Leider ist sie aber ab Samstag vermietet.«

»Das sind ja noch ein paar Tage«, meinte Anneke. »Bis dahin können wir uns was anderes suchen.«

»Wunderbar. Dann seid ihr jetzt unsere Gäste. Dabei fällt mir ein. Ihr habt euch noch gar nicht vorgestellt.«

Anneke zögerte. Und das offensichtlich zu lange, denn Jenna übernahm das Wort.

»Ich bin Jenna und das ist meine Mutter Carla.«

Sie hatte keinen Nachnamen benutzt. Das verschaffte ihnen noch ein wenig Zeit, bevor sie völlig in ihre neue Rolle eintauchen mussten.

Die Kutsche kam nun vor einem zweigeschossigen Haus mit Spitzdach zu stehen. Es war rot verklinkert, mit weißen Fensterrahmen. Der kleine Vorgarten wirkte gepflegt. Bunte Blumen säumten den Weg zur Haustür. Auf dem Rasen stand ein rot-weißer Leuchtturm, davor zwei Plastikschafe, von denen eins einen gelben Südwester trug. Neben der Tür war ein Schild angebracht.

Dr. Jasper Kruse – Allgemeinmediziner war darauf zu lesen.

Gleich daneben ein weiteres Blechschild, mit dem Hinweis auf eine Ferienwohnung und einer Telefonnummer, die man bei Buchungsanfragen wählen konnte.

Ein gebrechlich wirkender Mann, sicherlich schon über achtzig Jahre alt, stand vor der Tür und schien auf den Doktor zu warten.

»Da bist du ja endlich, Jasper. Ich dachte schon, ihr habt heute gar nicht mehr auf«, klagte er.

»Wir haben gerade mal halb acht, Bruno«, sagte Jasper. »Du weißt doch, dass ich erst um acht Uhr öffne.«

Er gab einen unzufriedenen Laut von sich.

»Aber du kannst gerne schon mal reinkommen«, bot Mia ihm an. »Ich koche uns einen Kaffee.«

»Wer sind die denn?«

Er zeigte auf Anneke und Jenna.

»Das sind unsere neuen Gäste. Ich habe Carla leider mit dem Rad angefahren.«

»Carla«, wiederholte Bruno nachdenklich. »Ich kannte auch mal eine Carla. War ein nettes Mädchen. Sie hat mir und meiner Heidi früher immer im Garten geholfen.«

Jenna und Anneke tauschten einen kurzen Blick.

»Ich glaube, ich muss mich mal setzen«, klagte Anneke, einfach nur, damit sie nicht weiter auf die Erinnerung eines alten Mannes eingehen musste. »Mir ist etwas schwindelig. Vermutlich die Aufregung so früh am Morgen.«

»Kommen Sie.« Jasper schenkte ihr den besorgten Blick eines Arztes. »Geht es?«

Sie nickte tapfer und ließ sich von ihm in die Praxis führen.

Der Anmeldebereich war eher klein gehalten und nicht so, wie Anneke es aus den großen Praxen in der Stadt kannte. Es gab einen Schreibtisch mit einem altmodischen PC. Daneben stand eine hochgewachsene Grünpflanze, die einen Großteil des bodentiefen Fensters bedeckte und dem Raum Licht nahm. Der Platz hinter dem Schreibtisch war noch unbesetzt. Sie gingen an einer geöffneten Tür vorbei, hinter der sich das Wartezimmer verbarg. Drei Stühle an jeder Wand, in der Mitte ein Tisch, auf dem Zeitschriften lagen.

»Ich warte hier«, sagte Jenna. Sie nahm, dicht gefolgt von Bruno, Platz.

»Ich bringe euch gleich einen Kaffee«, trällerte Mia fröhlich.

»Nimm dir vorher wenigstens ein Pflaster«, sagte Jasper. »Was sollen unsere Patienten denken, wenn du mit so einer blutigen Schramme herumläufst.«

Während Mia die Tür zu einem Labor öffnete, erreichten sie nun das Behandlungszimmer. Auch dieses war nicht besonders modern ausgestattet, aber erfüllte seinen Zweck.

»Legen Sie sich besser hin«, riet Jasper ihr und führte sie zu der Behandlungsliege.

»Es geht schon wieder«, versuchte Anneke ihn zu beruhigen. Schließlich war ihr Schwindelanfall nur vorgetäuscht gewesen.

»Ich messe mal Ihren Blutdruck und dann verbinde ich Ihr Bein.«

Jasper holte ein Blutdruckmessgerät hervor und legte die Manschette um Annekes Arm.

»Sieht doch gar nicht so schlecht aus«, bemerkte er.

»Ich sagte ja, es ist schon besser.«

Sie lächelte.

»Mia soll Ihnen trotzdem einen Kaffee machen. Der hilft, den Kreislauf in Schwung zu bringen.«

Er griff zu Wundspray und einer Verbandsrolle.

»Wenn Sie Ihr Knie ein paar Tage schonen, dann können Sie schon bald wieder Ihren Urlaub genießen.«

»Ehrlich gesagt, sind wir nicht hier, um Urlaub zu machen«, erklärte Anneke. »Jenna und ich wollen dauerhaft auf der Insel bleiben.«

»Ach wirklich?« Er blickte überrascht auf.

Anneke wusste, dass sie jedes Wort mit Bedacht wählen musste.

»Ich habe als Kind hier gelebt, und es hat mich nun zurück in meine Heimat gezogen.«

»Meine Schwester und ich sind hier aufgewachsen.« Er sah sie nachdenklich an. »Wann sind Sie denn von hier weggezogen?«

Anneke begann hektisch nachzurechnen. Wenn Carla damals 12 gewesen war und sie beide sich etwa im gleichen Alter befanden …

»Das ist schon über zwanzig Jahre her.«

»Da war ich etwa zehn Jahre alt«, erklärte Jasper. »Wie ist denn Ihr Nachname?«

»Frerichs.«

Jetzt gab es kein Zurück mehr. Anneke hatte diese unsichtbare Grenze in ihr neues Leben nun endgültig überschritten.

»Carla Frerichs.« Er lächelte. »Ja, ich erinnere mich. Du hast doch immer mit Aike rumgehangen, oder?«

»Ja, mit Aike. Wir waren unzertrennlich. Das ist so lange her.«

»Lass uns heute Abend doch alle zusammen essen gehen. Dann können wir ganz in Ruhe in Erinnerungen schwelgen. Hast du vor, wieder in euer altes Haus zu ziehen? Es wurde ja nie verkauft. Seltsam eigentlich, dass deine Familie immer daran festgehalten hat.«

»Ja, da hast du recht.«

Anneke lachte angestrengt. Es gab also ein Haus. Davon hatte sie nichts gewusst. Einerseits machte es die Sache einfacher, denn so hatten sie eine Bleibe. Doch es taten sich auch weitere Schwierigkeiten auf. Denn wenn sie Carla Frerichs war, dann sollte sie wohl auch wissen, wo das Haus ihrer Eltern lag. Sie waren kaum eine Stunde auf der Insel und Anneke bekam bereits Zweifel an ihrem Vorhaben. So eine neue Identität konnte offenbar ganz schön anstrengend werden ...

Kapitel 7

»Wunderbar, wie sehr sich unser Lebensstandard von Woche zu Woche verbessert.«

Jennas Sarkasmus war kaum zu überhören. Sie lag auf dem großen Doppelbett neben ihrer Mutter und starrte missmutig an die Decke.

Auch Anneke konnte nicht leugnen, dass die Ferienwohnung viel zu klein für sie beide war. Der etwa dreißig Quadratmeter große Raum umfasste sowohl Wohn- als auch Schlafzimmer. Ein offenes Regal, in dem Bücher und maritime Dekoration Platz fanden, diente als optischer Raumtrenner. Sowohl das beige Sofa als auch die rustikalen Eichenmöbel wirkten etwas altbacken.

»Wir haben das Haus, samt Praxis und den beiden Ferienwohnungen, von unseren Eltern geerbt«, hatte Mia beinah entschuldigend vorgebracht, als sie Anneke und Jenna den Schlüssel übergeben hatte. Sie hatte ebenso erklärt, dass sie und Jasper die nötigen Renovierungsarbeiten immer wieder vor sich herschoben. Dennoch konnte Anneke nicht behaupten, dass es hier nicht gemütlich war. All das erinnerte sie ein wenig an den Einrichtungsstil ihrer Eltern und versetzte sie daher unwillkürlich in die unbeschwerten Zeiten ihrer Kindheit zurück.

Jenna sprang nun vom Bett auf und begann, unruhig auf und ab zu laufen.

»Das war ja ein super Start«, schnaubte sie. »Innerhalb von ein paar Minuten sind wir gleich drei Leuten über den Weg gelaufen, die Carla von früher kennen. Oh, Moment mal.« Sie hielt kurz inne. »Eigentlich sind wir ja insgesamt nur drei Leuten über den Weg gelaufen. Offenbar kennt hier also jeder die berühmte Carla Frerichs. Sicherlich hat der alte Mann noch Fotos von ihr, die er heute Abend beim gemeinsamen Essen rausholt. Und auch Mia und Jasper werden einige Geschichten über dich zum Besten geben.«

»Wir dürfen jetzt nicht die Nerven verlieren«, riet Anneke ihr, obwohl sich auch ihre Gedanken geradezu überschlugen. »In erster Linie müssen wir herausfinden, wo sich dieses Haus befindet. Offenbar ist es unbewohnt. Ich erinnere mich, dass Carla in einer ihrer Mails an Frau Sablonski von ihrem früheren Zuhause gesprochen hat.«

»Liest du die etwa immer noch?«, fragte Jenna verständnislos.

»Ja, sicher. Es ist doch wichtig, dass ich ein Gespür dafür bekomme, wer Carla ist.«

Anneke nahm sich ihr Handy und öffnete das E-Mail-Programm. Sie hatte in der letzten Woche mehr über Carlas Reiseerlebnisse gelesen. Mittlerweile hatte diese einen Ersatzausweis bekommen und war weiter nach Süditalien gereist. Und irgendetwas hatte sie da doch von früher geschrieben …

Anneke rief die Mail erneut auf.

Liebe Else,

ich war schon immer ein Fan von allem, was aus Italien kommt. Eis, Pizza, Pasta ... Die verstehen hier wirklich viel von gutem Essen. Besonders in diesem kleinen, netten Dorf, in dem ich gestrandet bin. Dieses Mal hatte ich wenig Lust auf ein Hotelzimmer. Ich wollte mal wieder eine richtige Küche und ein großes Wohnzimmer haben. Deswegen habe ich ein idyllisches Ferienhaus gemietet. Wenn ich aus dem Fenster sehe, blicke ich direkt auf eine grüne Weide, auf der zwei Pferde grasen. Das erinnert mich an früher. Von meinem Kinderzimmerfenster konnte ich auch auf einen Pferdehof blicken. Ich wollte immer ein eigenes Pony, habe es aber leider nie bekommen. Dafür durfte ich aber in die Ställe gehen und mich um die Tiere kümmern. Seltsam, wie solche verblassten Erinnerungen plötzlich wieder aufleben können.

Aber genug von der Vergangenheit. Ich werde jetzt erst einmal einen schönen Spaziergang durch die kleinen Gassen dieses verträumten Ortes machen und mir selbstverständlich noch ein Eis gönnen (das wäre dann bereits das dritte für heute).

Ich schreibe dir bald wieder.

Deine Carla

Anneke hatte laut vorgelesen und sah nun zu Jenna.

»Ein Pferdehof also«, sagte diese und begann gleich im Internet zu recherchieren. »Davon gibt es zwei auf der Insel. Einer ist hauptsächlich für Feriengäste gedacht. Die bieten Ponyreiten und solche Dinge an. Der andere liegt etwas abseits vom Zentrum.«

Jenna zeigte Anneke die jeweiligen Standorte auf der Karte.

»Wenn ich morgen hoffentlich wieder besser laufen kann, dann sehen wir uns die Höfe mal an, okay?«

»Ich könnte mir doch ein Fahrrad leihen und schon mal die Lage vor Ort checken.«

»Ich weiß nicht«, meinte Anneke.

»Warum? Was sollte denn passieren? Außerdem halte ich es nicht den ganzen Tag in diesem Loch aus.«

»Loch klingt jetzt aber wirklich sehr negativ«, warf Anneke ein. »So schlimm ist es nun auch nicht.«

»Es ist eng und warm hier oben. Ich muss echt mal an die frische Luft. Und du kannst dich währenddessen ein wenig von deinem Unfall erholen.«

»Na gut, wenn du meinst. Sei aber vorsichtig, okay? Und mach keinen Unsinn.«

»Ich doch nicht«, entgegnete Jenna grinsend, bevor sie sich auf den Weg machte.

Jenna hatte schnell einen Verleih für Fahrräder entdeckt. Während es bei ihrer Ankunft noch ruhig gewesen war, schien die Insel nun allmählich zu erwachen. Es war erst kurz nach zehn, aber im Zentrum war schon einiges los. Vor den Cafés saßen die Menschen in der Sonne und frühstückten. Die Ladenbesitzer schoben Aufsteller mit Postkarten oder Ständer, an denen windfeste Jacken hingen, auf die Wege vor ihren Geschäften. Jenna hätte durchaus Spaß daran gehabt, ein wenig zu bummeln. Sogar sie konnte nicht leugnen, dass die allgemein fröhliche Urlaubsstimmung ansteckend war. Bei dem Anblick der vielen Restaurants, Cafés und Bäckereien bekam sie Hunger. Sie stellte ihr Rad ab und lief auf einen Stand zu, an dem man Crêpes, Quark mit frischen Früchten und Milchshakes kaufen konnte. Sie bestellte sich einen Erdbeershake und zog schließlich gestärkt weiter.

Der erste Pferdehof lag nah am Zentrum, mit dem Rad vielleicht fünf Minuten entfernt. Schon kurz nachdem Jenna das geschäftige Treiben hinter sich gelassen hatte und auf einen schmalen, sandigen Pfad eingebogen war, entdeckte sie zwei große Gebäude und mehrere Ställe. Auf der Weide befanden sich drei Kinder, die sich um ein kleines, weißes Pony scharten und darum stritten, wer zuerst ausreiten durfte. Um den Hof herum erstreckten sich große Wiesen. Dahinter lag ein Getreidefeld. Von einem einzelnen Wohnhaus war allerdings nichts zu sehen. Dies war offensichtlich die falsche Adresse. Um den nächsten Hof zu erreichen, musste Jenna ein weites Stück durch die Dünen zurücklegen. Ein Blick auf ihr Handy verriet ihr, dass es dort sehr viel Natur und nur wenige Gebäude gab. Die Sonne stand mittlerweile hoch am Himmel und Jenna überlegte, ob sie bei dem heißen Wetter wirklich so eine weite Strecke zurücklegen sollte. Doch gleich wieder in die kleine Ferienwohnung wollte sie auch noch nicht. Also gab sie sich einen Ruck und trat in die Pedalen.

Jenna bereute es schon wenig später. Zwischen den Dünen schien die Luft förmlich zu stehen. Wie konnte es Ende Mai bloß schon so heiß sein? Die Menschen strömten an ihr vorbei, um an den Strand zu gelangen. Und auch sie sehnte sich plötzlich danach, einen Blick aufs Meer zu werfen. Jenna kämpfte sich einen steilen Pfad hoch und stellte ihr Rad neben einer Bank ab. Dann zog sie ihre Sneaker aus und tauchte ihre Füße in den feinen Sand. Es fühlte sich gut an. Der breite, lange Strand lag nun direkt unter ihr. Ihr Blick wanderte über die Strandkörbe hinweg zum Wasser. Einige Menschen stürzten sich bereits in die Brandung und genossen die Abkühlung. Unter dem wolkenlosen Himmel wirkte die Nordsee strahlend blau. Die sachten Wellen trafen gleichmäßig an Land. Jenna schloss die Augen und konzentrierte sich einen Moment auf das leise Rauschen. Sie genoss den warmen Wind, der durch ihr Haar strich, und spürte, dass sie zum ersten Mal seit Tagen ruhiger wurde. Wenn andere dabei waren, glaubte sie immer die coole, unnahbare Fassade aufrechterhalten zu müssen, doch in Wahrheit hatte sie sich gerade in letzter Zeit sehr verletzlich gefühlt. Erst die Sache mit Erik, nun hatte sie auch noch Adrian verlassen müssen. Es lief wirklich nicht besonders für sie. Jenna verbot sich, weiter über all das nachzudenken, und wandte sich ruckartig ab. Sie würde jetzt zu diesem Hof fahren, nachsehen, ob dort ein verlassenes Haus auf sie wartete, und anschließend zurückradeln. Vielleicht würde sie auch noch schnell ein paar Lebensmittel einkaufen. Dann und wann konnte sie ja auch mal ihre nette Seite raushängen lassen. Schließlich hatte es ihre Mutter momentan auch nicht leicht. Aber das durfte nicht zur Gewohnheit werden ...

Anneke wurde irgendwann zu unruhig, um nur auf dem Bett zu liegen und ihr Bein zu schonen. Ihr Knie schmerzte noch ein wenig, wenn sie es belastete, aber es schien nicht allzu schlimm zu sein. Zum Glück war der Fahrradunfall für sie und Mia einigermaßen glimpflich ausgegangen.

Sie trat ans Fenster und blickte nach draußen. Direkt vor dem Haus führte die Straße entlang, die jeden, der am Fährhafen anlegte, unmittelbar ins Inselzentrum brachte. Hätte es hier Autos und Busse gegeben, wäre der Lärm vermutlich mit dem einer Hauptverkehrsstraße vergleichbar gewesen. Doch so hörte man lediglich das Getrappel von Pferden oder hin und wieder das Klingeln einer Fahrradglocke.

Anneke bekam große Lust, sich ebenfalls unter die Leute zu mischen, um den sommerlichen Tag zu genießen. Laut Jasper lagen die nächsten Geschäfte und Cafés nur einen Steinwurf entfernt.

Sie schnappte sich den Schlüssel und verließ schließlich die Wohnung. Die Tür zur Praxis war verschlossen. Sicherlich war Mittagspause. Vielleicht war es besser so. Wenn sie Mia und

Jasper nicht begegnete, musste sie mit den Geschwistern auch nicht weiter über früher sprechen. Dazu würde es heute Abend beim gemeinsamen Essen noch kommen. Beim Austausch von Kindheitserinnerungen. Ob sie dann auch Aike kennenlernte? In ihm bestand wohl das größte Risiko, aufzufliegen. Er und Carla mussten schon sehr gute Freunde gewesen sein, wenn er nach all den Jahren noch an ihrem gemeinsamen Versprechen festhielt. Sicherlich würde er sich fragen, warum sie nicht auf seinen Brief geantwortet hatte. Und Anneke würde ihm dann erklären, dass ihr Besuch eine Überraschung werden sollte.

In Wahrheit hatte sie nur Zeit schinden wollen. Sich erst einmal in ihrer neuen Heimat orientieren, mehr über ihr neues Ich in Erfahrung bringen. Aber dieser Plan war nun nicht mehr umsetzbar.

Während Anneke noch tief in Gedanken war, hatte sie auch schon die kleine Einkaufsstraße erreicht. Es waren tatsächlich keine fünf Minuten gewesen. Und das in ihrem momentan langsamen Tempo. Sie blieb lächelnd vor einem Souvenirshop stehen. Bei dem Anblick von Postkarten, Plüschrobben und bunten Drachen musste sie gleich wieder an die Urlaube ihrer Kindheit zurückdenken. Wie oft hatte sie vor solchen Schaufenstern gestanden und darum gebettelt, etwas kaufen zu dürfen! Und sei es auch nur eine Muschel oder eine dieser kleinen Schneekugeln. Ihre Eltern waren im Urlaub immer besonders nachgiebig gewesen, auch wenn sie genau wussten, dass diese Dinge zu Hause nur wieder in der überfüllten Spielzeugkiste landen und vergessen werden würden. Aber für den Moment hatten sie Anneke alles bedeutet. Und so war es bei den Kindern auch heute noch.

Sie sah lächelnd dabei zu, wie ein kleiner Junge seinen Vater in den Laden zerrte und nach einer Möwe fragte, die auf Knopfdruck ihr unverkennbares Kreischen von sich gab.

Anneke konnte heute gerade noch so widerstehen, aber sie würde gewiss auch noch einen dieser Läden aufsuchen, um für sich und Jenna eine Kleinigkeit zu kaufen.

Doch vorerst steuerte sie einen schattigen Tisch an, der zu dem Café gleich nebenan gehörte. Sie hatte Glück, noch einen freien Platz ergattern zu können. Niemand wollte bei diesem Wetter drinnen sitzen. Eine ältere Dame trat nach draußen. Eigentlich war sie längst in dem Alter, in dem sie ihren Ruhestand genießen sollte, doch offenbar hatte sie noch Freude an ihrer Arbeit. Zumindest wirkte sie fröhlich und bestens gelaunt, während sie nacheinander an zwei verschiedene Tische trat und die Bestellungen aufnahm. Und das nicht, ohne mit jedem Einzelnen einen kurzen Plausch zu halten. Es ging um die üblichen Belanglosigkeiten wie das Wetter und solche Dinge. Eine junge Frau beklagte sich, dass es heute keinen freien Strandkorb mehr gab, und sie daher lieber hergekommen war, um ein Stück Torte zu essen. Sie lobte das kleine Café für seinen hausgemachten Kuchen und die ältere Dame lächelte geschmeichelt.

Dann kam sie zu Anneke.

»Was kann ich dir denn Gutes tun?«

Anneke fand es ungewöhnlich, aber durchaus sympathisch, dass sie gleich zum Du überging.

»Ich weiß noch nicht«, entgegnete sie unentschlossen. »Eigentlich wollte ich nur einen Kaffee trinken, aber ich habe da gerade etwas von hausgemachtem Kuchen aufgeschnappt.«

»Den darfst du dir nicht entgehen lassen. Meinem Mann und mir gehört das Café seit beinah vierzig Jahren und seitdem stehe ich Tag für Tag in der Küche und backe die Kuchen noch selbst.«

Man sah ihr an, wie stolz sie auf ihr Lebenswerk war.

»Vierzig Jahre?«, staunte Anneke und wurde zugleich nachdenklich. Auch sie hatte mal davon geträumt, einen Mann zu finden, mit dem sie bis zu ihrem Tod zusammenbleiben konnte. Sich an einem schönen Ort niederlassen, eine Familie mit zwei oder drei Kindern gründen und ein zufriedenes Leben führen. Mehr hatte sie nie gewollt.

»Heute kann ich den Erdbeerkuchen empfehlen«, sagte die Frau nun und strich sich eine ihrer widerspenstigen, silbergrauen Locken aus der Stirn. »Die Erdbeeren hat mein Friedrich heute Morgen frisch vom Bauern geholt. Die schmecken traumhaft.«

»Da kann ich doch nicht Nein sagen«, meinte Anneke und bestellte ein Stück. »Dazu bitte einen Cappuccino.«

»Eine gute Wahl«, lobte die Frau sie, bevor sie zum nächsten Tisch weiterzog. Bei ihrem Arbeitstempo würde es gewiss eine Weile dauern, bis Kaffee und Kuchen serviert wurden. Aber Anneke hatte schließlich Zeit. Sie wollte sich gerade entspannt zurücklehnen, da entdeckte sie Mia zwischen den Menschen auf der Straße. Und diese hatte auch Anneke bemerkt. Sie hob fröhlich die Hand und winkte ihr zu, dann steuerte sie auch schon ihren Tisch an.

»Schön, dich hier zu sehen. Geht es deinem Bein besser?«

»Ja, es tut kaum noch weh.«

Ohne weiter nachzufragen, zog Mia einen Stuhl zurück und setzte sich.

»Wo hast du denn deine Tochter gelassen? Es macht doch gar keinen Spaß, so allein in einem Café zu sitzen. Also ich bin ja jemand, der immer Gesellschaft braucht.«

»Jenna ist allein losgezogen, um die Insel zu erkunden.«

»Verstehe«, entgegnete Mia und hob die Hand, um auf sich aufmerksam zu machen. Die alte Frau hatte sie gerade noch entdeckt, machte auf den Stufen zum Café kehrt und kam zurück zum Tisch.

»Moin, Fine«, grüßte Mia fröhlich. »Hast du schon gesehen, wer zurück auf der Insel ist?«

Anneke schluckte.

Bitte nicht ... flehte sie innerlich. Nicht noch jemand, der sie von früher kannte.

Fine verstaute ihren Block in der Tasche ihrer Schürze und betrachtete Anneke nachdenklich.

»Sollten wir uns etwa kennen?«

»Komm schon, streng dich an. Dann erinnerst du dich ganz bestimmt. Sie hat sich doch kaum verändert.«

Anneke hätte beinah lachen müssen. Offenbar bestand doch eine gewisse Ähnlichkeit zu Carla. Oder Mia besaß bloß eine große Einbildungskraft.

»Nee du, tut mir leid«, meinte Fine. »Da muss ich passen.«

»Das ist Carla ... Carla Frerichs.«

Fine schlug die Hand vor den Mund und wirkte plötzlich so, als müsse sie sich setzen.

»Nein, das kann doch nicht wahr sein! Warum hast du denn nichts gesagt, Mädchen? Wenn wir gewusst hätten, dass du kommst, wären Friedrich und ich doch zum Hafen gekommen, um dich persönlich zu empfangen. Ach was, wir hätten den roten Teppich für dich ausgerollt.«

Sie lachte, dann legte sie überschwänglich die Arme um Anneke und drückte sie an ihre Brust.

»Nie hätte ich gedacht, dich noch mal wiederzusehen. Nach all den Jahren. Wenn ich das meinem Aike erzähle.«

Anneke spürte, wie ihr der Schweiß ausbrach. Und das lag nicht nur daran, dass Fine sie immer noch an sich drückte und ihr beinah die Luft zum Atmen raubte. Sie stand offenbar in irgendeinem Verhältnis zu Aike. Seine Mutter konnte sie nicht sein, denn in seinem Brief hatte er davon gesprochen, dass seine Eltern verstorben waren.

Fine ließ nun endlich locker.

»Aike ist gerade leider auf dem Festland.« Sie sah zu Mia. »Du weißt schon, immer noch wegen dieser dummen Sache.«

Mia nickte betroffen.

»Aber morgen ist er zurück. Der wird staunen. Nachdem du nicht auf seinen Brief geantwortet hast, hat er nicht mehr daran geglaubt, dass du kommen würdest. Nein ...« Sie klatschte die Hände zusammen und lachte entzückt. »Unsere Carla. Ich hätte dich doch gleich erkennen müssen.«

»Und sie hat schon eine Tochter, die fast erwachsen ist.«

»Wirklich? Hoffentlich lerne ich die auch bald kennen. Hast du sie mit hierhergebracht?«

»Auf die Insel ...? Ja, sie ist gerade mit dem Rad unterwegs.«

»Entschuldigung«, rief ein Mann vom Tisch nebenan. Er wirkte ungeduldig. »Ich habe schon vor fünfzehn Minuten bestellt. Wie lange kann es dauern, einen Kaffee zu kochen?«

»Immer diese Miesepeter«, nuschelte Fine. »Aber ich muss jetzt tatsächlich weiterarbeiten, sonst gibt es hier noch einen Aufstand.«

Sie erhob sich lachend, warf Carla einen entzückten Blick zu und beugte sich zu ihr, um ihr einen Schmatzer auf die Wange zu geben.

»Meine Carla ist zurück«, sagte sie ungläubig.

»Kommt doch heute Abend zu mir«, lud Mia sie ein. »Ich werde zur Feier des Tages den Grill anwerfen. Jasper, Christine und die Kinder werden auch da sein.«

»Da sage ich doch nicht Nein«, meinte Fine, bevor sie sich wieder an die Arbeit machte.

»Jasper hat Kinder?«, hakte Anneke nach, um das Thema von Carla abzulenken.

»Ja, zwei Jungen. Zwei und vier Jahre alt. Du wirst sie mögen.«

»Da bin ich mir sicher«, entgegnete Anneke und versuchte sich an einem unbeschwerten Lächeln. Wie konnten die Dinge an nur einem einzigen Vormittag so aus dem Ruder laufen? Hätte sie gewusst, dass mit Carla offenbar eine verlorene Tochter in ihre Heimat zurückkehrte, von allen geliebt und geschätzt, dann wäre sie wohl besser im Ruhrgebiet geblieben. Aber da musste sie jetzt durch. Was riet sie Jenna immer, wenn diese zu früh aufgeben wollte? Wenn man eine Sache anfing, musste man sie auch zu Ende bringen.

Doch das würde in diesem Fall gar nicht mal so einfach werden.

Kapitel 8

Jenna war völlig erledigt, als sie endlich das andere Ende der Insel und somit auch den zweiten Pferdehof erreicht hatte. Sie lehnte ihr Rad an einen Weidezaun und versuchte, zu Atem zu kommen.

Sie sah sich um. Der Hof war deutlich kleiner und ganz offenbar nicht auf den Besuch von Touristen ausgelegt. Das hing vermutlich damit zusammen, dass kaum jemand den weiten Weg hierher auf sich nahm. Zwischen zwei eingezäunten Weiden lag ein weiß verputztes Reetdachhaus. Direkt am Hof führte ein kleiner Pfad entlang. Der Boden war so trocken, dass Jenna mit jedem ihrer Schritte Staub aufwirbelte. Ein braunes Pferd graste auf der Weide und sah kurz auf, als sie vorbeilief. Vor dem Haus standen ein Mann und eine Frau und unterhielten sich. Auch sie hielten einen Augenblick inne, als sie Jenna bemerkten, und blickten zu ihr, ohne etwas zu sagen. Vermutlich hielten sie sie für eine Urlauberin, die diesen abgelegenen Teil der Insel erkundete.

Jenna beschleunigte ihre Schritte. Sie mochte es nicht, von allen derart gemustert zu werden. Sogar die braun gestreifte Hofkatze schien sie anzustarren. Es war eine seltsame Atmosphäre. Viel zu ruhig für Jennas Geschmack. Sie konnte die Grillen zirpen hören, die heiße Luft flimmerte über den weiten Wiesen. Hinten am Horizont sah sie einen blauen Streifen. Die Nordsee. Auf einer Insel war das Meer eben nie weit entfernt. Jenna lief weiter, vorbei an einer weiteren Weide, auf der drei Ponys grasten. Dann entdeckte sie es. Verborgen hinter hohen Hecken lag es still und verlassen da. Vergessen ... das war wohl das Wort, das am ehesten zutraf. Ein Haus, an das seit vielen Jahren niemand mehr gedacht hatte. Im Baustil ähnlich wie das Wohngebäude auf dem Hof, nur um eine Etage höher. Mit einem Reetdach und einer Fassade, die ebenfalls einmal weiß gewesen sein musste. Doch das raue Wetter hatte sie ergrauen lassen. Das gesamte Grundstück war von einem niedrigen Holzzaun umfasst, den man unter den vielen Sträuchern und dornigen Hecken kaum noch erkennen konnte.

Jenna umrundete das Gebäude. Das Tosen der Brandung wurde lauter. Sie erkannte, dass der immer schmaler werdende Pfad unmittelbar zu einem Sandstrand führte. Dieser war eher naturbelassen. Es gab viele Steine und Muscheln, die jeden Badeurlauber abgeschreckt hätten. Auch Jenna hätte hier wohl nicht ihr Laken ausgebreitet, um sich zu sonnen. Die hohen Wellen schienen eine Warnung für jeden zu sein, der hier ein Bad nehmen wollte. Zumindest wenn man kein sicherer Schwimmer war. Dennoch entging Jenna nicht die unverfälschte Schönheit dieser Landschaft. So rau und unberührt, wie sie es nie zuvor gesehen hatte. Sie wandte sich ab und ging auf das kleine Zauntor zu. Dieses hing schief in den Angeln und quietschte, als sie es öffnete. Sie erkannte zwischen all dem Unkraut einen Weg aus Steinplatten, der sie direkt zur Haustür führte. Rechts der Tür gab es ein Fenster, das von einem großen Riss durchzogen wurde. Die Scheibe war so schmutzig, dass Jenna kaum hindurchsehen konnte. Sie schirmte ihre Hände ab und versuchte, etwas zu erkennen.

Hinter dem Fenster schien sich eine Küche zu befinden, und zwar vollständig möbliert. Auch wenn sicherlich alles schmutzig und staubig war, würde es für sie einfacher sein, ein eingerichtetes Haus vorzufinden. Andererseits konnte Jenna sich kaum vorstellen, dass sie und ihre Mutter hier draußen wirklich leben sollten. Sie wollte zu gerne wissen, was sich noch hinter der verschlossenen Haustür verbarg.

Jenna zögerte nicht sehr lange. In den letzten Monaten war ihre Hemmschwelle, wenn es um illegale Handlungen ging, leider ziemlich geschrumpft. Hier und da ein kleiner Diebstahl zusammen mit ihrer alten Clique, das Rauchen eines Joints in Adrians Zimmer oder das Entwenden von achttausend Euro aus Eriks Tresor. Vor zwei Jahren hätte sie noch über ihr Verhalten den Kopf geschüttelt. Aber wenn man einmal damit angefangen hatte, war es plötzlich gar nicht so einfach, wieder aufzuhören. Sie lief erneut zum Strand und schnappte sich einen Stein, der groß genug war, um der beschädigten Scheibe den Rest zu geben. Jenna stellte sich mit etwa zwei Metern Abstand vor das Fenster und warf den Stein. Glas splitterte. Das war ein guter Treffer gewesen. Sie nahm sich einen langen Zweig und versuchte damit, die übrigen Scherben zu entfernen. Jetzt konnte sie problemlos in das Haus einsteigen. Sie wollte sich gerade am Rahmen abstützen und hochziehen, da hörte sie eine Stimme.

»Hey, was machst du denn da?«

Eine Frau war wie aus dem Nichts aufgetaucht. Es war dieselbe Person, die sie zuvor auf dem Pferdehof gesehen hatte. Über ihrer engen Jeans trug sie Reiterstiefel. Die ärmellose Bluse und ihre zu einem Zopf gebundenen Haare ließen sie sportlich aussehen. So wie jemanden, der schnell rennen konnte. Das aber hoffentlich nicht in den hohen Stiefeln.

Jenna wollte es drauf ankommen lassen. Sie setzte zu einem Sprint in Richtung Strand an.

»Bleib stehen!«, rief die Frau. »Polizei!«

Hatte sie gerade wirklich Polizei gerufen oder entsprang das nur Jennas Einbildung? Sie wollte es besser nicht herausfinden und beschleunigte ihr Tempo. Das war wegen des steinigen Untergrunds gar nicht so einfach. Außerdem musste Jenna bald feststellen, dass der Strand schmaler wurde, bis sie schließlich nasse Füße bekam.

»Jetzt bleib endlich stehen«, schnaubte die Frau. Sie war dicht hinter ihr. Es war ein Fehler, sich kurz umzudrehen. Jenna stolperte über einen kleinen Felsvorsprung im Wasser und stürzte. Das kühle Salzwasser, das durch ihre Kleidung drang, fühlte sich nach dem Dauerlauf beinah schon erfrischend an. Und wäre diese Polizistin nicht hinter ihr her gewesen, hätte Jenna die Abkühlung mehr als genossen.

»Alles okay?« Die Frau kam vor ihr zum Stehen und streckte Jenna eine Hand entgegen. Diese entschied, auf die angebotene Hilfe zu verzichten, und stand langsam auf. Außer einem Kratzer am Schienbein, der im Salzwasser brannte, hatte sie sich bei dem Sturz nicht verletzt.

»Warum jagen Sie hinter mir her? Das hat mir Angst gemacht«, beteuerte Jenna. Es war nie verkehrt, die Unschuldige zu spielen. Vielleicht konnte sie sich sogar eine Träne abringen, aber das würde man ihr dann vermutlich doch nicht abkaufen.

»Ich habe doch laut und deutlich Polizei gerufen.«

»Sie sehen nicht aus wie eine Polizistin.«

»Das liegt vermutlich daran, dass ich gerade nicht im Dienst bin. Privat trage ich keine Uniform.«

»Das hält sie aber nicht davon ab, privat hinter mir herzujagen.«

Jenna verschränkte die Arme und sah sie herausfordernd an.

»Ich habe dich ja auch auf frischer Tat ertappt. Warum wolltest du in dieses alte Haus einsteigen?«

Sie zögerte mit ihrer Antwort. War es besser, gleich bei der Wahrheit zu bleiben? Also der falschen Wahrheit natürlich. Der über ihre Mutter Carla. Sie entschied sich, diese Karte auszuspielen.

»Das Haus gehört meiner Mutter. Sie hat mich hergeschickt, um mal nach dem Rechten sehen.«

»Deiner Mutter also?« Die Polizistin grinste. »Und warum hat dir deine Mutter dann keinen Schlüssel mitgegeben?«

»Weil sie den selbst nicht mehr finden konnte. Sie war seit über zwanzig Jahren nicht auf der Insel.«

»Wie heißt deine Mutter?«

Jenna erkannte sofort, dass dies ein Test war. Wenn sie jetzt den richtigen Namen nannte, würde man ihr diese Geschichte abkaufen.

»Carla Frerichs.«

Tatsächlich schien die Polizistin für einen Augenblick ehrlich überrascht zu sein.

»Du bist Carlas Tochter?«

»Sie kennen meine Mutter?«

»Ja, wir haben früher manchmal zusammen gespielt. Als Kinder. Es ist lange her. Aber ich sehe hier regelmäßig nach dem Rechten. Verlassene Häuser ziehen immer wieder Leute an, die nichts Gutes im Sinn haben.« Sie betrachtete Jenna lächelnd. »Dass Carla schon so eine erwachsene Tochter hat! Nicht zu glauben.«

»So ist es aber.«

»Bist du mit dem Rad hier?«

Jenna nickte.

»Wo wohnt ihr zwei denn momentan?«

»Über der Praxis von diesem Doktor.«

»Jasper Kruse?«

»Ja, richtig.«

»Dann wollt ihr sicherlich schnell zurück in euer Haus, was? Da habt ihr ja deutlich mehr Platz.«

»Das wäre wunderbar.«

»Ich gebe dir die Nummer eines Schlüsseldienstes. Ein Bekannter von mir. Bestimmt kann er euch kurzfristig aushelfen. Dann musst du nicht mehr durchs Fenster einsteigen.«

»Ja, das hört sich gut an«, meinte Jenna.

»Ach übrigens, ich bin Jule Buchen. Grüß deine Mutter von mir. Sie erinnert sich bestimmt noch an mich. Und sag ihr, dass ich später mal bei ihr vorbeisehe.«

»Das mache ich«, versprach Jenna.

Sie seufzte lautlos. Irgendetwas sagte ihr, dass sich dieser Inselaufenthalt noch zu einer ziemlich komplizierten Angelegenheit entwickeln würde. Hier schien wirklich jeder jeden zu kennen. Und es waren wohl schlechte Bedingungen, wenn jeder über einen mehr Bescheid zu wissen schien als man selbst ...

»Arme Carla«, sagte Anneke und legte ihr Handy beiseite. Nachdem sie von ihrem Cafébesuch zurückgekommen war, hatte sie die letzten beiden Mails an Frau Sablonski gelesen.

»Was ist ihr denn jetzt schon wieder passiert?«, fragte Jenna, halb amüsiert. Offenbar war diese Carla ein echter Pechvogel.

»In ihrem Ferienhaus gab es einen Rohrbruch und sie musste kurzfristig ihre Koffer packen und weiterziehen. Dabei hat es ihr in diesem italienischen Dorf doch so gut gefallen.«

»Hauptsache Carlas Unglückssträhne überträgt sich nicht auf dich«, sagte Jenna und räumte einige ihrer Einkäufe in den Kühlschrank.

»Aufmerksam von dir, dass du noch im Supermarkt warst«, sagte Anneke lächelnd.

»Ja, und das, wo ich gerade von einer Polizistin quer über den Strand gejagt wurde.«

»Oh nein, sag mir bitte nicht, dass du schon wieder was ausgefressen hast.«

»Sie hat mich dabei erwischt, wie ich durch ein Fenster in unser Haus einsteigen wollte. Aber keine Sorge, ich habe ihr gesagt, dass es meiner Mutter gehört.«

»Du hast das Haus gefunden?«

»Oh ja, das habe ich.«

»Und? Ist es ein schönes Haus?«

»Wenn man außer Acht lässt, dass es sozusagen am Ende der Welt liegt und dringend kernsaniert werden muss ...«

»Das hört sich jetzt nicht sehr vielversprechend an.« Anneke machte ein enttäuschtes Gesicht.

»So schlimm ist es nicht«, versuchte Jenna sie zu trösten. »Außerdem hat mir diese Polizistin sogar die Telefonnummer eines Schlüsseldienstes gegeben. Schließlich können wir nicht immer durch die Fenster einsteigen.«

»Sie hat dir einfach so geglaubt, dass das Haus uns gehört?«

»Zumindest nachdem ich ihr deinen Namen genannt habe. Es scheint wohl so, als hättet ihr als Kinder miteinander gespielt.«

Anneke legte stöhnend ihren Kopf auf die Tischplatte.

»Gibt es hier eigentlich auch nur einen einzigen Menschen, der Carla nicht von früher kennt?«

»Nein, ich denke nicht.« Jenna grinste. »Aber das Schöne ist, dass du heute Abend mit all deinen früheren Freunden und

Bekannten ein großes Wiedersehen feiern kannst. Ihr könnt euch über die wunderbaren Momente eurer Kindheit austauschen, alte Erinnerungen auffrischen und …«

»Hör auf!«, stoppte Anneke Jennas Redefluss. »Mir wird schon übel, wenn ich nur daran denke.«

»Du könntest denen erzählen, dass du vor Jahren einen Unfall hattest und seitdem dein Gedächtnis streikt.«

»Meinst du?« Sie schenkte Jenna einen skeptischen Blick. Diese begann zu lachen.

»Das war nur ein Scherz. Und jetzt sollten wir uns etwas frisch machen und umziehen. Schließlich müssen wir schon in einer Stunde los.«

»Ich kann es kaum erwarten«, seufzte Anneke.

Kapitel 9

Anneke konnte sich nicht erinnern, jemals so ein winziges Haus gesehen zu haben. Mias Zuhause lag einige Minuten vom Inselzentrum entfernt und erweckte eher den Eindruck eines Gartenhauses, so wie man es häufig in den Schrebergärten im Ruhrgebiet fand. Die Wohnfläche konnte kaum mehr als fünfzig Quadratmeter betragen. Doch das Spitzdachgebäude fiel nicht nur durch seine geringe Größe, sondern auch durch den knallroten Anstrich auf. Schon von Weitem hob es sich leuchtend von der grünen Wiese ab, die sich direkt davor erstreckte. Es stand ziemlich allein da, so als wollten die anderen Häuser mit ihm besser nichts zu tun haben. Der nächste Nachbar wohnte gute dreihundert Meter entfernt. Dafür hatte es Mia aber auch besonders ruhig. Hier nahm es ihr niemand übel, wenn sie die Musik aufdrehte oder eine Party feierte.

»Nett«, bemerkte Jenna und verzog das Gesicht.

Mia schien es auffallend farbenfroh zu lieben. Im Vorgarten des Hauses standen, ähnlich wie vor der Praxis, einige Keramikfiguren. Allerdings hatte sie es fertiggebracht, einen Großteil der Rasenfläche damit zuzustellen. Es gab Windmühlen, Leuchttürme, Schafe, von denen einige pink waren, Gartenzwerge in allen Ausführungen und sogar ein

Kamel, das sich beim besten Willen nicht ins Bild fügen wollte. Erst auf den zweiten Blick sah Anneke ein Schild neben der Haustür, das auf den Verkauf dieser Dekostücke hinwies.

»Schau mal«, sagte sie zu Jenna, die ihren Blick nicht von dem pinken Schaf abwenden konnte. »Mia scheint hiermit ihr Geld zu verdienen.«

»Wieso? Kaufen die Leute so etwas?«

»Und ob.« Mia stand plötzlich hinter ihnen und lachte fröhlich. »Die Urlauber sind verrückt nach all dem Zeug. Sie lieben es, einen Leuchtturm mit nach Hause zu nehmen und sich in ihrem Garten ein Stück Inselflair zu schaffen. Hinter dem Haus habe ich noch viel mehr davon.«

»Noch mehr also?« Jenna lachte angestrengt.

»Kommt doch am besten gleich mit. Jasper hat schon den Grill angeworfen.«

Sie führte sie um das kleine Gebäude herum direkt in den Garten. Dort hatte Mia einen langen Bierzelttisch aufgestellt, an dem bereits Fine, die Besitzerin des Cafés, und ihr Mann Friedrich saßen. Zumindest vermutete Anneke, dass der glatzköpfige Mann mit den roten Wangen Fines Ehemann sein musste. Gleich neben ihnen saß eine Frau um die dreißig. Mit ihrem langen Zopf und dem geblümten Sommerkleid wirkte sie auf den ersten Blick jünger, beinah noch mädchenhaft. Sie lachte fröhlich über etwas, das Fine ihr soeben erzählt hatte. Weiter hinten im Garten versuchten zwei Jungen auf die unteren Äste eines Apfelbaumes zu klettern. Jasper wandte immer wieder seinen Blick von dem großen Schwenkgrill ab und beobachtete die beiden.

»Benni, pass auf, dass du da nicht runterfällst!«, rief er dem Jüngeren zu. Dann wandte er sich an dessen älteren Bruder. »Lukas, nicht so weit nach oben klettern.«

»Da ist ja unser Ehrengast.« Fine stand auf und umarmte Anneke. »Und du hast deine Tochter mitgebracht.« Sie drückte nun auch Jenna an sich. Diese ließ sich das widerwillig gefallen. »Sieh nur, Friedrich. Hättest du unsere Carla wiedererkannt?«

»Aber sicher.« Er betrachtete sie lächelnd. »Wie könnte ich dich vergessen? Du warst immer wie eine Tochter für uns.«

Bekam Friedrich etwa feuchte Augen?

»Ich freue mich auch, euch alle wiederzusehen«, beteuerte Anneke.

»Ich bin Jaspers Frau Christine«, stellte sich nun die Frau im Sommerkleid vor.

»Freut mich, Sie kennenzulernen.« Anneke reichte ihr die Hand.

»Also das Sie lassen wir aber gleich weg«, betonte sie. »Hier auf der Insel sind wir doch alle eine große Familie.«

Der ältere der zwei Jungen kam nun angerannt und schmiegte sich an das Bein seiner Mutter. Er sah Jenna mit großen Augen an.

»Die hat ja knallrote Haare«, bemerkte er.

»Ja, sieht gut aus, oder?« Christine zwinkerte Jenna zu.

»Darf ich auch rote Haare?«, wollte Lukas wissen.

»Irgendwann vielleicht. Und jetzt spiel noch ein bisschen mit deinem Bruder, bevor es Essen gibt.«

Anneke und Jenna folgten Christine zurück zum Tisch und setzten sich zu ihr. Fine und Friedrich nahmen gegenüber Platz. Es dauerte nur wenige Minuten, bis der nächste Gast eintraf.

»Das ist die Polizistin«, flüsterte Jenna ihrer Mutter zu. »Deine alte Freundin Jule Buchen.«

»Jule!«, rief Anneke überschwänglich.

»Du hast mich gleich erkannt«, freute diese sich.

»Ja, sicher. Du hast dich doch kaum verändert.«

»Du irgendwie schon«, sagte Jule und musterte sie einige Sekunden. Anneke hielt die Luft an. Schließlich lachte Jule. »Das war nur Spaß.«

Anneke war sich nicht ganz sicher, ob Jule das ernst meinte oder nur so dahingesagt hatte. »Ich habe gerade noch alte Fotos rausgesucht«, erzählte sie nun. »Die können wir uns später ansehen.«

»Alte Fotos«, freute Jenna sich. »Das ist ja mal eine gute Idee.«

Anneke entging nicht, dass ihre Tochter sich mal wieder über die Situation amüsierte.

»Und ich habe für euch auch schon meinen Bekannten vom Schlüsseldienst angerufen. Er hat mir versprochen, dass er euch gleich morgen ein neues Schloss einbaut. Das alte taugt ja nichts mehr.«

»Du ziehst also wieder in dein Elternhaus?«, fragte Fine. »Trotz dieser Geschichte von damals? ...«

Sie sah Anneke betroffen an. Für einen Moment herrschte eine unangenehme Stille am Tisch.

»Fine«, ermahnte Friedrich seine Frau. »Lass doch die Vergangenheit bitte ruhen. Es ist so lange her.«

»Ich denke auch, wir sollten mehr in der Gegenwart leben«, sprang Jenna ihrer Mutter zur Seite, nachdem diese nichts sagte.

Anneke schluckte schwer. *Diese Geschichte von damals ...* Was mochte es wohl sein, das für einen Augenblick derart betroffenes Schweigen ausgelöst hatte?

»So, die Würstchen sind fertig.« Jasper kam mit einem vollen Teller an den Tisch, während seine Schwester Mia mit einer Schüssel Kartoffelsalat und einem Krug, in dem sich eine pinke Flüssigkeit mit Eiswürfeln befand, aus dem Haus trat.

»Wer möchte von meinem Spezialcocktail?«, fragte sie.

»Der sieht tatsächlich sehr speziell aus«, bemerkte Jenna.

»Ich warne euch lieber vorher«, meinte Jasper. »Das Zeug, das meine Schwester zusammenbraut, hat es meistens ganz schön in sich.«

Da bisher niemand abgelehnt hatte, begann Mia die Gläser ihrer Gäste zu füllen und mit bunten Strohhalmen zu versehen.

»Stoßen wir auf Carla an. Es ist so schön, dich wieder bei uns zu haben!«

Während sich alle erhoben und Anneke zuprosteten, überkam sie heute nicht zum ersten Mal der Anflug eines schlechten Gewissens. Es war nicht in Ordnung, all diesen lieben Menschen etwas vorzulügen. Doch für den Augenblick sah sie auch keinen anderen Ausweg, als ihre Rolle weiterzuspielen. Sie musste Jenna vor Erik schützen. Nur deswegen war sie hergekommen. Und an diesem Ort, da war sie sich sicher, würde er sie niemals vermuten.

Also setzte sie ein unbeschwertes Lächeln auf und hob ihr Glas.

»Ich freue mich, wieder auf der Insel zu sein«, sagte sie und nahm einen großen Schluck. Sie konnte nicht so recht sagen, wonach das Gebräu schmeckte. Irgendwie süß, aber auch ein wenig fruchtig. Und dazu sehr stark. Aber etwas Alkohol würde ihr sicherlich besser durch den Abend helfen.

»Sieh mal!«, rief Mia und hielt eines der Bilder in die Luft, die Jule soeben herumreichte. Dabei lachte sie ausgelassen über die Aufnahme, die drei Kinder, um die zehn, am Strand zeigte. Eigentlich ein ganz normales Foto, aber der pinke Cocktail hatte zu einer mehr als heiteren Stimmung unter den Gästen beigetragen. »Da bin ich ja drauf.« Mia zeigte auf das

Mädchen in der Mitte. »Zusammen mit Aike und Carla. Dabei wollten die mich sonst doch nie dabeihaben, weil ich drei Jahre jünger war.«

»Das bist du auch heute noch«, betonte Jasper.

»Wirklich?«, fragte Mia kichernd. »Das merkt man aber gar nicht mehr.«

Anneke nahm das Foto entgegen. Sie selbst hatte nur eineinhalb Gläser getrunken, spürte aber auch, dass ihr der Alkohol zu Kopf stieg. Dabei war es doch gerade jetzt so wichtig, die Gedanken beisammenzuhalten. In der Gesellschaft von Carlas ehemaligen Freunden durfte sie sich keine Fehler erlauben. Sie betrachtete das Foto. Mia erkannte sie gleich an den vielen Sommersprossen, Aike war ein braun gebrannter Junge mit blauen Augen, dunklen Strubbelhaaren und einem strahlenden Lächeln. Falls er sich nicht sehr verändert hatte, war aus ihm gewiss ein gut aussehender Mann geworden. Carla sah mit ihren damals etwa zwölf Jahren noch wie ein Kind aus. Sie trug ein T-Shirt, auf dem ein Pferd abgebildet war. Ihr blondes Haar fiel ihr bis über die Schulter.

Sie blinzelte gegen die Sonne an und lachte fröhlich. Alle drei hielten ein Eis am Stiel in der Hand. Tatsächlich hätte das Bild auch aus Annekes Kindheit stammen können. Sie selbst wusste natürlich, dass dies nicht ihr Gesicht war, aber es bestand durchaus eine gewisse Ähnlichkeit.

»Ich weiß noch, dass ich damals das Foto geschossen habe«, erinnerte Jasper sich. »Ist das lange her!« Er blickte zu seinen beiden Jungen, die sich müde an ihre Mutter schmiegten.

»Leider kann ich bei diesen Geschichten nicht mitreden«, erklärte Christine. »In bin sozusagen eine Dazugezogene.«

»Wie wir«, sagte Jenna und zog an ihrem Strohhalm. Anneke warf ihr einen erschrockenen Blick zu. »Also, ich meine, wie ich«, korrigierte sie sich. »Meine Mutter hat ja immer hier gelebt. Also natürlich nicht immer, aber sehr lange und ...« Jenna fiel es offenbar schwer, die richtigen Worte zu finden, also sprach sie besser nicht weiter.

»Wir haben schon verstanden«, sagte Fine und rüttelte an Friedrichs Schulter. Der Kopf des alten Mannes ruhte auf seiner Brust. Er schnarchte. »Wir sollten jetzt wohl besser gehen.«

»Unsinn, ich bin noch hellwach«, betonte Friedrich.

»Die Kinder gehören auch langsam ins Bett«, sagte Christine.

»Keiner geht, bevor ich euch zum Abschluss noch die beste Aufnahme gezeigt habe«, meinte Jule und suchte in dem Stapel nach einem bestimmten Foto. Sie lachte erfreut, als sie es endlich gefunden hatte. Eine ganze Gruppe von Kindern stand am Strand. Es war offenbar ziemlich kalt, denn alle trugen Mützen und dicke Jacken. Jeder von ihnen hielt einen Drachen in der Hand. Unverkennbar selbst gebaute Exemplare. Man sah in ihren Gesichtern, dass sie stolz auf ihre Werke waren. Carla stand in der Mitte und hielt einen roten Flugdrachen weit nach oben, sodass man ihn auf dem Foto gut sehen konnte. Gleich neben ihr stand Aike, so wie beinah auf jedem Bild. Anneke entdeckte auch Jasper und Mia sowie Jule und drei andere Kinder, die sie nicht zuordnen konnte.

»Sieh mal, Friedrich«, sagte Fine. »Das Foto hast du doch mit deiner alten Kamera gemacht. Erinnerst du dich?«

»Wie könnte ich das vergessen«, entgegnete er.

»Ich weiß noch ganz genau, wie wir in eurer Küche die Drachen gebastelt haben«, meinte Jasper.

»Und dann wolltet ihr unbedingt noch am selben Nachmittag los, um sie fliegen zu lassen«, fuhr Fine fort.

»Das war wirklich ein schöner Tag«, sagte Anneke beiläufig. Sie war zu müde, ihr Kopf zu vernebelt, als dass sie gleich bemerkte, wie plötzlich alle Blicke auf ihr ruhten.

Es dauerte endlose Sekunden, bis ihr aufging, dass sie etwas Falsches gesagt haben musste.

»Schön ist gut«, meinte Jasper nun. »Du hast wohl vergessen, wie die Geschichte ausgegangen ist.«

»Das kann sie gar nicht vergessen haben«, meinte Fine. »Schließlich hat Carla am lautesten über ihren Verlust geheult.«

Über ihren Verlust? Anneke schluckte.

»Wir haben euch gleich gesagt, dass ihr bei Windstärke zehn keine Drachen steigen lassen könnt. Aber ihr Kinder wolltet ja nicht hören. Keiner eurer schönen Drachen ist bei der Aktion heil geblieben.«

»Ich weiß noch, dass wir gleich am nächsten Morgen wieder bei euch in der Küche saßen und neue gebastelt haben«, erinnerte Mia sich.

»Ich will auch einen Drachen bauen«, murmelte der kleine Benni, der nur noch mühsam die Augen aufhalten konnte, während sein Bruder bereits eingeschlafen war.

»Das machen wir«, versprach Christine. »Aber jetzt müsst ihr erst mal ins Bett.«

»Die beiden dürfen gerne bei mir schlafen«, bot Mia an. »Dann braucht ihr sie nicht bis nach Hause zu tragen.«

»Oh ja, bei Tante Mia schlafen«, freute Benni sich.

»Na schön, wir haben nichts dagegen«, meinte Jasper und stand auf. Auch Fine und Friedrich erhoben sich.

»Wir sollten auch los«, sagte Anneke. Der Boden schien etwas zu schwanken, als sie aufstand und auch Jenna wirkte nicht mehr ganz sicher auf ihren Füßen.

»Dann lasst uns gemeinsam nach Hause laufen«, wandte

Christine sich an die beiden. »Wir haben ja praktisch den gleichen Weg.«

»Wir wohnen gleich gegenüber der Praxis«, erklärte Jasper ihr. »In meinem früheren Elternhaus.«

Anneke nickte nur, so als wüsste sie genau Bescheid. Sie hatte eindeutig das Gefühl, für heute schon genug gesagt zu haben.

Kapitel 10

Trotz der Wirkung von Mias Cocktail hatte Anneke kaum Schlaf gefunden. Immer wieder war ihr der Grillabend mit ihren, beziehungsweise mit Carlas ehemaligen Freunden, durch den Kopf gegangen. Es waren die Kleinigkeiten, bei denen sie höllisch aufpassen musste. So wie die Geschichte mit den Drachen, die einem Sturm zum Opfer gefallen waren. Das Leben eines Menschen bestand nun mal aus unzähligen Erinnerungen. Und wenn man diese nicht teilte, konnte man unmöglich zu jemand anderem werden.

Dieser Gedanke hatte ihr eine Nacht voller Sorgen und unruhiger Träume bereitet. Jenna hingegen schlief noch tief und fest. Es war kurz vor sieben, als Anneke es nicht mehr im Bett aushielt. Sie wollte zum Bäcker laufen und frische Brötchen zum Frühstück besorgen.

Draußen empfing sie bereits ein herrlicher Sonnenschein. Doch die Luft war noch kühl. Anneke bereute es gleich, keine Jacke über ihr ärmelloses Top gezogen zu haben. Hier an der See war es eben doch kühler als in der Stadt, wo sich die Schwüle eines Sommertages oft so sehr zwischen den Häusern festsetzte, dass sie über Wochen nicht verschwand.

Anneke nahm einen tiefen Atemzug, der sie gleich belebte. Noch waren nicht viele Menschen unterwegs. Ein kleiner

Junge schoss mit seinem Laufrad vorbei, während seine Mutter versuchte, mit seinem Tempo Schritt zu halten. Ein älterer Herr pfiff ein fröhliches Lied und grüßte mit einem herzlichen Moin, während er ebenfalls in Richtung Zentrum spazierte.

Der Bäcker lag in unmittelbarer Nähe zu Fines Café. Ob sie schon in der Küche stand und die Kuchen für den Tag vorbereitete? Anneke hatte gestern einige Male aufgeschnappt, dass sie als Kinder wohl oft bei Fine und Friedrich zu Besuch gewesen waren, wusste aber immer noch nicht, in welchem Verhältnis Aike zu den beiden stand. Ebenso hatte sie bisher nicht in Erfahrung bringen können, was Aike auf dem Festland machte. Er war wegen *dieser dummen Sache* da … Das waren Mias Worte gewesen. Und Anneke hatte sich natürlich keinen Reim darauf machen können. Wie auch? Sie kannte Aike schließlich nicht.

Anneke hatte nun den Bäcker erreicht und musste feststellen, dass es noch mehr Frühaufsteher gab. Die Schlange reihte sich bereits bis auf den Gehweg und es dauerte einige Minuten, bis sie an der Reihe war. Das junge Mädchen im Teenageralter, das hinter der Theke stand, machte einen mürrischen Eindruck. Offenbar hatte sie wenig Spaß an ihrem Job. Aber wenigstens war sie nicht alt genug, um Carla zu kennen. Endlich mal jemand, der sie nicht in die Arme zog und willkommen hieß. Einfach eine fremde Person, die nichts über Carla wusste. Anneke bemerkte, wie gut das tat und sie fühlte sich gleich entspannter, während sie einige Brötchen und zwei Croissants bestellte.

Anschließend machte sie sich auf den Rückweg. Sie freute sich schon darauf, später mit Jenna zu ihrem neuen Zuhause zu radeln. Ihrem Knie ging es deutlich besser und sie würde die Strecke schon irgendwie meistern können. Jule Buchen hatte versprochen, gegen zehn Uhr den Schlüsseldienst vorbeizuschicken. Dann würden sie Zugang zu Carlas Haus erhalten und hoffentlich bald einziehen können. Jenna hatte ihr von der schönen Umgebung vorgeschwärmt. Das Meer lag wohl unmittelbar hinter dem Haus. Anneke liebte es, schwimmen zu gehen. Sie war eine ausgezeichnete Schwimmerin. Früher im Schulteam hatte sie sogar einige Wettbewerbe gewonnen. Das Wasser war schon immer ihr Element gewesen und allein die Vorstellung, in diesem Sommer Tag für Tag im Meer baden zu können, hellte ihre Laune deutlich auf. Die positiven Gedanken halfen ebenso, die Stimme zu verdrängen, die an ihr Gewissen appellierte. Die ihr immer wieder sagte, dass man nicht in ein fremdes Haus ziehen durfte; dass alles, was sie gerade tat, falsch und verwerflich war.

Anneke hielt inne, als sie Jasper mit einem Mann vor dem Eingang zur Praxis stehen sah. Groß, schlank und dunkelhaarig. Sie sah ihn nur von der Seite, aber irgendetwas sagte ihr, dass es Aike sein musste. Die beiden hatten sie noch nicht bemerkt, also drückte sie sich kurzentschlossen hinter eine Hecke und lauschte ihrem Gespräch.

»Du hast dich ernsthaft mit diesem Typen geprügelt, Aike?«, hörte sie Jasper fragen und bestätigte damit Annekes Verdacht. »Das sieht dir ja gar nicht ähnlich.«

»Ich hab ja auch nicht angefangen«, beteuerte er. »Schließlich bin ich nur zu ihm gefahren, um endgültig aus diesem Vertrag zu kommen und somit unsere Partnerschaft zu beenden.«

»Und wie es aussieht, hatte dein Ex-Anwalt-Freund etwas dagegen.«

»Es geht nie gut aus, wenn zwei Anwälte jede noch so kleine Formulierung eines Vertrages auseinandernehmen und für ihren eigenen Vorteil zu interpretieren versuchen. Da gehen die Meinungen schnell auseinander.«

»Aber ich dachte, ihr wäret euch längst einig gewesen«, meinte Jasper nun. »Du hast ihm doch schon vor Monaten gesagt, dass du aus eurer Kanzlei aussteigen möchtest. Obwohl ich das ehrlich gesagt auch nicht verstehen kann. Es lief doch so gut.«

»Fang du jetzt nicht auch noch an«, bat Aike. »Ich habe eine Entscheidung getroffen und dabei bleibe ich auch. Soll Michael mich doch verklagen. Dann klage ich zurück. Wegen dem hier.«

Anneke sah, dass er auf seine Lippe zeigte, die offenbar aufgesprungen war.

»Weswegen ist er überhaupt auf dich losgegangen?«

»Ich habe eine dieser hässlichen Figuren auf den Boden geworfen, die er auf seinem Schreibtisch stehen hat. Sammlerstücke, wahre Kunst, wie Michael immer betont. Und dazu noch besonders wertvoll.«

»Das hast du nicht getan?«, fragte Jasper grinsend.

Aike lachte.

»Und ob. Direkt vor seine Füße. Dann ist er plötzlich rot angelaufen und schon hatte ich seine Faust im Gesicht. Ich wusste bisher nicht einmal, dass jemand wie Michael so fest zuschlagen kann.«

»Hast du Eis draufgelegt?«, wollte Jasper wissen.

»Ja, aber die Lippe ist trotzdem angeschwollen. Jetzt sehe ich aus wie ein Schläger.«

»Jeder wird sich vor dir fürchten«, sagte Jasper lachend, bevor er wieder ernst wurde. »Ich muss dir übrigens noch was erzählen.«

»Was ist los?«

»Du wirst mir nicht glauben, wer gestern hier aufgetaucht ist.«

»Mach es nicht so spannend«, bat Aike ihn.

»Carla. Sie ist deinem Ruf gefolgt und zurück in die Heimat gekommen.«

Aike schwieg. Und das für endlose Sekunden.

»Carla ist zurück?«, fragte er schließlich. »Aber sie hat doch bis heute nicht auf meinen Brief geantwortet.«

»Vielleicht wollte sie dich überraschen.«

»Das ist ihr dann ausgezeichnet gelungen. Ist sie gleich zurück in ihr altes Haus?«

»Nein, du findest sie da oben.«

Jasper zeigte zu den Fenstern der Ferienwohnung.

»Aber sie schläft bestimmt noch. Mia hat gestern eine kleine Willkommensparty geschmissen und dabei ihren pinken Spezialcocktail serviert. Du weißt, der haut einen echt um.«

»Dann wissen bereits alle, dass sie zurück ist?«

»Ja, mittlerweile dürfte sich das auf der Insel herumgesprochen haben.«

»Und? Wie ist sie so? Ist sie noch die Carla von früher?«

Anneke hielt unbewusst die Luft an, während sie auf Jaspers Antwort wartete.

»Schwer zu sagen. Wir waren damals ja alle noch Kinder. Menschen verändern sich, wenn sie erwachsen werden. Und sie hat schon eine Tochter, die ebenfalls fast erwachsen ist.«

»Eine Tochter und auch einen Mann?«

»Von dem hat sie nichts erzählt. Ich glaube aber nicht, dass es da jemanden gibt. Sonst wäre er bestimmt mit hierhergekommen.«

Aike nickte.

»Wenn du sie später siehst, sagst du ihr dann, dass sie mich auf meinem Boot findet? Ich kann es kaum erwarten, sie endlich wiederzusehen.«

»Das kann ich verstehen. Diese Geschichte von damals, die verbindet euch natürlich noch heute. So etwas vergisst man sein Leben lang nicht.«

Schon wieder war dieser Satz gefallen. *Die Geschichte von damals* ... Anneke spürte, dass sie dringend herausfinden musste, worum es bei dieser Sache ging. Aber zunächst war sie erleichtert, als Aike sich endlich verabschiedete und in Richtung Hafen aufbrach. Sie wartete noch, bis auch Jasper im Haus verschwunden war, erst dann wagte sie es, aus ihrem Versteck zu kommen. Appetit hatte sie kaum noch. Heute würde sie also das erste Mal auf Aike treffen. Und ob dieser sich von ihr täuschen ließ, blieb abzuwarten.

»Wo kommst du denn so früh am Morgen schon her?« Jenna blinzelte ihre Mutter müde an. Sie war gleich bei Annekes Rückkehr aufgewacht.

»Ich habe uns Brötchen besorgt.« Anneke klang etwas abwesend, während sie die Tüte mit dem Gebäck auf dem Tisch ablegte. Mit ihren Gedanken war sie noch bei dem Gespräch, das sie mit angehört hatte.

»Ist was?« So unsensibel sich Jenna manches Mal auch gab, so wusste Anneke doch, dass ihre Tochter ein gutes Gespür dafür besaß, wenn etwas mit ihr nicht in Ordnung war. Sie schlug nun die Decke zurück und stand auf.

»Ich habe gerade Aike kennengelernt.«

»Wirklich? Wie ist es gelaufen? Woher wusstest du, dass er es war?« Jenna klang plötzlich ganz aufgeregt.

»Sagen wir mal, ich habe ihn nicht persönlich kennengelernt. Er und Jasper standen vor der Tür und haben sich unterhalten, als ich zurück vom Bäcker gekommen bin. Ich habe mich hinter der Hecke versteckt und die zwei belauscht.«

»Mama!«, rief Jenna mit gespieltem Entsetzen. »So etwas macht man doch nicht, andere belauschen …« Sie grinste.

»Zumindest konnte ich ein paar Dinge in Erfahrung bringen. Aike ist offenbar Anwalt und will wohl aus seiner Kanzlei aussteigen. Das möchte sein Geschäftspartner anscheinend aber nicht. Es hat Streit gegeben und die zwei haben sich geprügelt.«

»Geprügelt?« Jenna riss überrascht die Augen auf. Dann lachte sie. »Scheint ja ein interessanter Typ zu sein, dein Aike.«

»Er ist nicht *mein* Aike«, betonte Anneke, obwohl sie nicht abstreiten konnte, dass er ziemlich gut aussehend war. »Übrigens scheint er auf einem Boot zu wohnen. Er bat Jasper, mich dort vorbeizuschicken, falls er mir begegnet.«

»Und was hast du jetzt vor? Wirst du deinen besten Freund später besuchen?«

»Das wird sich wohl nicht vermeiden lassen. Aber zunächst sollten wir zwei versuchen, uns nach dem Frühstück davonzuschleichen. Ich möchte mir erst einmal das Haus ansehen.«

»Wir können es ja mal versuchen«, meinte Jenna und setzte Kaffee auf. Während dieser durchlief, trat sie ans Bett, bückte sich und zog den Rucksack mit den Geldscheinen hervor, den sie am Vortag dort versteckt hatte.

»Was machst du da?«, wollte Anneke wissen.

»Ich habe gestern auf dem Weg ein schönes Steakrestaurant gesehen. Ich dachte, wir könnten uns später ein gutes Essen gönnen.«

»Wir sollten das Geld wirklich nicht anrühren«, meinte Anneke. »Schon gar nicht, um Steak zu essen.«

»Warum nicht? Willst du es jetzt auf ewig mit dir herumtragen?«

»Ich halte es für falsch. Das Geld gehört uns nicht.«

»Sieh es doch als Entschädigung für all deinen Kummer. Für *unseren* Kummer. Nach dieser Geschichte haben wir es beide wohl verdient, ein wenig unbeschwerter leben zu können. Ein gutes Essen, anschließend könnten wir shoppen gehen. Ich weiß, es gibt hier nicht sehr viele Geschäfte, aber sicherlich werden wir ein paar schöne Dinge finden.«

Anneke wirkte unentschlossen, also versuchte Jenna es weiter:

»Lass uns ein bisschen Spaß haben. Einen unbeschwerten Tag genießen, so wie im Urlaub. Danach fühlen wir uns beide bestimmt viel besser. Und anschließend fällt es dir sicherlich leichter, diesem Aike gegenüberzutreten.«

»Na schön, aber das bleibt die Ausnahme. Wir werden uns jetzt nicht jeden Tag an Eriks Geld bedienen, sondern uns lieber einen Job suchen.«

»Echte, harte Arbeit?« Jenna sah wenig begeistert aus.

»Ja, genau davon spreche ich.«

Annekes Gedanken wanderten zurück zu Aike. Sobald sie ihm gegenüberstand, musste sie voll und ganz zu Carla werden. Doch das war leichter gesagt als getan. Irgendwie würde das Ganze schon gutgehen. Das konnte sie zumindest nur hoffen …

Zumindest der Plan, sich lautlos an Jaspers Praxis vorbeizuschleichen, war ihnen schon mal gelungen. Anneke atmete erleichtert auf, als sie das belebte Inselzentrum hinter sich gelassen hatten und es auf den Wegen zunehmend ruhiger wurde. Auch sie hatte sich ein Fahrrad geliehen und versuchte nun, mit Jennas Tempo mitzuhalten.

»Fahr doch nicht so schnell«, sagte sie keuchend. Ihr Knie schmerzte noch immer ein wenig und sie wollte es nicht zu sehr belasten. Außerdem spürte Anneke, dass in den letzten Wochen ihre Kondition nachgelassen hatte. Mit Erik waren sie immer aktiv gewesen. Wandern, schwimmen, Rad fahren ... Aber ihr neues Leben war stressiger und sehr viel fordernder, und neben ihrem Job im Supermarkt hatte sie sich selten zu solchen Aktivitäten aufraffen können.

Jenna bremste ab und wartete, bis Anneke sie eingeholt hatte. Dann fuhr sie langsamer weiter. Mittlerweile hatten sie die Dünen erreicht. Nachdem der Tag sonnig begonnen hatte, waren nun einige Wolken aufgezogen und der Wind frischte merklich auf. Hoffentlich würde es keinen Regen geben. Sie waren beide ohne Jacken unterwegs.

»Wie weit ist es noch?«, fragte Anneke nach einer Weile.

»Jetzt hörst du dich an wie ich früher, wenn wir in die Ferien gefahren sind«. Jenna lachte.

»Du warst viel nerviger. Alle zwei Minuten hast du gefragt, wann wir endlich da sind.«

»Es ist nicht mehr weit«, versprach Jenna. »Vielleicht noch ein Kilometer.«

Anneke spürte, dass bereits jeder Muskel in ihren Beinen schmerzte.

»Sollen wir eine kleine Pause am Strand einlegen? Noch regnet es nicht.«

Eine gute Idee.«

Sie stellten ihre Fahrräder bei nächster Gelegenheit ab und liefen den schmalen Pfad zum Strand hinauf. Oben wartete nicht nur eine Bank, sondern auch ein wunderschöner Ausblick auf sie. Die Nordsee war aufgewühlt. Der Wind trieb die Wellen tosend an den Strand. Der immer dunkler werdende Himmel ließ das Wasser trübe wirken. Weiße Schaumkronen tanzten auf der Brandung. Wolkenberge türmten sich auf, die nichts Gutes verhießen. Am Strand war kaum jemand unterwegs. Die Stille ließ Anneke innehalten. Ihr Atem wurde wieder ruhiger und auch ihre Muskeln entspannten sich.

»Wunderschön, oder?«, seufzte sie und Jenna nickte zustimmend.

»Dieser Ort könnte unser Zuhause werden.«

»Würde dir das gefallen?«, wollte Anneke wissen.

»Irgendwie schon. Ich meine, hier ist natürlich nichts los und ich werde mich ziemlich sicher sehr bald langweilen. Aber andererseits ...« Jenna sprach nicht weiter. Sie sah zum Wasser und Anneke konnte in ihren Augen ablesen, dass sie bei diesem Anblick ähnlich fühlten. Meer bedeutete Glück. Und Glück war etwas, das sie momentan wirklich gebrauchen konnten.

»Unser Haus liegt gleich dahinten«, sagte Jenna, als sie an den Weiden des Pferdehofes vorbeiradelten. Aus der Ferne glaubte sie denselben Mann zu erkennen, der am Tag zuvor mit Jule Buchen zusammengestanden hatte. Er war gerade damit beschäftigt, eine Schubkarre voll Heu vor sich herzuschieben, und achtete nicht weiter auf sie.

Anneke folgte Jenna aufgeregt, bis sie das Reetdachhaus endlich erreichten. Sie stellte ihr Rad am Gartenzaun ab und ließ diesen ersten Eindruck auf sich wirken. Anneke wusste nicht, was diese Emotion so plötzlich in ihr auslöste. Aber wenn man bei einem Gebäude von *Liebe auf den ersten Blick* sprechen konnte, dann traf das wohl in diesem Moment zu. Vielleicht lag es an der traumhaft idyllischen Lage oder aber an dem kleinen Garten, der durch seine vielen Wildblumen etwas Magisches besaß. Womöglich war es auch die bloße Vorstellung, dass sie und Jenna hier ihr Glück finden konnten. Zwischen grünen Weiden, sandigen Pfaden und der Nähe zum Meer. Anneke konnte die Brandung hören, schmeckte die salzige Luft, spürte, wie der Wind durch ihr Haar strich. Dem Verlangen, sofort die Schuhe auszuziehen und dem verschlungenen Weg bis zum Wasser zu folgen, konnte sie nur schwer nachgeben. Mehr denn je sehnte sie sich danach, sich endlich frei zu fühlen. All das Vergangene hinter sich zu lassen, um hier einen Neuanfang zu wagen.

»Sieh mal, da kommt jemand«, riss Jenna sie aus ihren Gedanken. Ein Mann näherte sich ihnen, der eine Art Werkzeugkiste bei sich trug. Er war recht klein und hager, mit schütterem Haar. Trotz der Wärme trug er eine wasserfeste Jacke, die er komplett geschlossen hatte. Offenbar hatte auch er mit einem Regenschauer gerechnet, der bisher aber ausgeblieben war. Es sah sogar so aus, als würde die Sonne ihren Kampf gegen die dunklen Wolken gewinnen, und mit jedem Strahl, den sie zur Erde schickte, stiegen auch die Temperaturen wieder an. Ihn schien das wenig zu stören, obwohl die Schweißperlen auf seiner hohen Stirn verrieten, dass er in seiner Jacke ziemlich schwitzte. Anneke versuchte sein Alter einzuschätzen, doch das war gar nicht so einfach. Irgendwas zwischen vierzig und fünfzig. Ob sie nun wieder einmal jemandem aus Carlas Kindheit gegenüberstand?

»Moin«, grüßte er nun und schüttelte ihnen nacheinander die Hand. »Ich bin Klaas, der Mann, der jedes Schloss knacken kann.« Er lachte. Anneke vermutete, dass Klaas diesen Spruch jedes Mal zum Besten gab, wenn er sich vorstellte.

»Ich bin Ann...«

Jennas scharfer Blick traf sie.

»Carla Frerichs«, korrigierte sie sich schnell. »Das ist meine Tochter Jenna.«

»Freut mich, euch kennenzulernen. Ich habe schon von Jule gehört, dass Sie früher hier mit Ihren Eltern gelebt haben. Wie lange ist das jetzt her? Ich kann mich gar nicht erinnern, dass dieses Haus jemals bewohnt war. Und ich bin bereits vor fünfzehn Jahren hergezogen.«

»Es ist schon über zwanzig Jahre her«, erklärte Anneke.

»Erstaunlich«, meinte Klaas. »Habt ihr nie in Erwägung gezogen, das Haus zu verkaufen? Ich meine, bei der Lage.«

Darüber hatte Anneke sich allerdings auch schon gewundert. Wer behielt so ein großes Haus, ohne darin zu leben?

»Tja ...« Sie lachte angestrengt.

»Zeigen Sie uns, wie Sie das Schloss knacken?«, lenkte Jenna vom Thema ab. Anneke war ihr sehr dankbar dafür.

»Aber nur, wenn du das nicht nachmachst«, entgegnete Klaas. Sie folgten ihm zur Haustür. Dort öffnete er seine Werkzeugkiste und nahm sich eine Art Dietrich raus.

»Ich kann das auch mit einer Plastikkarte«, erzählte er und klang dabei sehr stolz. »So wie die im Fernsehen.«

»Echt?« Jenna wirkte ehrlich beeindruckt.

»Soll ich es dir zeigen?«

»Besser nicht«, sagte Anneke schnell und schenkte Jenna einen strengen Blick. »Es ist nicht nötig, dass du das lernst.«

Sie zuckte nur mit den Schultern und beobachtete anschließend, wie Klaas seine Arbeit in weniger als einer Minute erledigte.

»So, hereinspaziert. Während ihr euch umseht, baue ich euch ein neues Schloss ein. Damit ihr in Zukunft mit einem Schlüssel die Tür öffnen könnt. Alles andere wäre dann ja doch zu umständlich.« Er begann zu kichern, so als hätte er etwas furchtbar Lustiges gesagt.

Anneke und Jenna liefen an ihm vorbei. Ihnen schlug ein Schwall abgestandener Luft entgegen. Im Eingangsbereich hingen Spinnweben von der Decke, die man kaum umgehen konnte. Es gab einen Garderobenständer, darunter ein schmales Schuhregal. An der Wand hing ein Bild, das ein Segelschiff auf dem offenen Meer zeigte. Alles war von Staub überzogen. Der dunkle Holzboden war mit einer feinen

Sandschicht bedeckt. Von hier aus führte eine Treppe in die erste Etage, aber Anneke wollte sich erst einmal im Erdgeschoss umsehen. Als Erstes stieß sie auf die Küche. Auch diese war von rustikalen Möbeln im Landhausstil geprägt. Durch die enorme Größe des Raumes und das helle Sonnenlicht, das durch das zerbrochene Fenster hereinschien, wirkte die Einrichtung nicht zu dunkel oder gar erdrückend, wie man es vielleicht erwartete. Ohne sich über ihre ersten Eindrücke auszutauschen, liefen sie weiter ins Wohnzimmer. Die beige Ledercouch sah gemütlich aus. Sie stand auf einem hellen, flauschigen Teppich. An den Wänden hingen weitere maritime Bilder. Eines zeigte einen Strand, das andere einen Sonnenuntergang am Meer. Es gab zwei leere Bücherregale und eine Schrankwand, ähnlich wie die von Frau Sablonski. Jenna begann einige Schubladen zu öffnen, doch fand nichts als Leere vor. Carlas Familie hatte das Haus bei ihrem Umzug vollständig möbliert zurückgelassen, aber ansonsten wohl alles ausgeräumt und mitgenommen. Sie sah zu dem niedrigen Sideboard gegenüber der Couch. Dort hatte sicherlich mal ein Fernseher gestanden.

Anneke trat an die Schiebetür und öffnete diese. Von hier aus konnte man in den Garten gelangen. Die Terrasse war mit Unkraut bedeckt, aber man erkannte noch die rötlichen Steine, mit denen sie gepflastert war. An der Wand stand sogar noch eine blaue Holzbank, die dringend einen neuen Anstrich benötigte. Den Mittelpunkt der kleinen, von Unkraut und Blumen überwucherten Rasenfläche, bildete ein Teich. Das Wasser war trüb und musste dringend gewechselt werden. Doch Anneke musste nur die Augen schließen, um sich genau vorstellen zu können, wie es hier schon bald aussehen würde. Ein kleines Stück Paradies an einem Ort, der schöner nicht sein konnte. Warum ließ man so ein Haus einfach zurück; überließ es seinem Verfall?

»Lass uns mal nach oben gehen«, schlug Jenna vor. Anneke folgte ihr zurück zur Treppe. Klaas sah kurz von seiner Arbeit auf, ließ sich aber nicht weiter stören.

In der ersten Etage erwartete sie ein schmaler Flur, von dem zwei Türen abgingen. Jenna öffnete die erste. Dahinter verbarg sich ein Bad mit einer hohen Wanne, um die man einen Duschvorhang ziehen konnte, Toilette und Waschbecken.

»Voll stylisch.« Jenna verzog beim Anblick der hellrosafarbenen Fliesen das Gesicht.

»Es ist alles da, was wir brauchen«, betonte Anneke. »Und das ist doch das Wichtigste.«

Jenna wandte sich ab und öffnete die nächste Tür. Man erkannte sofort, dass dies Carlas ehemaliges Kinderzimmer gewesen sein musste. Hier waren die Möbel aus Buche. Der Stil erinnerte Anneke an die Einrichtung ihrer Kindheit. Auch sie hatte bis zu ihrem zwölften Lebensjahr in einem Hochbett geschlafen, unter dem man herrliche Höhlen bauen konnte. Der zweitürige Kleiderschrank war mit Stickern beklebt. Bilder von Pferden prangten neben denen ehemaliger Nationalspieler. Alles Sammelbilder, die damals regelmäßig den bekannten Schokoriegeln beigefügt gewesen waren.

»Warum hat die denn ihre Möbel so vollgeklebt?«, schnaubte Jenna.

»So war das damals eben«, meinte Anneke schmunzelnd. Carla war eben ein typisches Kind der Neunziger gewesen.

Jenna trat an die dreistufige Leiter des Hochbettes.

»Soll ich hier etwa schlafen?«

»Klar, das ist doch das Kinderzimmer.« Anneke grinste breit. Sie konnte sich über Jennas entsetzten Gesichtsausdruck nur amüsieren.

»Lass uns mal nachsehen, wo mein Schlafzimmer ist«, schlug sie schließlich vor. Es gab noch eine weitere Etage, direkt unter dem Dach. Anneke lief voran. Tatsächlich war es hier oben gleich deutlich wärmer und sie riss zunächst eines der Dachfenster auf, bevor sie sich umsah. Es gab ein Doppelbett, ebenfalls aus Buche, in dem Carlas Eltern geschlafen haben mussten. Dieses nahm einen Großteil des Raumes ein. Der Kleiderschrank passte so gerade in das Zimmer. Man konnte die Türen nur zu drei Vierteln öffnen, bevor sie an das Fußende des Bettes stießen. Alles war ziemlich beengt, doch an einem kühlen Herbsttag, wenn der Regen auf die Fenster prasselte und der Wind ums Haus pfiff, konnte Anneke es sich auch sehr gemütlich vorstellen, hier oben zu schlafen.

»Vielleicht nimmst du lieber das Hochbett und ich ...«, setzte Jenna an, wurde aber von dem Blick ihrer Mutter gestoppt.

»Du bist das Kind, also nimmst du auch das Kinderzimmer.«

»Und wenn ich Besuch von einem Jungen habe? Soll ich den dann mit ins Hochbett nehmen?«

»Du sollst noch gar keinen Jungen mit in dein Bett nehmen«, betonte Anneke, obwohl sie insgeheim befürchtete, dass dies schon längst geschehen war. Mit Adrian. Jenna schien auch gerade an ihn zu denken. Sie sah plötzlich traurig aus. Das überspielte sie wie üblich mit einer trotzigen Bemerkung.

»Wie soll ich hier auch einen netten Typen kennenlernen? Auf dieser einsamen Insel gibt es ja nicht mal ein Nachtleben.«

Sie verschränkte die Arme, wandte sich ab und stapfte nach unten. Anneke folgte ihr. Im Erdgeschoss erwartete sie Klaas bereits.

»So, jetzt kann ich euch offiziell zwei brandneue Haustürschlüssel überreichen. Und sogar einen für den Briefkasten.«

»Danke, Sie denken wohl an alles«, freute Anneke sich.

»Schlösser sind nun mal mein Beruf … und meine Berufung.«

Es fühlte sich gut an, die Schlüssel in den Händen zu halten. Sie würden noch einige Tag benötigen, um gründlich sauber zu machen. Außerdem mussten Strom und Wasser wieder eingeschaltet werden. Aber dann stand einem Einzug in dieses wunderschöne Haus nichts mehr entgegen. Anneke konnte es kaum noch erwarten …

Kapitel 11

»Ich bin völlig erledigt«, sagte Jenna und stieg von ihrem Rad, um es die letzten Meter zu schieben.

»Das wundert mich nicht. Wenn ich so ein riesiges Steak verdrückt hätte, dazu noch einen Berg an Pommes, dann bräuchte ich wohl auch einen Mittagsschlaf.«

Anneke hatte sich im Restaurant bewusst nur für einen großen Salat mit gebratenen Hähnchenstreifen entschieden. Sie hatte sich fest vorgenommen, wieder gesünder zu leben. Mit mehr Bewegung und ausgewogenen Mahlzeiten. So wie in den letzten Wochen konnte es nicht weitergehen.

»Eine kurze Pause kann wohl nicht schaden«, meinte Jenna. »Aber später gehen wir noch shoppen, okay?«

Anneke freute es, dass Jenna darauf zurückkam. In letzter Zeit hatten sie selten etwas zusammen unternommen. Es würde sicherlich Spaß machen, mit ihr durch die Geschäfte zu bummeln. Vielleicht fanden sie auch einige schöne Dekostücke für ihr neues Haus. Es gab so einiges, das sie sich im Laufe der Zeit anschaffen mussten. Zumindest die Küche war einigermaßen ausgestattet, mit Töpfen, Geschirr und sogar einer Kaffeemaschine, die hoffentlich noch funktionierte. Anneke hatte im Kopf bereits eine lange Liste von Dingen erstellt, die sie noch benötigten.

Während sie darüber nachdachte, stürmte Mia auf sie zu. Sie winkte aufgeregt und beschleunigte ihre Schritte, nachdem sie Anneke und Jenna entdeckt hatte.

»Ich habe euch schon überall gesucht«, verkündete sie atemlos. »Also vor allem dich, Carla.«

»Was ist denn los?« Anneke tat bewusst ahnungslos, obwohl sie längst wusste, was nun folgen würde.

»Aike ist zurück vom Festland. Jasper hat ihm erzählt, dass du hier bist. Ich habe ihm noch gesagt, dass du Aike bestimmt lieber überrascht hättest, aber er konnte ja den Mund nicht halten.«

»Das macht doch nichts«, entgegnete Anneke.

»Er ist auf seinem Boot. Am besten gehst du gleich zu ihm. Bestimmt kann er es kaum erwarten.«

»Auf seinem Boot also«, wiederholte Anneke nachdenklich.

»Ja. Es sieht noch ganz genau wie früher aus. Du wirst es gleich erkennen. Ich habe ja nie verstanden, warum er sich niemals dazu entschieden hat, in ein richtiges Haus zu ziehen. Eines, das weniger schaukelt. Aber so ist Aike nun mal. Er sagt immer, dass er ohne den Wellengang nicht einschlafen kann. Und das glaube ich ihm sogar.«

Aike wohnte also auf einem Hausboot. Das würde Anneke bei ihrer Suche schon mal weiterhelfen.

»Dann gehen wir mal zum Hafen«, wandte sie sich an Jenna.

»Geh du besser ohne mich. Ich würde bei eurem ersten Wiedersehen nach so vielen Jahren doch nur stören.«

Anneke schnaubte innerlich, ließ es sich aber nicht anmerken. Sie hätte Jenna zu gerne mitgenommen, einfach nur, um nicht allein mit Aike sein zu müssen.

»Da hat sie recht«, pflichtete Mia ihr bei. »Er kann Jenna noch früh genug kennenlernen. Und jetzt lauf schnell.« Sie klang ganz aufgeregt. »Und später musst du mir alles ganz genau erzählen. Am besten, wir treffen uns bei Fine. Die möchte bestimmt auch erfahren, wie es zwischen dir und Aike gelaufen ist.«

»Das möchten wir doch alle gerne«, sagte Jenna grinsend. »Vielleicht kommt sogar die Presse vorbei und morgen steht dann alles über euer Wiedersehen in der Inselzeitung.«

»Sehr lustig«, zischte Anneke, bevor sie sich widerwillig von Mia und Jenna verabschiedete, um sich auf den Weg zum Hafen zu machen.

Dieses Mal zu Fuß, ohne Pferdekutsche. Sie benötigte ein paar ruhige Minuten, um sich zu sammeln und ihre Gedanken zu ordnen. War es wirklich möglich, jemanden zu täuschen, der Carla offenbar so gut kannte? Nur um ihr näher zu sein, öffnete sie noch einmal ihr E-Mail-Programm. Doch Carla hatte seit Tagen keine neue Nachricht an Frau Sablonski verschickt. Nicht mehr seit dem Rohrbruch in ihrem Ferienhaus. Es gefiel Anneke gar nicht, Carlas momentanen Aufenthaltsort nicht zu kennen. Natürlich war es mehr als unwahrscheinlich, dass sie nach über zwanzig Jahren plötzlich auf der Insel auftauchte. Aber man konnte ja nie wissen. Womöglich löste gerade diese katastrophale Reise die Sehnsucht in ihr aus, wieder einmal zurück nach Hause zu kehren. An den Ort, an dem sie groß geworden war.

Anneke versuchte, diese Sorgen beiseitezuschieben, denn sie bewirkten das absolute Gegenteil eines freien Kopfes. Und den brauchte sie jetzt dringender als je zuvor. Sie sah an sich herunter. Kurze Jeans, ein pinkes Trägertop, dazu Sneaker. Carla war auf dem Foto, das Frau Sablonski ihr gezeigt hatte, geschminkt gewesen und hatte ein enges Kleid getragen.

Beinah ein wenig overdressed für ein Sommerfest. Womöglich hatte sie nur einen Anlass gesucht, um sich einmal so richtig schick zu machen. Vielleicht bevorzugte sie aber auch immer etwas elegantere Kleidung. Obwohl die Carla, die sie durch die Mails kennengelernt hatte, nicht wie jemand klang, der stundenlang vor dem Spiegel stand, um sich zu stylen. Letztendlich wusste Anneke nicht einmal, warum sie darüber nachgrübelte. Schließlich hatte Aike Carla das letzte Mal mit zwölf gesehen. Da spielte es keine Rolle, wie sie sich heute kleidete.

Sie hatte nun den Hafen erreicht. Anneke ließ ihren Blick über den Anleger schweifen. Zum größten Teil lagen Segelboote und kleine Jachten vor Anker. Doch es gab auch zwei Hausboote. Eines wirkte so neu, als käme es gerade erst aus der Werft. Mit seiner Dachterrasse, auf der zwei Grünpflanzen und ein Strandkorb standen, war es sehr einladend. Womöglich, so schoss es Anneke durch den Kopf, war dies das Boot, von dem er in seinem Brief geschrieben hatte. Sein wahr gewordener Traum einer schwimmenden Ferienunterkunft. Ihr *gemeinsamer* Kindheitstraum, wie Anneke sich in Erinnerung rufen musste.

Zwei Stege weiter warf sie einen Blick auf ein weiteres Hausboot, mit einer Fassade aus dunklem Holz, das schon recht alt und abgenutzt schien. Sie musste es dort versuchen. Obwohl ein Schild darauf hinwies, dass der Steg nur von Bootseigentümern betreten werden durfte, setzte Anneke einen Fuß über das niedrige Absperrseil und lief entschlossenen Schrittes auf das alte Boot zu. Auf den ersten Blick schien es nicht so, als wäre jemand an Bord. Ob sie einfach an die Tür klopfen sollte? Anneke zögerte. Sie wollte soeben einen Schritt an Bord setzen, da stoppte sie ein Ruf.

»Hey, was machen Sie denn da?«

Sie fuhr herum und entdeckte Aike, der auf sie zulief. Er hatte sie offenbar noch nicht erkannt. Wie auch? Schließlich war sie nicht Carla.

»Aike?«, fragte sie und lächelte. »Bist du es wirklich?«

Er hielt kurz inne. Sein Blick wirkte misstrauisch. Anneke spürte, dass ihr Herz zu rasen begann. Würde er sie durchschauen, noch bevor ihr neues Leben richtig begonnen hatte?

»Carla?« Noch immer lag Skepsis in seinen Augen.

Sie nickte. Er trat näher.

»Jasper hat mir schon von deiner Rückkehr erzählt, aber ich konnte es nicht so richtig glauben. Nach so vielen Jahren ...«

»Ich habe deinen Brief erhalten«, sagte Anneke. »Eigentlich wollte ich dir schreiben, aber dann ...«

»Du hast schon immer Spaß an Überraschungen gehabt.« Er lächelte. Ein wunderschönes Lächeln. Freundlich und sanft. Bestenfalls seine aufgesprungene Lippe und die dunklen Bartstoppeln ließen ihn etwas rau wirken.

»Darf ich dich kurz umarmen?«, wollte Aike wissen. Sie nickte, also zog er sie für einen Moment an sich. Er duftete nach irgendeinem Aftershave, das Anneke auf Anhieb gefiel. Es fühlte sich seltsam an, ihm so nah zu sein, aber nicht unangenehm.

»Ich freue mich so, dass du hier bist.« Er wich einen Schritt zurück. »Lass dich mal ansehen.«

Sieh besser nicht allzu genau hin ... ging es Anneke durch den Kopf.

Aike ließ sie nicht an seinen Gedanken teilhaben. Eine Floskel wie *Du hast dich seit damals kaum verändert* fiel zumindest nicht. Aber auch nichts Gegenteiliges.

»Komm erst mal mit an Bord, dann koche ich uns einen Tee«, schlug er vor. Anneke wandte sich unwillkürlich dem Hausboot zu.

»Was hast du vor?«, fragte Aike irritiert. Sie hielt abrupt inne.

»Gar nichts.« Anneke lachte angestrengt. Sie hatte offenbar einen Fehler gemacht.

»Ach, du kannst es wohl kaum erwarten, das Hausboot zu sehen, was?«

»Ja, so ist«, entgegnete sie.

»Dazu kommen wir später. Aber jetzt gehen wir erst mal zu mir, okay?«

Aike ging voran, also folgte Anneke ihm. Das war ja gerade noch mal gut gegangen. Zu ihrer Verwunderung steuerte Aike auch nicht das andere Hausboot an, sondern eine mittelgroße Motorjacht. Auch wenn sie keine Ahnung von Schiffen hatte, erkannte Anneke, dass dies ein älteres Modell sein musste, deutlich in die Jahre gekommen. An Deck führten einige Stufen hinauf zum Steuerstand. Neben der Treppe befand sich eine Tür, die Aike nun öffnete und ihr aufhielt.

»Dann geh mal vor«, bat er sie. Anneke musste eine schmale Treppe hinuntergehen. Dann gelangte sie unter Deck. Dort landete sie unmittelbar in einem Wohnbereich. Nicht sonderlich groß, aber für eine Person ausreichend. Es gab eine Kochnische, einen Esstisch, an dem zwei Stühle standen, ein Sofa, einen Fernseher, mehrere Wandschränke und zu guter Letzt ein Bett, das eher einer schmalen Pritsche glich. Wahrlich kein Luxus, aber dennoch sehr gemütlich. Sie entdeckte eine weitere geschlossene Tür und vermutete dahinter das Bad.

»Erinnerst du dich?«, wollte Aike wissen.

Anneke nickte.

»Ja, sicher.«

»Ich habe dieses Boot immer geliebt. Mein Vater wollte es verkaufen, als ich achtzehn war. Also habe ich kurzerhand meine Sachen zusammengepackt und bin an Bord gezogen. Sozusagen wie ein Hausbesetzer.« Er lachte. »Schließlich hat er nachgegeben und ich bin hiergeblieben.«

»Du wohnst hier, seit du achtzehn bist?«

»Das überrascht dich?«, fragte Aike verwundert. »Schließlich haben wir als Kinder schon an Bord übernachtet. Ich wollte immer nur hier leben. Mehr als das brauchte ich nie, um glücklich zu sein. Das habe ich besonders in den letzten Monaten erkannt.«

Anneke fragte sich, ob diese Bemerkung mit dem zusammenhing, was sie am Vormittag mit angehört hatte. Diese Sache mit der Anwaltskanzlei. Denn offenbar hatte Aike in den letzten Jahren noch ein anderes Leben geführt. Sie würde ihn später vielleicht danach fragen.

»Setz dich doch«, bat er sie. »Trinkst du immer noch so gerne Früchtetee? Ich erinnere mich genau. Es mussten immer drei Würfel Zucker rein. Viel zu süß für meinen Geschmack.«

Für Annekes eigentlich auch. Und überhaupt war Tee nicht unbedingt ihr Lieblingsgetränk. Sie nickte dennoch. Aike trat an die Küchenzeile und setzte Wasser auf, während sie am Esstisch Platz nahm.

»Was hast du in den letzten Jahren so gemacht?«, wollte er wissen.

Anneke versuchte so nah wie möglich an der Wahrheit zu bleiben. Das war auf Dauer einfacher.

»Ich habe eine Weile als Journalistin für ein kleines Tagesblatt gearbeitet. Doch zuletzt war ich mit einem Mann zusammen, der ...«

Der genug für sie beide verdiente ... Anneke wollte es lieber anders ausdrücken.

»Der mir ermöglicht hat, mich voll und ganz um meine Tochter Jenna zu kümmern.«

»Eine Tochter also?«

»Ja, sie ist schon fast erwachsen, wird in ein paar Monaten siebzehn.«

»Und dieser Mann? Seid ihr noch zusammen?«

»Nein, nicht mehr. Wir haben uns vor einer Weile getrennt. Dies war also ein guter Zeitpunkt, um alles hinter sich zu lassen und hierherzukommen.«

»Das hört sich ja fast so an, als würdest du planen, länger zu bleiben.«

Aike stellte die Teetassen auf den Tisch und setzte sich ihr gegenüber.

»Ja, womöglich. Ich bin für alles offen.«

»Ziehst du in euer altes Haus zurück?«

»Klar, warum nicht? Es hat ja förmlich auf mich gewartet, oder?«

Sie lachte. Anneke hörte, dass es viel zu verkrampft klang. Nicht wirklich fröhlich und unbeschwert. Dafür war sie zu angespannt.

»Ja, warum nicht«, wiederholte Aike leise und blickte sie plötzlich viel zu ernst an. Nur für einen kurzen Augenblick, dann lächelte er wieder.

»Seltsam, nach so vielen Jahren wieder hier zusammenzusitzen«, bemerkte er. »Wir waren die besten Freunde, aber jetzt sind wir erwachsen, haben so viel erlebt und durchgemacht ...«

Wollte er damit andeuten, dass sie sich entfremdet hatten? Gab es überhaupt so etwas wie ein unsichtbares Band zwischen besten Freunden, das auch eine lange Trennung überdauerte? Hatte Aike darauf gehofft und wurde nun enttäuscht? Spürte er womöglich schon jetzt, dass sie nicht seine Carla war?

»Warst du schon bei Tante Fine und Onkel Friedrich?«, wollte er nun wissen.

Aike war also Fines Neffe. Zumindest in diesem Punkt war Anneke nun etwas schlauer.

»Ja, wir haben gestern alle zusammen bei Mia gegrillt. Es war sozusagen eine Wiedersehensfeier, bei der du leider gefehlt hast.«

»Ich hatte etwas zu erledigen.« Aike fuhr sich über den Riss in seiner Lippe. Anneke entschied, dass es zu früh war, um nachzufragen. Oder hätte Carla vielleicht genau das getan? War sie so eine direkte Person? Plötzlich war es viel zu still unter Deck. Nur sie beide, allein hier unten. Aike wirkte distanziert und sie hatte den Eindruck, dass es so nicht zwischen ihm und der echten Carla laufen würde.

»Was hältst du davon, wenn wir später gemeinsam einen Spaziergang machen?«, schlug sie vor. Alles war besser, als hier zusammenzusitzen.

»Gerne. Wir könnten ein paar Orte unserer Kindheit aufsuchen und, wie die alten Leute, in Erinnerungen schwelgen.«

»Ja, hört sich gut an. Hast du was dagegen, wenn ich Jenna mitbringe?«

»Nein, ich würde sie sehr gerne kennenlernen.«

»Gut, dann machen wir es.«

Anneke ließ ihre halb volle Tasse stehen und stand auf.

»Sollen wir uns in einer Stunde bei Fine treffen? Von da aus können wir unsere Inseltour dann starten.«

»Hört sich gut an. Bis später.«

»Ja, bis später.«

Anneke spürte Aikes Blick im Rücken, bis sie schließlich die Treppe erreicht hatte und nach oben flüchtete. Flüchten war wohl das richtige Wort für das, was sie empfand. Bloß schnell weg von hier. Während sie den Hafen hinter sich ließ, überkam sie nur ein einziger Gedanke: Aike hatte etwas gemerkt. Irgendetwas ließ ihn spüren, dass sie nicht Carla war. Und nun war es an ihr, ihn vom Gegenteil zu überzeugen.

Als Anneke und Jenna sich wenig später auf den Weg zu Fine machten, hatte sich der Himmel erneut verdunkelt. Die drückende Schwüle, die in der Luft hing, verhieß nichts Gutes. Und noch ehe sie das kleine Café erreicht hatten, hörte man in der Ferne Donnergrollen.

Noch war es trocken. Aike saß zusammen mit Fine, Mia und Jasper an einem der Außentische. Kam es Anneke nur so vor oder steckten die vier ihre Köpfe zusammen und tuschelten miteinander? Beinah so, als solle niemand etwas von ihrem Gespräch mitbekommen. Womöglich machte sie die ganze Situation auch langsam paranoid. Das war schließlich nicht verwunderlich. Anneke war kaum die geborene Betrügerin. Eigentlich versuchte sie immer, ehrlich zu ihren Mitmenschen zu sein. Intrigen und Lügen hatte sie noch nie gemocht und sie wusste auch, dass sie nicht besonders gut darin war. Aber letztendlich, so musste sie sich immer wieder in Erinnerung rufen, tat sie all das für Jennas Sicherheit.

Mia hatte sie als Erste entdeckt. Sie sah auf und winkte ihnen fröhlich.

»Da seid ihr ja endlich«, sagte sie.

»Wir haben gerade von euch gesprochen«, teilte Fine ihnen offen mit.

Das hatte Anneke sich ja bereits gedacht.

Ein Gast am Nachbartisch rief Fine nun zu sich. Alle waren in Aufbruchstimmung. Das Gewitter rückte stetig näher und die Leute drängte es zurück in ihre Wohnungen und Häuser.

»Du musst dann wohl Jenna sein«, bemerkte Aike und begrüßte sie mit einem Handschlag.

»Und du der berühmte Aike.«

»Berühmt?«, fragte er schmunzelnd.

»Ich habe schon so viele Geschichten über dich gehört, da kommt es mir beinah so vor.« Sie grinste. »Meine Mutter hat ständig von dir und eurer Kindheit an der Nordsee erzählt.«

Anneke schenkte Jenna einen Blick, der so viel bedeuten sollte, wie: *Treib es jetzt nicht zu weit …*

Jenna bekam offensichtlich immer mehr Gefallen daran, diese Rolle zu spielen.

»Ach wirklich? Hat sie das?«

Wieder lag dieser undurchsichtige Ausdruck in Aikes blauen Augen. Anneke spürte, dass sie in seiner Gegenwart zunehmend unruhiger wurde, und das lag nicht nur an seinem umwerfenden Aussehen. Er machte sie in jeder Hinsicht nervös.

»Ich glaube, eure Inseltour muss ausfallen«, sagte Jasper, als die ersten dicken Tropfen niedergingen.

»Das befürchte ich auch.« Aike dachte kurz nach, bevor er sich an Anneke wandte. »Wenn du Lust hast, dann begleite mich doch zurück zum Hafen. Schließlich habe ich dir noch nicht die Hausboote gezeigt. Du konntest es vorhin ja schon kaum erwarten, an Bord zu gehen.«

»Ja, ich bin echt gespannt. Du doch auch Jenna, oder?«

»Ehrlich gesagt, habe ich keine Lust, durch den Regen bis zum Hafen zu laufen. Da gehe ich lieber in unsere Wohnung und sehe mir das Unwetter ganz gemütlich von drinnen an.«

»Ach komm schon«, versuchte Anneke sie zu überreden. »So ein bisschen Regen stört doch niemanden.«

»Mich schon«, entgegnete Jenna.

Anneke fand es gar nicht lustig, dass ihre Tochter sie erneut hängen ließ. Aber was sollte man machen?

»Wollt ihr zwei vielleicht mitkommen?«, wandte sie sich an Mia und Jasper.

»Nee du, lass mal. Ich laufe auch lieber schnell nach Hause, bevor es richtig losgeht.«

»Und ich muss leider noch mal in die Praxis«, erklärte Jasper.

»Dann eben nur wir zwei.« Aike lächelte breit.

»Na gut, dann eben nur wir zwei ...«

Kapitel 12

Noch bevor Anneke und Aike den Hafen erreicht hatten, ging ein heftiger Regenschauer auf sie nieder. Die Sturmböen taten ihr Übriges. Innerhalb von Sekunden waren beide bis auf die Haut durchnässt.

»Wir sollten erst mal zu mir an Bord gehen«, sagte Aike, als ein Blitz direkt über ihnen den dunklen Himmel erhellte. Dann erklang ein lauter Donnerschlag, der Anneke zusammenfahren ließ. Wer jetzt noch im Freien war, versuchte sich schnellstmöglich in Sicherheit zu bringen. Auch Anneke musste einsehen, dass es die einzige vernünftige Lösung war, erneut zu Aike unter Deck zu flüchten. Insgeheim wünschte sie sich, mit Jenna mitgegangen zu sein, denn das Letzte, was sie wollte, war ein weiterer Moment der Zweisamkeit, in dem sie und Aike über ihre gemeinsame Kindheit sprechen konnten. Aber jetzt konnte sie an ihrer Situation nichts mehr ändern. Aike eilte voran und sie folgte ihm. Dabei wäre sie auf den nassen Planken des Bootssteges beinah ins Rutschen gekommen und konnte sich gerade eben noch so abfangen. Sie erreichten schließlich die Motorjacht. Während es erneut blitzte, schloss Aike die Tür auf, sodass sie sich kurz darauf endlich im Trockenen befanden. Anneke blickte an sich hinab. Ihre Kleidung tropfte so sehr, dass sich unter ihr eine kleine

Pfütze bildete. Und auch Aikes T-Shirt klebte an seinem Oberkörper.

Das Schiff schwankte deutlich unter der Bewegung der Wellen. Anneke sah, dass die aufgeschäumte Gischt gegen die Bullaugen traf. Obwohl sie im Hafen waren, fühlte sie sich in diesem schwimmenden Zuhause nicht sicher.

»Alles okay?«, wollte Aike wissen.

»Ja.« Sie schlug fröstelnd die Arme übereinander.

»Wir sollten uns trockene Sachen anziehen.«

»Ich warte nur, bis der Regen aufgehört hat. Dann laufe ich zurück, um mich umzuziehen.«

»Ich glaube nicht, dass das nur ein schneller Schauer ist. Wenn ich der Wetterlage trauen kann, wird das noch eine ganze Weile da draußen so weitergehen. Du kennst das doch noch von früher. Wenn es sich erst einmal so richtig eingeregnet hat …« Er sprach nicht weiter. Wieder donnerte es. Der Wind pfiff hörbar durch das Hafenbecken. Eine weitere Welle ließ das Schiff auf und ab hüpfen. Anneke spürte die Bewegung nur allzu deutlich in ihrem Magen. Sie war noch nie gerne bei Wellengang auf dem Meer gewesen. Vor Jahren hatten sie und Erik mal eine Kreuzfahrt gemacht, bei der sie an fünf der sechs Tage seekrank im Bett gelegen hatte. Hier im Hafen war es leider nicht viel besser. Hoffentlich irrte Aike sich und sie kam schnell wieder von Bord. Momentan sah es aber eher so aus, als würde der Regen immer stärker werden.

»Du wirst doch krank, wenn du dein nasses Zeug anbehältst«, meinte Aike und öffnete eine der Türen des Wandschrankes. Er nahm einen grauen Kapuzenpullover und eine dazu passende Jogginghose heraus.

»Die Sachen werden dir natürlich zu groß sein, aber besser, als wenn du morgen mit einer Erkältung im Bett liegst.«

Anneke nahm die Kleidungsstücke zögernd entgegen.

»Du kannst dich im Bad umziehen«, sagte er. Zum Glück gab es nur eine weitere Tür, auf die Anneke nun zielstrebig zusteuerte.

»Danke«, murmelte sie.

Das Bad war sehr beengt, kaum so groß, dass man sich um die eigene Achse drehen konnte. Doch es gab eine Dusche und ein WC, also alles, was man benötigte, um an Bord zu leben. In der Enge schien das Schiff noch deutlich mehr zu schwanken. Während sie aus ihren nassen Klamotten schlüpfte, musste Anneke sich immer wieder am Waschbecken festhalten. Aikes Sachen rochen frisch und fühlten sich herrlich warm auf ihrer nassen, kühlen Haut an. Die Hose war viel zu lang und auch ein wenig zu weit, doch für den Moment völlig ausreichend. Als sie aus dem Bad kam, hatte auch Aike schon seine Hose gewechselt und stand nun mit freiem Oberkörper vor ihr. Für einen Anwalt machte er einen gut durchtrainierten, sportlichen Eindruck. Nicht wie jemand, der vermutlich viel hinter seinem Schreibtisch saß. Annekes Blick blieb kurz an einer auffallenden Narbe hängen, die sich quer über seine Schulter zog.

»Ich habe mich mit den Jahren daran gewöhnt«, meinte Aike und lächelte sanft.

Sie nickte, wieder einmal verunsichert. War das eine Sache, von der sie wissen musste? Ein Unfall, der sich vielleicht schon in Aikes Kindheit ereignet hatte? Er zog sich nun ein weißes T-Shirt über und ging in die Küche.

»Tee?«

»Gerne«, entgegnete sie und setzte sich dankbar. So langsam machte ihr der Seegang wirklich zu schaffen.

»Du siehst blass aus«, bemerkte auch Aike.

»Das ist nur der Wellengang.«

»Der hat dir doch früher nichts ausgemacht.«

»Ich war vermutlich zu lange auf dem Festland«, entgegnete Anneke. »Und als Kind hält man ja sowieso mehr aus, nicht wahr?«

Auch an dem alten Schiff ging der Sturm nicht spurlos vorüber. Unter den Böen knarrte es so, als wolle es auseinanderbrechen. Aike schien Annekes besorgten Blick bemerkt zu haben.

»Keine Sorge, die alte Bessi hat schon ganz andere Unwetter überstanden. Die geht so schnell nicht unter.«

Er reichte Anneke den Tee und nahm ebenfalls Platz. Da saßen sie also wieder zusammen, genau wie vor zwei Stunden noch. Nur dass Anneke sich aufgrund ihrer zunehmenden Seekrankheit noch weniger auf ein Gespräch mit Aike konzentrieren konnte.

Sie fuhr sich über ihre mittlerweile schweißnasse Stirn.

»Willst du dich lieber hinlegen? Ich habe auch noch irgendwo Kaugummis gegen Seekrankheit. Die musste ich immer an Bord haben, wenn Lisa hier übernachtet hat.«

Annekes aufkommende Frage, ob sie Lisa kennen musste, beantwortete Aike im nächsten Augenblick.

»Meine Ex-Freundin. Wir waren fast zwei Jahre zusammen, aber sie wollte eigentlich nur eine Beziehung mit dem erfolgreichen Anwalt und weniger mit dem Mann, der ich wirklich bin.«

Er stand auf und öffnete eine Schublade, aus der er die Kaugummis entnahm. Anneke steckte sich schnell eines in den Mund und hoffte, dass die Wirkung bald einsetzen würde.

»Du bist also Anwalt«, sagte sie.

»Ja.« Er lachte verbittert. »Keine Ahnung, was mich damals dazu gebracht hat, ausgerechnet Jura zu studieren. Das war so eine Phase. Die Idee, hier wegzukommen, in der Stadt zu leben. Reich und erfolgreich.«

Anneke nickte nur, also sprach Aike weiter.

»Eine Zeit lang habe ich dieses Leben wirklich gemocht. Ich hatte ein schickes Apartment in Hamburg, bin jeden Morgen in meine teuren Anzüge gestiegen und habe mich vor Gericht unbesiegbar gefühlt. Aber dann kam der Moment, in dem ich genug von alldem hatte. Der tägliche Druck, der Stress ... Oft habe ich mehr als zwölf Stunden am Tag gearbeitet. Daran zerbricht man mit der Zeit. Ich habe mehr und mehr gespürt, dass mir dieses Leben nichts mehr gegeben hat. Und als dann zunächst meine Mutter und kurz darauf auch mein Vater verstorben sind, wusste ich, dass ich zurück auf die Insel wollte. Auch hier gibt es Menschen, die einen Anwalt brauchen. Ich dachte an die *Schwimmende Kanzlei*.« Er lachte.

»Ja, hört sich doch gut an«, meinte Anneke schmunzelnd. »Deswegen hast du also zwei Hausboote gekauft? Um eines zu deiner Kanzlei zu machen?«

»Nein, die sind nur dafür da, um aus ihnen einzigartige Ferienunterkünfte zu erschaffen. So wie wir zwei es uns immer vorgestellt haben. Wie oft haben wir davon gesprochen, niemals von der Insel zu ziehen und davon zu leben, solche Boote an Urlauber zu vermieten. Die Begeisterung für Schiffe haben wir schließlich immer geteilt, nicht wahr?« Anneke konnte sich nicht erklären, woher der plötzlich traurige Ausdruck in Aikes Augen kam. Oder bildete sie sich das nur ein?

»Ja, das haben wir«, stimmte sie ihm zu, obwohl sie es gerade jetzt kaum erwarten konnte, wieder festen Boden unter den Füßen zu haben.

»Hilft das Kaugummi?«, wollte er wissen.

Sie nickte, obwohl ihr noch immer etwas übel war. Anneke sah aus dem Fenster. Der Regen wollte einfach nicht nachlassen.

»Und du?«, fragte Aike. »Du sagtest, du wärst Journalistin?«

»Ja, aber ich habe schon seit einigen Jahren nicht mehr in diesem Beruf gearbeitet. Ich wollte gerne für Jenna da sein.«

»Das verstehe ich. Sie scheint ein tolles Mädchen zu sein.«

»Momentan macht sie eine etwas schwierige Phase durch. So wie die meisten Teenager. Aber ja, sie ist für mich etwas ganz Besonderes.«

»Schon seltsam«, meinte Aike. »Als wir uns zuletzt gesehen haben, waren wir selbst noch Kinder, jünger als deine Jenna es jetzt ist.«

»Die Jahre sind schnell vergangen.«

»Und doch musste ich oft an dich denken. Besonders an diesen einen Tag. Ich glaube, wenn zwei Menschen so etwas erlebt haben wie wir damals ... das vergisst man nicht so schnell. Das verbindet einen für ewig.«

Anneke spürte erneut diese Beklemmung. Ihr Herz raste. Es war nicht gut, wenn nur einer von ihnen über die Vergangenheit Bescheid wusste. Was war damals bloß vorgefallen? Immer wieder fielen diese Andeutungen. Zunächst von Fine, jetzt sprach Aike über diese *Sache.*

»Ob ich mich doch kurz hinlegen könnte?«, fragte sie. Ihr ging es wirklich nicht gut. Das beständige Schaukeln verstärkte ihr Unwohlsein um ein Vielfaches.

»Aber sicher.«

Aike stand auf und fasste sie behutsam am Arm, während er sie zu seinem Bett führte.

»Ich kann mich auch auf die Couch legen.«

»Ach was. Die ist doch viel zu schmal. Ruh dich ein bisschen aus. Dann geht es dir nachher bestimmt besser.«

Sie nickte einsichtig. Die letzten Tage hatten sehr an ihr gezerrt. Und auch wenn es ihr seltsam vorkam, in einem fremden Bett zu liegen, übermannte sie schnell die Müdigkeit. Ehe sie sichs versah, war sie eingeschlafen.

Als Anneke die Augen aufschlug, hatte sich die Geräuschkulisse kaum verändert. Noch immer hörte sie den Wind pfeifen, der Regen peitschte gegen die Bullaugen und dann donnerte es. Allerdings schien sich das Gewitter mittlerweile entfernt zu haben. Sie sah Aike am Herd stehen und in einem Topf rühren. Es roch nach einer kräftigen Suppe. Anneke setzte sich auf und merkte, dass sie sich etwas besser fühlte, obwohl das Schiff weiterhin auf und ab schaukelte. Vielleicht hatten die Kaugummis und das kurze Nickerchen geholfen. Sie blickte auf die Uhr ihres Handys und bemerkte, dass sie nur eine halbe Stunde geschlafen hatte.

Sie räusperte sich und stand auf.

»Oh, du bist wieder wach. Geht es dir besser?«

»Ja, danke. Der Schlaf hat gutgetan.«

Sie sah nach draußen.

»Ob der Regen jemals nachlässt?«

»Irgendwann bestimmt. Aber bis dahin können wir uns an meiner hausgemachten Hühnersuppe stärken. Die hat meine Mutter ja früher schon immer für uns gekocht, wenn wir an einem kalten Tag vom Spielen nach Hause gekommen sind. Erinnerst du dich?«

Anneke nickte. Sie überkam mehr und mehr das Gefühl, dass Carla eine wirklich schöne Kindheit auf der Insel verbracht hatte. Mit guten Freunden, fürsorglichen Erwachsenen, wie Fine oder aber auch Aikes Mutter, und einer herrlichen Natur, in der man unbeschwert spielen und aufwachsen konnte. Über ihre, beziehungsweise Carlas Eltern, hatte sie bisher nicht viel herausfinden können. Genau genommen wusste sie nicht einmal, ob diese überhaupt noch lebten. Mit Sicherheit wusste sie nur, dass sie ihre Tochter durch einen Umzug aus ihrem gewohnten Umfeld gerissen hatten. Weg von allem und jedem, was ihr vertraut gewesen war.

»Magst du auch was essen?«, wollte Aike wissen.

»Ja, gerne.«

Er füllte zwei Teller und gesellte sich anschließend zu ihr. Sie aßen zunächst schweigend. Die Suppe schmeckte wirklich ausgezeichnet und Anneke spürte, dass sie die kräftige Brühe wieder etwas stärkte.

»Wie geht es eigentlich deinen Eltern?«

Es war, als ob Aike ihre Gedanken gelesen hätte. Anneke verschaffte sich einen Augenblick Zeit und steckte sich einen Löffel voll mit Gemüse und Fleisch in den Mund.

»Arbeitet dein Vater immer noch bei der Polizei?«

Beinah hätte sie sich verschluckt. Carlas Vater war Polizist? Das war jetzt nicht unbedingt das, was sie erwartet hatte. Wie würde er wohl reagieren, wenn er herausfand, dass sich jemand anderes als seine Tochter ausgab? Vor ihrem inneren Auge sah sie bereits, wie man ihr Handschellen anlegte.

Anneke trank hastig einen Schluck Wasser.

»Alles okay?«, fragte Aike.

»Ja, alles gut. Ich hätte mich nur beinah verschluckt. Ich sollte nicht so schnell essen.«

»Also?« Er sah sie fragend an.

Anneke wusste nicht, wie alt Carlas Vater war. Ihr eigener Vater war im letzten Jahr in den Ruhestand getreten.

»Er genießt seit einem Jahr sein Rentnerleben«, sagte sie also, in der Hoffnung, dass Carlas Vater nicht deutlich jünger war.

Aike schien diese Auskunft zumindest nicht sonderlich zu irritieren.

»Ich weiß noch, wie ich ihn als Junge immer bewundert habe. Wenn er in seiner Uniform über die Insel geradelt ist. Er war ja sozusagen immer im Einsatz, hatte seine Augen überall. Erinnerst du dich noch, als wir diese Mutprobe gemacht haben?«

Aike sah sie erwartungsvoll an, nach dem Motto: *Erzähl du weiter*.

»Wie könnte ich das vergessen«, sagte Anneke ausweichend.

Aike schmunzelte bei der Erinnerung.

»Ich weiß noch, wie ich gezittert habe, als wir in den Laden der alten Wilma spaziert sind. Die wusste gleich, dass wir was vorhaben. Mit dem Besenstiel hat sie uns gejagt, nachdem wir die Schokolade heimlich eingesteckt hatten. Und draußen stand dann dein Vater und hat unsere Taschen durchsucht. Ich habe mich wie ein Krimineller gefühlt.«

»Wegen einer Tafel Schokolade konnte er dich ja nicht gleich festnehmen«, sagte Anneke lachend.

Aike sah von seinem Teller auf und wirkte sichtlich überrascht.

»Du weißt es nicht mehr?«

Anneke schluckte schwer. Sie schien so ein Talent zu haben, immer genau das Falsche zu sagen.

»Ich habe damals doch die Schokolade auf den Weg nach draußen fallen lassen. So konnte er in meinen Taschen nichts als ein paar Steine finden, die ich am Strand gesammelt hatte. Du warst damals so wütend auf mich, weil du das Diebesgut noch bei dir hattest. Drei Tage hast du nicht mit mir gesprochen. Das kannst du doch nicht vergessen haben.«

»Nein, natürlich nicht ...«, stammelte Anneke. Sie versuchte, schnell auf ein anderes Thema zu kommen. »Wo wir gerade über Verbrechen reden. Kennst du jemanden, der möglichst schnell eine Scheibe austauschen kann? Eines meiner

Küchenfenster wurde eingeschlagen.« Sie verschwieg besser, dass Jenna es getan hatte.

»Das kann Klaas erledigen.«

»Der Schlosser?«

»Sagen wir besser, der Mann für alles. Sicherlich hat er heute Morgen, als er bei euch war, bereits gemerkt, dass das Fenster ausgetauscht werden muss. So etwas entgeht seinen wachsamen Augen nicht. Es würde mich kaum wundern, wenn er bereits eine neue Scheibe bestellt hat.«

»Das wäre wunderbar. Dann müssten wir nur noch durchwischen und könnten in den nächsten Tagen einziehen.«

»Warst du eigentlich schon im Keller?« Schon wieder dieser ernste Blick. »Ich meine, ist es noch da?«

So langsam machte Aikes Fragerei sie wirklich fertig. Es wurde Zeit, dass dieser verflixte Regen endlich nachließ und sie von hier wegkam.

»Ich war noch nicht im Keller«, entgegnete Anneke wahrheitsgetreu.

»Verstehe. Ich dachte nur ...«

Er sah sie unsicher an. Dann strich er kurz über ihren Unterarm und lächelte sanft.

»Es ist in Ordnung, wenn du nicht darüber reden möchtest.«

Sie verlor sich für einen kurzen Moment in seinen wunderschönen, blauen Augen. Sie waren so viel sanfter als die von Erik. Gefühle auszudrücken, sei es über Worte, Gesten oder Blicke, war nie seine Stärke gewesen. Aike schien anders zu sein. Das spürte sie bereits, nachdem sie sich erst wenige Stunden kannten. Und obwohl sie sich in dieser unmöglichen Situation befand, sehnte Anneke sich danach, ihn besser kennenzulernen; danach, dass er erneut über ihren Arm strich oder sie an sich drückte, so wie bei ihrer ersten Begegnung auf dem Bootssteg.

»Danke für die Suppe«, sagte sie nun und warf einen Blick nach draußen. Langsam wurde es wieder heller. »Vielleicht sollte ich jetzt gehen.«

»Du kannst gerne bleiben, bis der Regen aufgehört hat. Dann zeige ich dir endlich die Hausboote. Deswegen sind wir ja eigentlich hergekommen.«

»Lass uns das lieber auf morgen verschieben. Jenna wartet bestimmt schon auf mich.«

Sie stand auf und nahm sich ihre nasse Kleidung von der Couchlehne.

»Du kannst mir meine Sachen morgen zurückgeben«, sagte Aike.

»Na gut. Danke«, entgegnete sie. Anneke spürte, dass sie viel unsicherer als üblich klang. Ihr sonst so ausgeprägtes Selbstbewusstsein musste irgendwo zwischen dem Festland und der Insel auf der Strecke geblieben sein. Sie konnte nur hoffen, dass sie es schnell wiederfand. Denn auch oder gerade, wenn man jemand anderen darstellen wollte, war es wichtig, sich selbst nicht zu verlieren.

Kapitel 13

Anneke hatte geträumt. Sie hatte in einem Kreis von Menschen gestanden. Jasper, seine Frau Christine, Mia, Fine, Friedrich und zuletzt auch Aike hatten sie umschlossen und ihr keine Möglichkeit geboten, aus ihrer Mitte zu fliehen. Sie alle hatten mit dem Finger auf sie gezeigt; anklagend, drohend ... Schließlich hatten sie laut gerufen: »*Wir wissen, wer du bist!*« Immer wieder und wieder. Es hatte Anneke viel Mühe gekostet, sich diesem Traum zu entreißen. Und auch als sie dann schweißgebadet und aufrecht im Bett saß, brauchte sie eine ganze Weile, um zu verstehen, dass dies alles nicht real gewesen war. Nicht einmal das Tageslicht, das bereits durch die dünnen Vorhänge fiel, half ihr, klar zu sehen und die Dunkelheit der Nacht abzuschütteln.

»Bist du auch endlich wach?«

Jenna saß, zu ihrer Verwunderung, schon am Küchentisch. Es roch nach frischem Kaffee.

»Seit wann stehst du denn vor mir auf?«

»Hörst du das etwa nicht?«, fragte Jenna verständnislos.

Tatsächlich benötigte Anneke einige Sekunden, bis die Geräusche sie erreicht hatten. Sie war noch zu sehr mit ihrem Traum beschäftigt. Es klang so, als liefe jemand eilig ein paar

Stufen herauf, dann gab es einen leisen Aufprall, bevor sich die Geräusche wiederholten. Sie hörte Kinder reden und lachen.

»Ich habe gerade mal um die Ecke geschaut«, meinte Jenna und gähnte. »Das sind die Jungs von Jasper. Seit zwanzig Minuten werden die beiden es nicht leid, von der Treppe zu springen. Immer drei Stufen hoch und dann mit Schwung wieder runter. Keine Ahnung, warum ihre Eltern ihnen das durchgehen lassen. Wenn das meine Kinder wären, würde ich sie vor den Fernseher setzen oder ein Handy in die Hand drücken. So einen Krach am frühen Morgen kann man doch niemandem zumuten.«

»Du wärst sicherlich eine ausgezeichnete Mutter«, meinte Anneke schmunzelnd und schlug die Bettdecke zurück.

Sie sah auf die Uhr. Es war schon halb acht. Für sie hieß das, wirklich lange geschlafen zu haben. Für Jenna hingegen begann der Tag zwei Stunden zu früh.

»Benni, Lukas!«, hörte sie Jasper nun rufen. »Hört endlich auf damit!«

Die Jungs lachten, hielten kurz inne, und machten dann weiter.

»Wirklich gut erzogen, diese Kinder«, maulte Jenna.

»Jetzt springen sie noch von den Stufen und in ein paar Jahren werden sie zu übel gelaunten Teenagern, die lieber faul zu Hause sitzen, statt sich einen Job zu suchen.« Anneke schenkte Jenna einen langen Blick. Diese schnaubte nur.

»Und dir habe ich extra Frühstück gemacht.«

Sie wollte Anneke die Kaffeekanne unter der Hand wegziehen, aber diese war schneller.

»Das würde ich lieber nicht tun«, meinte sie lachend. »Du weißt, dass mir meine erste Tasse Kaffee am Tag heilig ist.«

Anneke setzte sich an den ansonsten leeren Tisch.

»Frühstück machen heißt für dich also, eine Kanne Kaffee aufsetzen«, bemerkte sie.

»Mehr brauche ich so früh am Morgen nicht«, meinte Jenna schulterzuckend. »Aber falls du Hunger hast ...« Sie stand auf und holte eine Packung mit von Zucker überzogenen Frühstücksflocken aus dem Schrank. »Die habe ich vom Einkaufen mitgebracht. Milch sollte auch noch da sein.«

Da Anneke keine Lust hatte, zum Bäcker zu laufen, füllte sie sich eine Schüssel und begann zu löffeln.

»Was haben wir heute vor? Unsere Shoppingpläne sind ja gestern ins Wasser gefallen. Außerdem warst du sehr lange auf dem Boot des gut aussehenden Anwalts.« Sie grinste.

»Ich habe das Unwetter abgewartet«, rechtfertige Anneke sich. »Aber wir können später noch durch die Geschäfte ziehen und uns mit allem eindecken, was wir für unser neues Leben brauchen. Doch vorher würde ich gerne zu unserem Haus fahren. Ich muss dringend in den Keller.«

»In den Keller? Was willst du denn da?«

»Das muss ich selbst erst noch herausfinden«, gab Anneke sich geheimnisvoll.

Aike hatte da gestern so eine Andeutung gemacht. *Warst du schon im Keller? Ist es noch da?*

Die Frage, worum es sich dabei handelte, hatte sie den ganzen Abend nicht mehr losgelassen. Ihre Neugierde war eindeutig geweckt.

»Moin Mia«, grüßte Anneke, als sie gerade auf ihre Fahrräder steigen wollten.

»Moin zusammen«, entgegnete diese fröhlich. Sie hatte Jaspers Jungs an der Hand. Zumindest versuchte sie, die beiden in ihrer Nähe zu halten, doch die Kinder rissen sich immer wieder lachend los und liefen dann in verschiedene Richtungen.

»Benni, Lukas«, sagte Mia ungeduldig. »Jetzt bleibt doch mal hier.«

»Bist du heute der Babysitter?«, wollte Anneke wissen.

»Christine hatte schon sehr früh einen Termin und Jasper ist ja in der Praxis. Deswegen habe ich angeboten, die zwei schnell in den Kindergarten zu bringen. Aber es ist gar nicht so einfach, da überhaupt anzukommen. Immer finden die Kleinen irgendetwas Spannendes, das sie ablenkt.«

Tatsächlich hielten Benni und Lukas nun jeweils einen Stock in den Händen und taten so, als seien es Schwerter.

»Jungs, passt auf, dass ihr euch nicht wehtut«, ermahnte Mia sie, bevor sie sich wieder Anneke und Jenna zuwandte: »Der Kindergarten liegt übrigens auf halbem Weg zu eurem Haus. Ich dachte, ich könnte später bei euch vorbeisehen und euch ein wenig zur Hand gehen. Sicherlich gibt es viel Arbeit, oder?«

»Da weiß man gar nicht, wo man anfangen soll«, entgegnete Anneke.

»Dann bringe ich noch Verstärkung mit«, entschied Mia.

»Aber das ist doch nicht nötig ...«

»Keine Widerrede. Hier bei uns hilft man sich noch. Das ist selbstverständlich.«

Anneke lächelte dankbar. Tatsächlich gab es eine Menge zu tun. Und sie konnte es kaum erwarten, endlich mit Jenna in dieses wunderschöne Haus zu ziehen.

An diesem Morgen war Anneke der Weg nicht so beschwerlich wie beim ersten Mal vorgekommen. Nach dem Gewitter fühlte sich die Luft herrlich frisch an. Und obwohl nun wieder die Sonne schien, blieb die drückende Wärme der letzten Tage aus.

Sie genoss es richtig, durch die Dünen zu radeln, den Seewind im Gesicht, über ihr ein wolkenloser Himmel, an dem einige Möwen kreisten. Umgeben von Dünengras, feinem Sand und der Gewissheit, dass gleich hinten am Horizont das Meer lag. Anneke sehnte sich danach, endlich in die Wellen tauchen zu können. Vielleicht würde sie später noch ihren Badeanzug aus dem Koffer holen und an den Strand gehen.

Sie und Jenna passierten nun den kleinen Pferdehof und erreichten schließlich ihr Haus. Anneke staunte nicht schlecht, als sie dort Klaas antrafen, der soeben das eingeschlagene Fenster austauschte.

»Moin«, grüßte er. »Ich hoffe, es stört euch nicht, dass ich schon angefangen habe. Aike hat mich gestern Abend noch angerufen und gebeten, dass ich mich um die Scheibe kümmere.«

»Nein, das stört uns gar nicht. Wir sind Ihnen sogar sehr dankbar dafür.«

»Das mache ich doch gerne«, meinte er und wandte sich wieder seiner Arbeit zu.

»Die Menschen hier sind unheimlich nett und hilfsbereit«, bemerkte Anneke. Jenna nickte zustimmend.

Sie durchliefen den Vorgarten. Anneke gefiel es, nach ihrem neuen Schlüssel zu greifen und die Haustür zu öffnen. Dadurch fühlte es sich tatsächlich so an, als wäre dies *ihr* Zuhause. Es war plötzlich so einfach, sich etwas vorzumachen; sich diesem neuen Lebensgefühl voll und ganz hinzugeben.

»Wo geht es denn in den Keller?«, fragte Jenna nun und sah sich suchend nach einer Tür um, hinter der sich die Treppe nach unten verbergen könnte.

»Vielleicht gibt es einen Außeneingang vom Garten aus«, überlegte Anneke. Sie durchschritten das Wohnzimmer und traten auf die Terrasse.

»Ich laufe gar nicht gerne durch so hohes Gras. Vor allem nicht in kurzer Hose«, meinte Jenna und machte einen vorsichtigen Schritt auf die Wiese. »Überall diese kleinen Viecher ... Mücken, Wespen, Spinnen, Zecken ...«

»Du warst schon immer ein echter Naturfreund«, scherzte Anneke und sah sich um. »Sieh mal, dahinten!«

Sie hatte eine Treppe entdeckt, die zu einem Kellereingang führte.

Dieser war bereits so zugewuchert, dass man ihn auch leicht hätte übersehen können.

»Hoffentlich wohnen da unten keine Ratten«, sagte Jenna angewidert.

»Du musst ja nicht mitkommen.«

»Ich will aber«, betonte sie und folgte ihrer Mutter die Stufen hinab. Anneke rüttelte an der Türklinke, doch diese ließ sich nicht öffnen.

»Wir könnten Klaas fragen, ob er uns hilft.«

»Nicht nötig.« Jenna holte ihr Portemonnaie heraus und entnahm diesem eine Plastikkarte. »Ich habe gestern genau zugesehen, als Klaas es mir erklärt hat. Warte mal ...«

Sie bückte sich und begann, die Karte in Höhe des Schlosses zwischen Tür und Rahmen hin und her zu bewegen.

»Er sollte dir das doch nicht zeigen«, meinte Anneke.

»Hat er aber.« Jenna grinste. »Hast du jetzt Angst, ich könnte das zu meinem Beruf machen? In Häuser einbrechen?«

Noch ehe Anneke antworten konnte, sprang die Tür auf.

»Talent hättest du zumindest«, sagte sie mit einer Mischung aus Verwunderung und Stolz.

»Geh du vor.« Jenna trat einen Schritt zurück. »Und verscheuch die Ratten und Spinnen für mich.«

Ratten konnte Anneke in dem dunklen, modrig riechenden Gang, der nun vor ihnen lag, nicht sehen. Aber Spinnweben gab es unzählige. Sie wischte sie mit der Hand zur Seite, bevor sie ihren ersten Schritt in den Keller setzte. Erst als ihre Augen sich an die Dunkelheit gewöhnt hatten, erkannte sie, dass der Keller nur einen einzelnen großen Raum umfasste. Niemand hatte sich je die Mühe gemacht, die Wand zu verputzen. Auch der Boden bestand lediglich aus einer kalten Betonplatte. Es gab mehrere Regale, in denen sich einige vergessene Gegenstände befanden. Hier ein Werkzeug, da ein Einmachglas mit Gurken ... Ein Stapel Kisten, die unter der Feuchtigkeit schon verrotteten, stand in der Ecke. An einer Wand fand Anneke etwas niedergeschrieben. Mit einer kindlichen Schrift hatte jemand, vermutlich Carla, eine Hochwassergrenze vermerkt.

»Hochwasser Sturmflut 1998«, stand dort geschrieben. Der Strich befand sich in gut eineinhalb Metern Höhe.

»Hier hat bestimmt schon oft das Wasser gestanden«, sagte Jenna, als etwas anderes ihre Aufmerksamkeit auf sich zog. Hinter dem Stapel Kartons lehnte ein Floß an der Wand. Es sah so aus, als wäre es selbst gebaut. Das Werk von jemandem, der sich offenbar viel Mühe gegeben hatte. Die schmalen Stämme waren mit Seilen verknotet worden. Es bot maximal Platz für zwei kleine Personen. Ein Floß für Kinder.

Unwillkürlich sah Anneke vor sich, wie die Inselkinder von damals gemeinsam das Floß gebaut hatten. Wie sie an einem schönen Sommertag im Wald nach dem richtigen Baumaterial gesucht hatten, danach vielleicht an den Strand gegangen waren, um ihr Floß zu Wasser zu lassen. Unbeschwerte Tage an der frischen Luft. Weit weg von der Großstadt. Es gab wohl kaum einen schöneren Ort, um aufzuwachsen.

Sie fragte sich, ob es das Floß war, von dem Aike gesprochen hatte. Etwas anderes Interessantes konnte sie hier unten nicht entdecken.

»Hast du danach gesucht?«, wollte Jenna wissen. Sie hatte ihr mittlerweile von dem Gespräch erzählt.

»Das muss ich noch herausfinden«, sagte Anneke nur, bevor sie sich wieder abwandte, um aus diesem muffigen Kellerloch zurück in die Sonne zu gehen. Dabei umgab sie das seltsame Gefühl, eine entscheidende Entdeckung gemacht zu haben. Irgendetwas war damals vorgefallen. Und es war wichtig, dass sie endlich Klarheit darüber erlangte. Denn wie konnte sie sonst zu Carla werden?

Als Mia am späten Vormittag mit einem ganzen Helferteam samt Putzutensilien anrückte, staunten Anneke und Jenna nicht schlecht. Abgesehen von Mia selbst kannten sie niemanden der sechs Frauen. Zumindest waren sie Anneke nicht *offiziell* bekannt. Viele neue Gesichter, mit denen sie vorsichtig sein musste. Die Frauen stellten sich ihr vor, doch es war unmöglich für sie, sich gleich alle Namen zu merken. Darin war Anneke noch nie besonders gut gewesen. Nur eine von Mias Freundinnen, Petra, drückte sie kurz an sich und erkundigte sich, ob sie sich noch an sie erinnerte. Anneke bejahte das Ganze und hoffte, dass diese Petra nicht wieder irgendwelche alten Geschichten mit ihr auffrischen wollte.

»Soll ich jetzt etwa auch hier putzen?«, fragte Jenna, so als wäre das völlig abwegig.

»Es sähe wohl komisch aus, wenn du nur herumstehst und dabei zusiehst, wie fremde Leute unser Haus sauber machen«, entgegnete Anneke und schnappte sich Eimer und Lappen, um die unteren Fenster zu reinigen.

»Und was wird jetzt aus unserem Shoppingnachmittag? Fällt der schon wieder aus?«

»Das bekommen wir später bestimmt noch hin. Es ist noch früh und bei den vielen Helfern sind wir sicherlich schnell mit der Arbeit fertig. Zumindest, wenn wir jetzt endlich anfangen.«

Jenna maulte irgendetwas Unverständliches, schnappte sich dann aber ein Staubtuch und lief ins Wohnzimmer.

»Ich könnte das Bad putzen«, schlug Mia vor.

»Es ist wirklich großartig von dir, dass du so viele Leute organisieren konntest, die uns helfen«, sagte Anneke. »Vielen Dank dafür.«

»Das ist doch selbstverständlich.«

»Nein, das ist es ganz sicher nicht«, meinte Anneke lächelnd.

»Ich bin jetzt mit dem Fenster fertig«, erklärte Klaas. »Kann ich euch sonst noch zur Hand gehen? Ich habe gesehen, dass der Garten ganz schön verwildert ist.«

»Sind Sie zufällig auch noch Gärtner?«, scherzte Anneke.

»Kein ausgebildeter Gärtner, aber ich verstehe einiges davon«, entgegnete er. »Wenn ihr möchtet, lege ich gleich los.«

»Ja, sicher. Gerne ...« Anneke konnte gar nicht fassen, wie viel Hilfe ihr von allen Seiten zugesprochen wurde. Um sie herum wuselten bereits Frauen mit dem Wischmopp oder dem Kehrbesen. Irgendwer hatte noch einen alten Staubsauger auftreiben können, der nun surrend im Wohnzimmer erklang. Anneke wollte auch endlich mit der Arbeit beginnen, da stand Aike plötzlich vor ihr. Er trug Sportklamotten und war etwas atemlos.

»Ich komme gerade vom Laufen und wollte mal bei euch vorbeischauen«, erklärte er.

»Unser guter Aike legt jeden Morgen sechs Kilometer zurück«, lobte Mia ihn.

»Zumindest wenn es die Zeit zulässt«, sagte er. »Aber momentan habe ich ja sehr viel davon.«

»Konntest du dich immer noch nicht mit deinem früheren Partner einigen?«, wollte Mia wissen. »Wie heißt der Typ noch mal?«

»Michael«, entgegnete Aike. »Und nein, wir sind uns ganz und gar nicht einig.«

»Jasper hat mir erzählt, dass Michael dir eine reingehauen hat.« Mia grinste.

»Das war doch gar nichts.« Aike fuhr sich über seine Lippe. »Der schlägt doch wie ein Mädchen.«

Da hatte Anneke aber etwas anderes aufgeschnappt, als Aike sich mit Jasper über die Auseinandersetzung unterhalten hatte.

»Worum geht es bei dieser Sache denn?«, wollte sie wissen.

»Ich möchte aus unserer Kanzlei in Hamburg aussteigen und er lässt mich nicht raus aus dem Vertrag, weil er genau weiß, dass viele unserer Klienten nur wegen mir herkommen. Niemand will so einen arroganten, schmierigen Anwalt wie Michael engagieren.«

»Verstehe ...« sagte Anneke.

»Aber jetzt genug von diesem leidigen Thema«, bat Aike und lief an ihnen vorbei in die Küche. Er schien sich bestens auszukennen »Ich war so lange nicht hier, und doch fühlt es sich beinah wie gestern an.«

Er sah sich um.

»Es sieht alles noch wie damals aus. Ich glaube, deine Eltern haben das Haus immer so gelassen, damit du eines Tages zurückkommen kannst. Sie wussten sicherlich, dass du irgendwann bereit dazu bist.«

»Ja, du hast recht«, stimmte Anneke ihm zu, denn irgendetwas musste sie schließlich erwidern. »Sie freuen sich sehr, dass ich mit Jenna hier einziehe.«

»Werden sie auch mal selbst wieder auf die Insel kommen?«, wollte Mia wissen.

»Ja, bestimmt«, gab Anneke sich zuversichtlich.

Sie musste an Carla denken. Noch immer hatte es keine neuen Mails gegeben. Das gefiel ihr gar nicht. Gerade jetzt war es wichtig, über sie und ihren Aufenthaltsort Bescheid zu wissen.

»Sieh dich ruhig überall um«, wandte sie sich nun an Aike. »Ich fange jetzt mal mit den Fenstern an.«

»Ich kann euch gerne helfen«, bot Aike an.

»Dann leg mal los«, forderte Mia ihn auf und drückte ihm einen Lappen in die Hand. »Es gibt viel zu tun.«

Dass viele Menschen in kurzer Zeit viel leisten konnten, bemerkte Anneke, als sie zwei Stunden später durch das Haus lief. Die Böden waren sauber, man konnte wieder durch die Fenster sehen und das Badezimmer erstrahlte im neuen Glanz.

Sie hatte für ihre fleißigen Helfer Pizza kommen lassen, und so saßen sie wenig später alle zusammen um den Küchentisch versammelt und ließen es sich schmecken. Es wurde viel geredet und gelacht. Sogar Jenna schien sich einigermaßen wohlzufühlen. Zumindest machte sie kein mürrisches Gesicht und lächelte sogar einige Male. Auch Anneke hatte das gute Gefühl, dass man sie von Anfang an nicht ausschloss. So als gehörte sie schon immer dazu. Natürlich war die echte Carla eine von ihnen. Ein Inselkind, das nach Hause gekommen war. Doch nach über zwanzig Jahren war es nicht selbstverständlich, mit offenen Armen empfangen zu werden.

Nachdem sich nach und nach alle verabschiedet hatten, war es fast drei Uhr. Nur Aike blieb.

»Machen wir einen kurzen Spaziergang?«, wollte er wissen.

»Ich habe Jenna versprochen, dass wir shoppen gehen.«

»Das kann gerne noch eine halbe Stunde warten«, sagte diese und gähnte. »Irgendwer hat draußen einen Liegestuhl auf der Terrasse aufgestellt. Ich bin echt müde.«

»Du bist eben keine schwere Arbeit gewohnt«, neckte Anneke ihre Tochter.

»Und ich möchte mich auch gar nicht erst daran gewöhnen«, betonte Jenna, bevor sie nach draußen in den Garten ging.

»Teenager«, meinte Anneke kopfschüttelnd. »Mit denen ist doch nichts anzufangen.«

Sie folgte Aike nach draußen. Als Anneke unwillkürlich den Weg zum Strand einschlug, merkte sie, dass Aike zögerte.

»Oh, wolltest du nicht am Wasser spazieren?«, fragte sie verwundert. »Wir können auch in Richtung Dünen laufen.«

»Ich dachte nur, weil ...« Er sprach nicht weiter. »Ist es denn okay für dich, an den Strand zu gehen?«

»Sicher«, entgegnete Anneke irritiert. Schließlich zog es doch jeden zum Meer.

»Okay«, meinte Aike knapp. »Dann gehen wir eben an den Strand.«

»Wunderschön«, seufzte sie, als sie kurz darauf auf die Nordsee blickte. »Ich habe ganz vergessen, wie herrlich es ist, direkt am Meer zu wohnen.«

Sie nahm einen tiefen Atemzug. Obwohl der Sand steinig war, schlüpfte sie aus ihren Schuhen und lief so lange weiter, bis das kühle Nordseewasser ihre Füße umspülte. Aike tat es ihr gleich und stellte sich direkt neben sie. Anneke konnte nicht leugnen, dass sie seine Nähe nervös machte. Nach der langen und schwierigen Beziehung mit Erik hatte sie sich vorgenommen, sich nie wieder auf einen Mann einzulassen. Aber jetzt ... Aike gefiel ihr. Er war so anders als der erfolgsorientierte Geschäftsmann Erik, dem sein Image oft wichtiger als alles andere gewesen war. Nie durfte sein Hemd Falten haben, immer musste der schicke Wagen poliert werden, stets hieß es, den perfekten Auftritt hinzulegen. Das war auf Dauer anstrengend gewesen.

Obwohl sie Aike kaum kannte, wusste sie schon einiges über ihn. Ihm war es wichtiger, ein unbeschwertes Leben zu führen, als täglich den erfolgreichen Anwalt zu spielen. Und das ließ ihn in Annekes Augen noch attraktiver wirken.

Sie bemerkte, dass er zu ihr sah; nachdenklich, ernst ... Irgendetwas musste ihm gerade durch den Kopf gehen, doch er sagte nichts.

Anneke spürte, wie seine Hand ihre berührte. Dann strich er sanft mit dem Finger über ihren Handrücken. Nur eine Geste zwischen zwei alten Freunden?

»Geht es dir gut?«, fragte er leise, während die Wellen kraftvoll anrollten und ihre Beine umspülten. Sie nickte. Aike umschloss schließlich vollständig ihre Hand, so als müsse er sie festhalten.

Anneke überkam wieder einmal das schlechte Gefühl, falsch zu handeln. Es war nicht richtig, Menschen etwas vorzumachen, die um sie besorgt waren. Dieses Empfinden wurde mit einem Mal so stark, dass sie Aikes Hand unvermittelt losließ.

»Lass uns zurückgehen«, schlug sie vor.

»Warte«, stoppte er sie und blieb erneut dicht vor ihr stehen. Er legte seine Hände auf Annekes Schulter. »Ich wollte mit dir noch über etwas reden.«

Sie sah ihn erwartungsvoll an.

»Ich war im Keller.«

»Ja, ich auch.«

»Dann hast du es gesehen?«

Er konnte nur von dem Floß sprechen. Anneke nickte.

»Warum hat dein Vater es aufbewahrt?«

»Keine Ahnung.«

»Soll ich es für dich entsorgen? Möchtest du, dass ich es wegwerfe?«

Anneke zögerte. Würde Carla das wollen? Und wenn ja, warum?

»Carla?«, fragte er, nachdem sie nicht antwortete. Es war ungewohnt, so genannt zu werden. Es klang falsch.

»Nein, lass es ruhig dort stehen«, entschied sie schließlich.

»Okay ...« Aike ließ sich nicht anmerken, was er wirklich dachte. Er beugte sich zu ihr und hauchte ihr einen Kuss auf die Wange.

»Schön, dass du zurück bist«, sagte er, bevor er sich abwandte und den Strand verließ.

Kapitel 14

»Es macht so viel Spaß, das Geld anderer Leute auszugeben«, rief Jenna euphorisch.

Sie hatten soeben eine kleine Boutique verlassen. Einer dieser Läden, bei denen Anneke für gewöhnlich schon die Preise im Schaufenster davon abhielten, einzutreten und sich genauer umzusehen. Auch heute hatte sie lange gezögert, bis sie sich schließlich doch die weiße Jeans für über zweihundert Euro gekauft hatte. Jenna hingegen hatte ordentlich zugeschlagen: ein kurzer Rock, zwei T-Shirts und dazu noch passende Schuhe. An der Kasse hatte Anneke erst einmal tief Luft holen müssen, bevor sie den Einkauf dann mit Eriks Geld bezahlte.

»Psst ...«, machte sie nun und blickte hinter sich. »Das muss ja niemand wissen.«

»Was denn?« Jenna lachte.

»Du weißt genau, was ich meine.« Sie senkte die Stimme. »Ich habe ohnehin immerzu Angst, dass wir uns verdächtig machen.«

»Das ist nur, weil du ein schlechtes Gewissen hast ... was nebenbei gesagt ziemlich albern ist. Wir schaden schließlich niemandem.«

»Das sehe ich aber anders«, entgegnete Anneke.

»Lass uns jetzt nicht darüber streiten«, meinte Jenna. »Wir wollten heute doch einfach nur Spaß haben. Das haben wir uns schließlich vorgenommen. Und der erste Teil des Nachmittages war doch sehr erfolgreich.« Sie zeigte auf die vielen Taschen, die sie beide in den Händen hielten. »Wir könnten das ganze Zeug zurück in die Ferienwohnung bringen und dann endlich an den Strand gehen. Ich muss doch den neuen Bikini einweihen.«

»Du meinst den Neunzig-Euro-Bikini?«

»Genau den. Also komm schon. Der Hauptbadestrand ist doch nur ein paar Minuten von hier entfernt. Wir sollten uns unter die Touristen mischen und Urlauber spielen. Und danach essen wir eine große Pizza.«

»Na gut, einverstanden.«

Auch Anneke konnte ein paar unbeschwerte Stunden gebrauchen. Das hatten sie sich beide nach all dem Stress verdient.

Es war wirklich herrlich. Um diese Jahreszeit war der Strand noch nicht so überfüllt wie in den Ferien und sie hatten sich sogar einen Strandkorb sichern können.

Nachdem sie sich im Meer abgekühlt hatten, lag Jenna nun ausgestreckt auf einem Handtuch in der Sonne, während Anneke im Strandkorb saß. Eigentlich hatte sie sich vorgenommen, heute nicht mehr ihre Mails zu checken, aber ehe sie sichs versah, hielt sie ihr Handy in der Hand. Und tatsächlich blinkte dort eine neue Nachricht auf. Sie war von Carla. Anneke spürte augenblicklich, wie sie Erleichterung überkam. Endlich gab es Neuigkeiten.

Liebe Else,

es tut mir leid, dass ich mich so lange nicht gemeldet habe. Hoffentlich hast du dir keine Sorgen gemacht. Ich würde ja sagen, dass dies auch nicht nötig gewesen wäre, aber … Na ja, diese Reise steht tatsächlich unter keinem guten Stern. Nach dem Rohrbruch in meinem Ferienhaus bin ich weiter nach England gereist. Ich wollte schon immer mal nach London. Doch gleich nach meiner Ankunft bin ich auf einer Treppe ausgerutscht und habe mir den Knöchel verstaucht. Jetzt sitze ich mal wieder im Hotel fest, anstatt durch die Straßen zu laufen und Sightseeing zu machen. Ich weiß, was du denkst. So viel Pech kann ein Mensch doch gar nicht haben. Aber irgendwie gewinne ich mehr und mehr den Eindruck, dass ich endlich nach Hause kommen sollte. Immer wieder muss ich an Aike denken. Natürlich waren wir noch Kinder, als wir uns dieses Versprechen gaben. Wenn einer von uns unerwartet zu Geld kommen sollte, würden wir uns wiedersehen und uns unseren Traum erfüllen. Ich weiß nicht einmal mehr, ob er sich noch daran erinnert. Falls er sich nicht zu sehr verändert hat, glaube ich aber, dass auch er noch an diesem Versprechen festhält.

Ich bleibe jetzt erst einmal so lange in London, bis es meinem Knöchel besser geht und ich mir wenigstens die Stadt angesehen habe. Danach entscheide ich kurzfristig, wie meine nächsten Schritte sein werden.

Ich melde mich bald wieder bei dir.

Deine humpelnde Carla

Anneke legte ihr Handy neben sich und ließ das Gelesene auf sich wirken. Sie versuchte, die aufsteigende Panik zu unterdrücken. Es war schon das zweite Mal, dass Carla von Aike und diesem Versprechen schrieb. Offenbar beschäftigte sie das Thema mehr, als man nach so langer Zeit annehmen würde. Etwa so sehr, dass Carla tatsächlich in Erwägung ziehen würde, auf die Insel zu kommen?

Anneke dachte an die Freunde aus ihrer Kindheit. Sie hatte mit niemandem mehr Kontakt. Auch Carla und Aike hatten sich mit den Jahren aus den Augen verloren, doch es musste eine sehr besondere Freundschaft zwischen ihnen bestanden haben. Das spürte sie immer wieder. Kinder hatten viele Träume und Ideen davon, was sie einmal machen wollten, wenn sie groß waren. Doch kaum jemand dachte später noch darüber nach. Warum war das bei Aike und Carla anders? Warum hatte Aike sie gleich angeschrieben, nachdem er die Hausboote erworben hatte? Und warum plagte Carla nun ein schlechtes Gewissen?

Es konnte nur eine Antwort geben: Den beiden waren ihre Freundschaft und ihr Schwur bis heute heilig.

Diese Erkenntnis machte die Sache für Anneke nicht leichter. Die Last ihres schlechten Gewissens fühlte sich mit einem Mal noch schwerer an. Da halfen auch all die gut gelaunten Strandurlauber um sie herum nicht mehr weiter. Der Gedanke, später noch Aike zu besuchen, damit er ihr endlich die Boote zeigen konnte, gefiel ihr plötzlich gar nicht mehr. Es sollte die echte Carla sein, die diesen Augenblick mit ihm teilte.

Jenna setzte sich auf und rekelte sich zufrieden. Sie schien heute ausgeglichener zu sein als all die Wochen zuvor.

»Lass uns essen gehen«, sagte sie. »Ich habe echt Hunger.«

»Ja, ich auch«, entgegnete Anneke. Irgendwann musste sie wieder damit aufhören, ihren Stress durch den Verzehr von Fastfood und Schokolade auszugleichen. Sonst würde sie schon bald nicht mehr in ihren neuen Badeanzug passen.

Anneke war satt, aber wenig zufrieden, als sie am frühen Abend Richtung Hafen spazierte. Die Vorfreude, Aike wiederzusehen, wurde zunehmend von ihren Gewissensbissen überschattet.

Dennoch schlug ihr Herz etwas schneller, als sie ihn schon von Weitem an Deck stehen sah. Er unterhielt sich mit seinem Bootsnachbarn, verabschiedete sich aber gleich, als er Anneke entdeckte.

»Sollen wir uns endlich unsere schwimmenden Ferienhäuser ansehen?«, fragte er freudestrahlend.

Er hatte ganz selbstverständlich *unsere* gesagt, obwohl schließlich nur er darin investiert hatte.

»Ich kann es kaum erwarten«, entgegnete Anneke und folgte ihm. Sie steuerten die beinah baugleichen Schiffe an, die direkt nebeneinander ankerten.

»Ich habe das hier sehr günstig erworben«, erklärte Aike und zeigte auf das ältere Modell. »Ich dachte, es würde sicherlich Spaß machen, es anzustreichen und neu herzurichten. So wie wir es früher mit dem Schiff meines Vaters gemacht haben. Ich war immer echt stolz, wenn wir helfen durften.«

Anneke nickte lächelnd.

»Und das andere Hausboot ist schon komplett fertig und sogar eingerichtet. Wir könnten es praktisch sofort vermieten. Komm, ich zeige es dir mal von innen.«

Aike hüpfte an Bord und öffnete Anneke die Tür. Sie betrat einen lichtdurchfluteten Raum, der mit modernen, hellen Möbeln und wirklich allem, was man brauchte, eingerichtet war. Eine schwimmende, sehr komfortable Ferienwohnung auf dem Wasser, die sogar eine Dachterrasse mit Strandkorb und Hängematte umfasste.

»Hier lässt es sich aushalten«, sagte Anneke beeindruckt. Auch sie wäre sofort eingezogen. »Die Urlauber werden es lieben.«

»Es gefällt dir also?« Aike sah sie erwartungsvoll an; aufgeregt wie ein kleiner Junge.

»Ja, sehr sogar.«

»Falls du noch andere Ideen hast, kannst du die an Bord nebenan voll ausleben. Bist du immer noch so begabt, wie früher? Ich meine, kein anderes Mädchen konnte so gut mit Holz umgehen wie du.«

Anneke schluckte. Sie und Holz? Das war wohl keine gute Kombination. Sie dachte nur ungern an den Handwerksunterricht in der Schule. Da hatte sie sich mal so übel mit der Säge in den Finger geschnitten, dass sie im Krankenhaus behandelt werden musste.

Zum Glück konnte sie mit ihrer Antwort noch warten, denn Aike wurde plötzlich von etwas abgelenkt. Sein Blick ging an ihr vorbei nach draußen.

»Was macht der denn hier?«, fragte er aufgebracht und eilte an Deck. Anneke folgte ihm. Sie sah einen Mann, der nicht in dieses Umfeld passte. Mit seinem dunklen Anzug, den teuren Schuhen und seinem Auftreten im Allgemeinen wirkte er wie ein Geschäftsmann. Jemand, der hinter dem großen Schreibtisch in einem schicken Büro saß und seine kleinen Angestellten einschüchterte. Der Ausdruck in seinen Augen erinnerte Anneke an den Redakteur, für den sie früher gearbeitet hatte. Ein cholerischer Typ, dem man besser aus dem Weg ging.

»Michael«, sagte Aike und beobachtete kritisch, wie dieser an Bord kam. »Du hier?«

Er verschränkte die Arme und baute sich dicht vor ihm auf. Dieser Michael war einen halben Kopf kleiner als Aike, hatte aber erstaunlich breite Schultern. Wie jemand, der jeden Tag trainierte. Sie waren etwa im gleichen Alter, obwohl Michael bereits schütteres Haar hatte und dadurch auf den ersten Blick älter wirkte.

»Ist das dein neues Anwaltsoutfit?« Er musterte Aike abschätzig. Dieser trug Shorts und ein graues T-Shirt. Er hatte sich seit einigen Tagen nicht rasiert und wirkte vielmehr wie ein Segler oder Surfer als ein Jurist.

»Das kann dir doch egal sein«, meinte Aike nun.

»Es ist mir aber *nicht* egal, wenn mein Partner lieber auf seinem Boot rumhängt, als zur Arbeit zu kommen. Wir haben Klienten.«

»Klienten, um die du dich zukünftig allein kümmern musst. Du weißt, dass ich nicht zurückkomme.«

»Wir haben einen Vertrag!«, rief Michael aufgebracht. »Und an den musst auch du dich halten.«

Während er beinah rot anlief, schien Aike äußerlich ganz ruhig zu sein.

»Dann verklag mich doch«, entgegnete er nur und grinste.

Das schien Michael noch mehr aufzubringen.

»Das werde ich. Ganz bestimmt sogar.«

»Du regst dich doch nur so auf, weil die meisten unserer Klienten in Wahrheit *meine* Klienten sind. Denn wer möchte schon, dass jemand wie du sie vor Gericht vertrittst? Es hat sich wohl mittlerweile rumgesprochen, dass du mit deiner Art jeden gegen dich aufbringst. Kein Richter und kein Staatsanwalt ist gut auf dich zu sprechen.«

»Das ist gar nicht wahr!«, schrie Michael. Er machte einen Satz auf Aike zu und versetzte ihm einen derart kräftigen Stoß, dass er hinten rüber von Bord fiel und im Wasser landete.

»Aike!«, rief Anneke erschrocken und blickte ins Hafenbecken. Es dauerte einige Sekunden, bis er wieder auftauchte.

»Du hörst noch von mir!«, rief Michael und ging davon.

Anneke bückte sich und streckte Aike ihre Hand entgegen.

»Alles okay?«, fragte sie besorgt.

»Ja, sicher«, schnaubte er und sah Michael mit einem vernichtenden Blick hinterher. Dann ließ er sich von Anneke an Bord helfen.

»Was für ein Idiot«, schimpfte er und zog sein nasses T-Shirt aus.

»Solche Leute bedeuten nichts als Ärger«, meinte Anneke, denn da sprach sie aus Erfahrung. Aike nickte zustimmend.

»Komm, wir gehen rüber zu mir. Dann kann ich mir frische Sachen anziehen.«

Eigentlich wollte Anneke nicht schon wieder allein mit Aike sein, aber sie hatte auch den Eindruck, dass er gerade jetzt jemanden zum Reden brauchte.

»Ja, gehen wir zu dir«, entgegnete sie schließlich und folgte ihm.

Als Anneke zurück in die Ferienwohnung kam, sah sie Jenna am Tisch sitzen und telefonieren.

»Ich vermisse dich auch«, sagte sie leise, dann beendete sie das Gespräch.

»Wer war das?«, fragte Anneke und spürte gleich, dass sie unruhig wurde.

»Zu wem sollte ich wohl *Ich vermisse dich* sagen?« Jenna klang gereizt, aber Anneke erkannte in ihren Augen, dass sie in Wahrheit nur traurig war.

Sie zog sich einen Stuhl zurück und setzte sich zu ihr.

»Ich dachte, du hättest keinen Kontakt mehr zu Adrian?«

»Tja, da hast du leider falsch gedacht. Schließlich ist er mein Freund.«

»Aber ihr könnt euch doch gar nicht mehr sehen und ...«

»Danke, dass du mich extra noch einmal daran erinnerst.«

»Tut mir leid«, sagte Anneke mitfühlend und legte ihre Hand auf Jennas. »Soll ich uns einen Tee machen? Hier oben im Norden schwören die ja darauf, dass der gegen alles hilft. Auch bei Liebeskummer.«

»Na ja, ein Eis mit Sahne wäre wahrscheinlich besser, aber meinetwegen können wir es auch mit Tee versuchen.«

Anneke griff zu der Geschenkpackung, die sie auf ihrer Shoppingtour in einem kleinen Geschäft erstanden hatten. Sie beinhaltete eine blau-weiße Tasse, eine Packung echten Ostfriesentee sowie einen Beutel Kandis. Im Schrank fand sie Teefilter.

»Dann wollen wir mal«, sagte sie eifrig und setzte Wasser auf, bevor sie jeweils einen Teelöffel in den Filter gab.

»Wie lief es so bei Aike?«, wollte Jenna wissen.

»Die Hausboote sind echt schön und werden sich bestimmt schnell vermieten lassen. Aber du glaubst nicht, was passiert ist, als wir an Deck standen.«

»Hat er dich geküsst?«, fragte Jenna aufgeregt.

»Was? Nein, wie kommst du denn darauf?«

»Ich dachte nur. Du scheinst ja schon irgendwie auf diesen Surfer-Anwalt zu stehen.«

»Surfer-Anwalt?« Anneke lachte.

»So sieht er doch aus, oder? Ich könnte mir gut vorstellen, wie er mit seinem Laptop am Strand sitzt und von dort aus seine Klienten berät. Neben sich ein Surfbrett stehend ...«

Ja, das konnte Anneke auch. Sie nickte zustimmend.

»Sein Geschäftspartner ist aufgetaucht«, erzählte sie nun und füllte Wasser in die Tassen. Dann stellte Anneke eine

Eieruhr. Sie wollte schließlich alles nach Anweisung machen, damit der Tee auch schmeckte. »Die beiden haben sich gestritten und dann ist er handgreiflich geworden und hat Aike ins Wasser gestoßen.«

»Wirklich?« Jenna lachte. »Der Arme! Hat Aike wenigstens zurückgeschlagen?«

»Nein, er musste ja erst mal wieder aus dem Wasser kommen. Und dann ist dieser Michael auch schon wieder verschwunden.«

»Endlich mal Action hier auf der Insel und ich bin nicht dabei«, maulte Jenna und füllte sich zwei volle Löffel Kandis in ihre Tasse. Sie wartete, bis sich dieser knisternd aufgelöst hatte, und nippte schließlich an dem heißen Tee.

»Gar nicht so schlecht. Besser als das Zeug, das du mir zu Hause immer vorsetzt, wenn ich krank bin.«

Auch Anneke süßte sich zunächst den Tee und probierte dann.

»Ja, wirklich gar nicht schlecht. Den sollten wir uns öfter machen.«

Sie saßen eine Weile still beisammen und genossen den ruhigen Moment.

Irgendwann zeigte sich ein Grinsen auf Jennas Gesicht.

»Was ist los?«, wollte Anneke wissen.

»Du würdest ihn aber küssen, oder? Ich meine, wenn sich die Gelegenheit mal ergibt.«

»Ich weiß es nicht. Er glaubt schließlich, ich sei Carla.«

»Carla wird nie wieder auf die Insel kommen. Also spielt es keine Rolle.«

Anneke nickte nachdenklich. Ihre Gedanken wanderten zu Carlas letzter Mail. Sie hatte davon geschrieben, bald zurück nach Hause kommen zu wollen. Da blieb nur zu hoffen, dass sie damit ihre kleine Wohnung in Hattingen meinte.

Kapitel 15

»Wollt ihr wirklich schon heute dort einziehen?«, fragte Jasper skeptisch, als Anneke ihm die Schlüssel zur Ferienwohnung zurückgab.

»Es ist natürlich noch nicht alles perfekt, aber wir hatten gestern so viele Helfer, dass es durchaus wohnlich ist.«

»Na gut, wenn ihr meint.«

Jenna und Anneke hatten sich Anhänger für ihre Fahrräder gemietet, auf denen sie ihr Gepäck transportieren konnten.

»Kann es endlich losgehen?«, wollte Jenna wissen. Sie blickte zum Himmel, an dem einige dunkle Wolken entlangzogen. »Ich möchte noch ankommen, bevor der Regen losgeht.«

»Dann beeilt euch lieber«, riet Jasper ihnen.

»Wir laden euch in den nächsten Tagen alle zum Essen ein. Als Dank für eure Hilfe«, versprach Anneke, bevor sie losfuhren.

Natürlich fing es bereits auf halbem Weg an zu regnen. Außerdem war es im Vergleich zum Vortag deutlich kühler. Leider schien der Frühsommer eine kurze Pause einzulegen. Als sie endlich den Pferdehof erreichten, waren sie und ihr Gepäck schon ordentlich nass geworden.

»Ich vermisse unser Auto«, jammerte Jenna. »Oder zumindest einen Bus oder eine Straßenbahn. Irgendetwas, mit dem man trocken von A nach B kommt.«

Sie hatten ihr Haus schon fast erreicht, da entdeckte sie wieder einmal den Mann, den sie schon öfter auf dem Hof gesehen hatte. Bisher hatte er sie immer ignoriert, doch ausgerechnet heute, bei diesem Wetter, schien er sie endlich begrüßen zu wollen. Er ließ seine Schubkarre stehen und lief auf sie zu. Er war schon etwas älter, vielleicht um die siebzig. Sein dünnes graues Haar war ungepflegt und zu lang, sodass ihm einzelne Strähnen ins Gesicht fielen. Seine wettergegerbte Haut verriet, dass er in seinem Leben schon viel Zeit im Freien verbracht hatte. An den kniehohen Gummistiefeln klebte Erde und Stroh. Er machte kein besonders freundliches Gesicht, während er sie begrüßte.

»Moin zusammen.«

»Moin«, sagte Anneke und versuchte sich an einem Lächeln. Jenna hingegen ließ deutlich raushängen, dass sie nur noch ins Trockene wollte und absolut keine Lust auf Smalltalk mit dem neuen Nachbarn hatte.

»Du bist also wieder da, Carla.«

»Ja, sieht wohl so aus.«

»Hätte nicht gedacht, dass ausgerechnet du dich hier wieder blicken lässt. Letztendlich sind deine Eltern ja nur wegen dir fortgezogen.«

Diese Tatsache war Anneke neu. Carlas Eltern hatten wegen ihrer Tochter alles zurückgelassen? Das konnte sie schwer glauben. Obwohl ... hatte sie nicht genau das Gleiche gerade eben erst für Jenna getan?

»Ich dachte, es wäre an der Zeit, zurückzukommen«, sagte sie.

»Und ich hatte mich daran gewöhnt, keine nervigen Nachbarn mehr zu haben«, grummelte er.

»Hey, Gunna, lass die zwei in Ruhe!« Aike war wie aus dem Nichts aufgetaucht. Er trug wieder seine Sportklamotten. Offenbar zog er seine tägliche Laufrunde konsequent durch.

»Wir reden doch nur«, sagte Gunna.

»Ich denke, die beiden wollen jetzt lieber ihre Sachen ins Trockene bringen.«

Gunna nuschelte irgendetwas Unverständliches, bevor er sich schließlich grußlos verabschiedete.

»Ein netter Typ«, bemerkte Jenna.

»Der war schon immer schwierig«, meinte Aike.

»Ja, leider«, entgegnete Anneke, bevor sie sich Aike zuwandte. »Möchtest du mit reinkommen? Dann kannst du uns auch gleich tragen helfen?«

»Na klar doch«, meinte Aike und folgte ihnen bis zum Haus.

Anneke fiel sofort der kleine Leuchtturm auf, der auf dem mittlerweile gemähten Rasen im Vorgarten stand.

»Der ist von Mia«, sagte Aike. »Ein Willkommensgeschenk.«

»Das ist aber lieb von ihr«, freute Anneke sich.

»Ich hätte mich mehr über das pinke Schaf gefreut«, scherzte Jenna und wollte sich gerade den Rucksack mit den Geldscheinen schnappen, als Aike ihr zuvorkam.

»Lass mich das machen«, bot er ihr an, warf sich den Rucksack über die Schulter und nahm sich noch einen Koffer in jede Hand. Anneke und Jenna tauschten einen kurzen Blick, dann griffen sie sich ebenfalls eine Tasche und liefen zur Haustür. Anneke öffnete für sie.

»Endlich im Trockenen«, sagte Jenna.

»Soll ich deine Sachen gleich nach oben bringen?«, wollte Aike wissen.

»Ich mach das schon«, meinte Jenna und versuchte, ihm den Rucksack abzunehmen.

»Lass nur«, entgegnete Aike, bevor er die Treppe hinauflief. »Ich helfe euch doch gerne.«

»Der hat unser Geld«, zischte Jenna.

»Aber das weiß er zum Glück ja nicht«, erwiderte Anneke, war aber dennoch erleichtert, als Aike wieder zu ihnen kam.

»So, es steht alles oben im Flur.«

»Dann koche ich uns mal einen Tee. Zum Aufwärmen.«

»Mama ist jetzt Experte im Kochen von Ostfriesentee«, erklärte Jenna.

»Natürlich, so etwas kann man schließlich, wenn man hier geboren wurde«, betonte Anneke.

»Richtig«, sagte Jenna schnell. »Ich meinte ja auch nur, dass du dein Wissen aufgefrischt hast.«

»Ich würde auf jeden Fall sehr gerne einen Tee mit euch trinken.« Aike rieb sich fröstelnd über seine nassen Arme. Der Regen hatte wohl auch ihn überrascht. »Und anschließend lasse ich euch beide in Ruhe, damit ihr auspacken und euch einrichten könnt.«

»Das musst du nicht«, versicherte Anneke ihm. »Wir freuen uns, wenn du da bist.« Sie bemerkte Jennas Blick. Ein leichtes Grinsen umspielte ihre Lippen. Und plötzlich erkannte Anneke, dass ihre Tochter recht hatte. Ja, sie hatte sich Hals über Kopf in Aike verliebt. Und das hatte ihr Plan nun wirklich nicht vorgesehen ...

Ein Schrei erklang aus dem Bad, hoch und schrill. Anneke hatte sich gerade auf der Couch ausgestreckt und zu einem Buch gegriffen. Ein Küstenkrimi, den sie in einer kleinen

Buchhandlung gekauft hatte. Dieser fiel ihr vor Schreck beinah aus der Hand.

Sie sprang auf und eilte die Stufen hinauf.

»Jenna, alles in Ordnung?«

»Nein, ganz und gar nicht«, entgegnete sie aufgebracht.

»Was ist denn los?«

»Wir haben kein heißes Wasser mehr.« Mit einem umgebundenen Handtuch kam Jenna aus dem Bad. Sie hatte noch Schaum in den Haaren.

»Deswegen schreist du so? Ich dachte schon, es wäre sonst was passiert.«

»Eiskaltes Wasser ist für dich kein Grund, zu schreien?«

»Lass mich mal sehen«, meinte Anneke. Sie drehte das heiße Wasser auf und hielt die Hand darunter.

»Du hast recht. Es ist wirklich kalt.«

»Das kann ich mir ja auch kaum eingebildet haben.«

»Na wunderbar«, seufzte Anneke. »Ich wollte doch gleich auch noch duschen.«

»Ruf doch mal diesen Klaas an. Wie hat er so schön gesagt? Er ist hier der Mann für alles.«

»Ich habe seine Nummer aber nicht.«

»Dann frag Mia.«

»Ihre Nummer habe ich auch nicht.«

Anneke dachte kurz nach.

»Bisher habe ich nur Aikes Nummer abgespeichert.«

»Das war ja klar.« Jenna grinste breit.

Anneke überging die Bemerkung.

»Er kann mir bestimmt sagen, wie ich Klaas erreiche.«

Sie griff zu ihrem Handy. Aike meldete sich gleich nach dem ersten Freizeichen.

»Hey, Carla«, grüßte er.

»Hallo Aike«, entgegnete Anneke. »Sag mal, kannst du mir die Nummer von Klaas geben?«

»Von Klaas? Gibt es ein Problem mit dem Türschloss?«

»Nein, aber mit dem Wasser. Genau genommen ist es sehr kalt.«

Aike lachte.

»Das müsstest du doch noch von früher kennen. Ich weiß noch, wie oft du darüber geschimpft hast, dass dir während des Duschens das heiße Wasser ausgegangen ist.«

»Ja, richtig ...« Anneke lachte angestrengt.

»Soll ich mir das mal ansehen?«, bot Aike an.

»Du musst doch nicht extra noch mal den weiten Weg zu uns rauskommen.«

»Doch, das sollte er«, drängte Jenna und fuhr sich über ihr schaumiges Haar. »Zumindest wenn er unser Problem lösen kann.«

»Ich bin in einer halben Stunde bei euch, okay?«

»Na gut, danke.«

Es dauerte gerade mal fünfundzwanzig Minuten, bis Aike vor der Tür stand.

»Du hast dich aber beeilt«, bemerkte Anneke.

»Mir kam es wie eine Ewigkeit vor«, maulte Jenna.

»Du hättest dir deine Haare ja auch mit kaltem Wasser auswaschen können.«

»Nein, ganz bestimmt nicht. Dann laufe ich lieber den halben Tag mit Shampoo in den Haaren rum. Das soll man ja eh eine Weile einwirken lassen.«

»Ja, aber nicht stundenlang«, entgegnete Anneke grinsend.

»Ich gehe mal in den Keller und sehe nach dem Warmwasserspeicher«, schlug Aike vor.

»Ich komme mit.« Anneke folgte ihm durch das Wohnzimmer in den Garten und schließlich bis zum Kellereingang.

»Die Tür ist ja nur angelehnt«, wunderte Aike sich.

»Jenna hat das Schloss geknackt, weil wir keinen Schlüssel hatten.«

»Deine Tochter kann Schlösser knacken?«

»Sie hat sehr vielseitige Talente«, scherzte Anneke, bevor sie den Keller betraten. Aike schaltete das Licht an und sah sich kurz um.

»Wir müssen das erst wegräumen.« Er zeigte auf das Floß. »Sonst komme ich nicht an den Boiler.«

Wieder einmal hatte sich sein Blick verändert. Anneke hätte ihn zu gerne gefragt, was es mit diesem Floß auf sich hatte. Aber Carla wusste schließlich davon. Also blieb ihr nichts anderes übrig, als ebenfalls ein betroffenes Gesicht zu machen und sich der plötzlich bedrückenden Stimmung anzupassen.

»Ich helfe dir«, sagte sie leise und schob das Floß zusammen mit Aike aus der Ecke. Es war erstaunlich schwer.

»Wir hatten damals echt viel Arbeit, um es fertigzustellen«, erinnerte er sich.

Anneke staunte darüber, dass zwei Kinder tatsächlich so etwas zustande gebracht hatten. Aber Aike hatte ja angedeutet, dass Carla sehr geschickt im Umgang mit Holz war.

Sie lehnten es an die Wand. Dann hielt Aike plötzlich inne, machte einen Schritt auf sie zu und legte seine Hände auf ihre Schultern. Anneke spürte, dass sich ihr Herzschlag beschleunigte.

»Denkst du noch oft daran?«, fragte er sanft.

Sie zuckte nur unbeholfen mit den Schultern.

»Denkst du noch daran?«, stellte sie eine Gegenfrage.

»In den letzten Jahren nicht mehr so häufig, aber seitdem du zurück bist ... Gestern Nacht habe ich davon geträumt. Es hat sich plötzlich wieder so real angefühlt.«

Er klang aufgewühlt. Anneke strich über sein dichtes Haar. Sie wollte Aike nah sein. Nach der Sache mit Erik suchte auch sie Trost. Niemand außer Jenna hatte sie seitdem richtig in den Arm genommen, ihr zugehört oder sie einfach nur festgehalten, wenn sie befürchtete, immer weiter zu fallen.

Aike zögerte zunächst, doch dann kam er ihr näher, bis seine Lippen schließlich ihre berührten. Erst vorsichtig, doch als er spürte, dass auch Anneke es wollte, küsste er sie zärtlich. Für einen kleinen Moment gelang es Anneke, sich darauf einzulassen und nicht an ihr Gewissen zu appellieren. Doch dann wurde die innere Stimme zu laut, um sie zu ignorieren. Sie war nicht Carla und es war falsch, Aike zu nah an sich heranzulassen.

Sie wich vorsichtig zurück und räusperte sich.

»Tut mir leid«, sagte Aike.

»Das muss es nicht«, versicherte sie ihm. »Es ist nur ...«

»Ja, ich weiß. Wir ...« Er schien nach den richtigen Worten zu suchen. »Wir sind schließlich Aike und Carla, die besten Freunde, nicht wahr? Obwohl das mit zwölf deutlich leichter zu trennen war.« Er lachte.

»Vielleicht sollten wir uns jetzt um das heiße Wasser kümmern, bevor Jenna noch einen Aufstand probt.«

»Richtig, das heiße Wasser«, sagte Aike, so als würde er sich gerade eben erst wieder daran erinnern.

Anneke beobachtete ihn dabei, wie er einige Einstellungen an dem Boiler veränderte. Doch in ihren Gedanken war sie noch bei dem Kuss. Alles hätte so schön sein können. Ein neues Haus, nette Freunde, ein Mann, der für sie da war ... Aber es blieb nun mal dieses eine, unüberwindbare Hindernis:

Sie war nicht Carla Frerichs. Und tief in ihrem Inneren wusste Anneke ganz genau, dass sie auch niemals zu ihr werden konnte.

Kapitel 16

Anneke rekelte sich wohlig, als sie am Morgen aufwachte. Sie hatte erstaunlich gut geschlafen. Das weiche Bett, die gemütlichen Dachschrägen, der leise Klang der auflaufenden Brandung ... All das hatte ihr trotz der aufwühlenden Gefühle die nötige Ruhe für eine erholsame Nacht geschenkt. Nachdem Aike am Abend das Warmwasser wieder zum Laufen gebracht hatte, war er gleich aufgebrochen. Vermutlich musste auch er sich nun erst einmal über seine Gefühle klarwerden. Bei Anneke war es nicht anders. Sie wusste nicht, was sie von diesem Kuss halten sollte. Der kurze Moment zwischen ihnen war zu besonders gewesen, als dass man ihn völlig ignorieren konnte. Obwohl sie nicht Carla und Aike beinah ein Fremder für sie war, gab es da etwas, was sie verband. Das ließ sich nicht leugnen.

Sie warf einen kurzen Blick auf ihr Handy und sah, dass es erst kurz nach sechs war. Die Sonne stand bereits am Himmel und als Anneke das Fenster öffnete, streifte eine warme Brise ihre Haut. Jenna schlief sicherlich noch. Später könnten sie gemeinsam frühstücken, vielleicht sogar bei einer Tasse Ostfriesentee. Irgendwie hatte Anneke Gefallen daran gefunden. Es war so gemütlich gewesen, mit Jenna bei einer Tasse Tee zusammenzusitzen und zu reden. So ganz anders als der schnelle Filterkaffee, den sie sonst morgens hinunterkippten.

Aber vorher wollte sie schwimmen gehen. Sie erkannte von hier oben, dass die Nordsee ziemlich aufgewühlt war. Ein kräftiger Wind trieb die Wellen an Land. Jenna hatte schon angedeutet, dass man an diesem Strand besser nicht ins Wasser gehen sollte. Aber Anneke war eine ausgezeichnete Schwimmerin und daher machte sie sich wenig Sorgen. Der Gedanke, gleich vor der Haustür ein Bad im Meer nehmen zu können, war zu verlockend. Sie schlüpfte schnell in ihren Badeanzug, schnappte sich ein Handtuch und ging nach draußen. Die Luft war, trotz der Windböen, schon erstaunlich warm. Heute würde es wieder heiß werden, doch noch waren die Temperaturen sehr angenehm.

Anneke lief vorsichtig über den steinigen Sandstrand, legte ihr Handtuch ab und trat ins Wasser. Die erste Welle, die ihre Beine umspülte, fühlte sich so kalt an, dass sie unwillkürlich zurückweichen wollte. Doch dann gab sie sich einen Ruck und stürzte sich in die Brandung. Es war ein herrliches Gefühl, abzutauchen und gegen die Wellen anzuschwimmen. Nur sie und das Meer. Über ihr ein wolkenloser Himmel. Anneke lachte befreit auf. Tatsächlich bestand eine leichte Strömung und die Wellen waren kraftvoll. Aber das Gefühl, alles kontrollieren zu können, gab ihr Sicherheit. Sie schwamm noch ein Stück hinaus. Erst als sie umkehrte, sah sie, dass jemand am Strand stand. Sie musste etwas näher schwimmen, um zu erkennen, dass es Aike war. Vermutlich auf seiner täglichen Joggingrunde, die ihn wohl Tag für Tag hier entlangführte. Sie zögerte kurz, entschied dann aber, ihm besser gleich gegenüberzutreten. Schließlich konnte sie ihm jetzt nicht immer aus dem Weg gehen, nur weil sie sich geküsst hatten. Sie waren beide keine Teenager und irgendwie würden sie schon einen Weg finden, damit umzugehen. Da war sie sich sicher.

Anneke schwamm schließlich in Richtung Strand und stapfte dann aus dem Wasser. Sie winkte ihm fröhlich.

»Moin, Aike. Auch schon wieder sportlich unterwegs?«

Aike rührte sich nicht. Er stand nur da und sah sie an. Da war kein Lächeln, keine Reaktion.

»Alles in Ordnung?«, fragte Anneke irritiert. »Ist etwas passiert?«

Aike trat näher an sie heran und strich eine nasse Strähne aus ihrer Stirn. Dann fuhr er mit seinem Daumen über eine Stelle an ihrem Haaransatz.

»Was machst du denn da?« Anneke wich einen Schritt zurück. Aike hatte noch immer nicht gesprochen. Sie überkam plötzlich ein Schauer. War es nur die Luft auf ihrer nassen Haut oder lag es an dem seltsamen Blick, den Aike ihr zuwarf? Da war nichts mehr Liebevolles. Er wirkte mit einem Mal kalt und abweisend.

»Was ist das für ein Spiel, das du hier treibst?«

»Was meinst du?«, stammelte Anneke. Sie hatte das Gefühl, sich irgendwo festhalten zu müssen, doch da gab es hinter ihr nichts außer der Weite des Meeres.

»Du bist nicht Carla.«

Nur vier Worte, doch sie änderten schlagartig alles.

Anneke wusste nicht, was sie verraten hatte. Sie spürte Panik in sich aufsteigen.

»Ich kann es dir erklären«, sagte sie.

»Warum gibst du vor, jemand anderes zu sein?«, fragte Aike aufgebracht. »Und wo ist die echte Carla?«

»Der geht es gut«, sagte Anneke schnell. »Ich hatte meine Gründe, ihre Rolle anzunehmen.«

»Ich werde Jule darüber informieren, dass eine Betrügerin in Carlas Haus gezogen ist.«

»Nein, geh bitte nicht zur Polizei.«

Anneke konnte selbst hören, wie verzweifelt sie klang. Tränen sammelten sich in ihren Augen.

»Bitte, Aike«, flehte sie, als er sich abwandte.

Doch er ließ sich nicht aufhalten.

»Aike!«, rief sie ein letztes Mal. »Ich kann es dir erklären!«

Dann sank sie in den Sand und begann zu weinen.

Jenna kam angerannt. Sie trug noch ihr Schlafshirt, das, mit dem sie normalerweise nicht einmal an die Tür ging, weil es einen großen Teddybären zeigte.

»Mama!«, rief sie aufgewühlt.

Anneke hockte noch immer im Sand. Sie wusste, dass sie eigentlich handeln musste. Vielleicht war Aike noch aufzuhalten. Aber mit einem Mal schienen sie die Kräfte verlassen zu haben. Sie wollte nur noch sitzen bleiben ... hier, an diesem wunderschönen Strand, der zu ihrer Heimat hätte werden können. Doch sie und Jenna schienen all das bereits zu verlieren, bevor sie überhaupt richtig angekommen waren.

»Ich habe dich vom Fenster aus gesehen«, sagte Jenna. »Warum sitzt du hier? Weinst du etwa?«

Anneke schüttelte den Kopf, obwohl es kaum zu leugnen war. Sie wischte sich über die Augen.

»Aike weiß es.«

»Du meinst er weiß *es*?« Jenna sah sie mit großen Augen an.

»Ja.«

»Aber wie konnte er so schnell rausfinden, dass du nicht Carla bist?«

»Keine Ahnung. Ich war bloß schwimmen und er ist auf seiner morgendlichen Laufrunde vorbeigekommen. Ich wollte ihn begrüßen, doch er war plötzlich so seltsam; hat mir eine Haarsträhne aus der Stirn gestrichen. Dann schien für ihn alles klar zu sein. Er hatte mich durchschaut.«

»Das verstehe ich nicht«, meinte Jenna.

»Ich auch nicht.«

»Konntest du mit ihm reden? Vielleicht, wenn du ihm alles erzählst, dann …«

»Das habe ich versucht«, unterbrach Anneke sie. »Aber er wollte mir nicht zuhören. Jetzt ist er auf dem Weg zu Jule Buchen.«

»Der Polizistin? Aber das kann er doch nicht machen.«

»Aike schien mir sehr entschlossen zu sein.«

»Dann musst du ihn aufhalten. Und zwar sofort.«

Jenna reichte Anneke die Hand und zog sie auf die Füße zurück.

»Wir müssen uns schnell etwas überziehen und losfahren.«

»Das hat doch keinen Sinn mehr.«

»Bist du nicht immer diejenige, die sagt, man soll nichts unversucht lassen?« Jenna sah ihre Mutter fragend an.

»Ja, das sage ich sehr oft, oder?«

»Genau so ist es. Und jetzt mach schon. Wir dürfen keine Zeit verlieren.«

Während sie über die Hauptstraße der Insel radelten, hatte Anneke das Gefühl, jeder würde sie ansehen und mit seinem Blick verurteilen. Das war natürlich Unsinn. Um sie herum verlief das Leben so weiter wie üblich. Die Leute gingen zum Bäcker, saßen draußen beim Frühstück oder machten sich auf den Weg zum Strand.

»Moin, ihr zwei!«, rief plötzlich eine vertraute Stimme, die Anneke unwillkürlich zusammenfahren ließ. Es war Fine, die vor ihrem Café die Tische abwischte. »Auch schon unterwegs?«

»Sie weiß es offenbar noch nicht«, zischte Jenna leise. »Also verhalte dich ganz normal.«

Sie stiegen von ihren Fahrrädern und schoben in Fines Richtung.

»Moin«, sagte Anneke und bemühte sich, unbeschwert zu klingen.

»Soll ich euch beiden schnell einen Cappuccino bereiten? Dazu vielleicht ein Stück Kirschkuchen? Der kommt gerade frisch aus dem Ofen.«

»Ein anderes Mal gerne«, übernahm Jenna das Wort. Anneke war ihr dafür dankbar. Sie hatte das Gefühl, dass allein ihre Stimme schon verräterisch klang. »Wir sind eigentlich auf der Suche nach Aike. Hast du ihn vielleicht in der letzten halben Stunde gesehen?«

»Ja, das habe ich tatsächlich. Aber ich glaube, der hatte schlechte Laune. Ich wollte ihm ein Frühstück machen. Da sagt er normalerweise niemals Nein, vor allem, wenn er vom Laufen kommt. Dann freut er sich immer über frischen Saft und ein belegtes Brötchen. Doch heute hat er gerade mal Zeit für ein kurzes Moin gefunden und ist dann gleich weitergeeilt. Wenn das nicht mal wieder mit diesem Michael zusammenhängt! Der Mann macht schließlich immer nur Ärger.«

»Hat Aike dir verraten, wo er hinwollte?«, fragte Jenna.

»Ich denke mal, auf sein Boot. Er ist gleich Richtung Hafen gelaufen.«

Hoffnung keimte in Anneke auf. Wenn Aike nicht sofort zu Jule gegangen war, konnte sie womöglich noch mit ihm reden. Dann bestand zumindest noch eine Chance, ihn umzustimmen.

Sie verabschiedeten sich eilig und fuhren weiter.

»Möchtest du lieber allein mit ihm reden?«, wollte Jenna wissen. »Oder soll ich mitkommen?«

»Nein, es ist sicherlich besser, wenn ich es allein versuche.«

»Na gut, dann bleibe ich aber in der Nähe. Falls du mich brauchst.«

Anneke schenkte ihr ein dankbares Lächeln, bevor sie ihr Rad an einen Zaun legte und den Steg betrat, der zu Aikes Jacht führte.

»Viel Glück«, hörte sie Jenna noch sagen.

Anneke fühlte sich wie auf den Weg zur Anklagebank. Der Steg schien unter ihr zu schwanken und sie hatte das Gefühl, dass ihre Beine sie kaum tragen konnten. Sie zögerte, bevor sie an Bord ging. Vermutlich würde Aike sie gleich wieder fortschicken. Oder, was noch weitaus schlimmer wäre ... Vielleicht saß Jule bereits mit ihm unter Deck und hörte sich an, was er zu sagen hatte.

Anneke musste einmal tief Luft holen und sich kurz sammeln, bevor sie an seine Tür klopfte. Es dauerte einen Augenblick, bis sie Schritte hörte, dann öffnete er ihr.

»Was machst du hier?« Seine Stimme klang kalt und abweisend.

»Ich muss mit dir reden. Bitte ...« Sie sah ihn eindringlich an.

Aike zögerte sichtlich, rang mit sich selbst. Doch dann trat er einen Schritt zur Seite.

»Na gut, du hast fünf Minuten.«

Anneke atmete erleichtert auf. Fünf Minuten waren besser als nichts. Sie ging mit ihm unter Deck, unschlüssig, ob sie sich setzen sollte. Aike blieb zumindest stehen, also tat sie es auch.

Er verschränkte die Arme und sagte nichts; sah sie nur abwartend an. Und plötzlich wusste Anneke nicht mehr, wie sie anfangen sollte. Sie musste zunächst ihre Gedanken ordnen, doch das war schwieriger als gedacht.

»Deine Freundin Carla hat ihre Wohnung an Jenna und mich untervermietet. Ich kenne sie nicht einmal persönlich. Das lief damals über so ein großes Unternehmen.«

Aike nickte nur, also fuhr sie fort.

»Wir waren in einer Notlage und brauchten schnell eine neue Bleibe. Es war nicht unbedingt das, was wir erwartet hatten. Nur zwei Zimmer und ...« Anneke stoppte sich. »Aber das ist jetzt ja auch unwichtig, nicht wahr?«

»Irgendwie schon«, schnaubte Aike. Er sah auf die Uhr. »Ich habe Jule gesagt, dass ich gegen halb zehn bei ihr auf dem Revier bin. Also fass dich kurz.«

»Das alles lässt sich aber nicht in fünf Minuten erzählen. Es ist ... kompliziert.«

»Das kann ich mir vorstellen. Schließlich gibt sich kein normaler Mensch einfach als jemand anderes aus, oder? Eigentlich kann ich mir wirklich keinen einzigen Grund vorstellen, warum man so etwas tut.«

Aike funkelte sie wütend an.

»Auch nicht, wenn eine Mutter ihre Tochter vor jemandem beschützen möchte?«, rief Anneke aufgebracht. Mit einem Mal war ihr Kampfgeist geweckt. Ja, sie hatte etwas Falsches getan. Aber letztendlich hatte sie nur aus Liebe und Sorge zu Jenna so gehandelt. Sie musste sich räuspern und erneut gegen die Tränen ankämpfen.

Aikes Ausdruck in den Augen veränderte sich plötzlich. Er wurde wieder sanfter, wenn auch nur ein wenig.

»Vielleicht setzen wir uns erst einmal. Und dann erzählst du mir ganz in Ruhe, was geschehen ist.«

»Was wird aus deinem Termin bei Jule?«

»Darüber entscheide ich, wenn ich die ganze Geschichte

kenne.«

Anneke lächelte dankbar. Aike gab ihr noch eine Chance, und das war mehr, als sie erwartet hatte.

Kapitel 17

Anneke hatte ihm alles erzählt, die ganze Geschichte. Und Aike hatte ihr zugehört. Er hatte sie nicht ein einziges Mal unterbrochen. Es war seltsam und zugleich befreiend gewesen, mit jemandem, den man kaum kannte, all diese persönlichen Dinge zu teilen. Nur in einem Punkt war Anneke nicht ganz aufrichtig gewesen. Natürlich hatte sie erwähnen müssen, dass Jenna Erik bestohlen hatte, über die Summe des Geldes hatte sie aber geschwiegen.

Als sie mit ihren Ausführungen endlich fertig war, lehnte sie sich erschöpft zurück. Sie sah zu Aike und versuchte in seinen Augen zu lesen, was in ihm vorging. Die Kälte in seinem Blick war verschwunden, das Misstrauen nicht völlig.

»Warum seid ihr zwei nicht in irgendeine andere Stadt gezogen? Dann hätte dieser Erik euch doch auch nicht finden können.«

»Doch, das hätte er. Da bin ich mir sicher. Glaub mir, ich sehe mich sogar hier immer wieder um und halte nach seinem Gesicht Ausschau. Erik ist wütend und das macht ihn zu einem gefährlichen Mann.«

»Carla und auch ihren Eltern würde es wohl kaum gefallen, dass ihr in ihrem Haus lebt.«

»Nein, natürlich nicht. Aber sie haben ihr Haus praktisch zum Verfall zurückgelassen. Oder denkst du, sie kommen nach so langer Zeit zurück auf die Insel?«

»Nein, vermutlich nicht. Andererseits, wenn Carla meinen Brief erhalten hätte …« Er sah Anneke anklagend an. Sein Blick drückte so viel aus wie *Wenn du ihn nicht an dich genommen hättest …*, doch er sprach die Worte nicht aus.

»Wenn du möchtest, kannst du ihre Mails lesen.«

»Die von ihrer Reise?«, fragte Aike.

»Ja. Sie schreibt auch von dir. Von dem Versprechen, dass ihr euch gegeben habt. Carla denkt offenbar darüber nach, ob es richtig war, ihr gewonnenes Geld für diese Reise auszugeben.«

»Nein, ich muss das nicht lesen. Schließlich sind die Mails nicht für mich bestimmt.«

Anneke konnte den vorwurfsvollen Unterton schwer überhören. Sie hatte nicht nur Carlas Identität angenommen, sie las auch ihre Post.

»Vielleicht ist es besser, du gehst jetzt erst einmal, damit ich mir in Ruhe über einige Dinge klarwerden kann.«

»Und dein Termin mit Jule Buchen?«

»Den sage ich vorerst ab. Zumindest bis ich weiß, was ich tun muss.«

»Eine Frage hätte ich aber noch«, sagte Anneke. »Was hat mich verraten? Warum warst du dir plötzlich so sicher, dass ich nicht Carla bin?«

»Das erzähle ich dir ein anderes Mal … Nicht hier und jetzt. Dafür bin ich zu aufgewühlt.«

»Na gut …« Anneke stand auf. Sie hatte sich mehr Gewissheit erhofft. Jetzt würden sie und Jenna weiter bangen müssen.

»Wie lange willst du noch am Fenster stehen und nach draußen blicken?«, wollte Jenna wissen.

Schon den halben Tag lang trat Anneke immer wieder ans Küchenfenster, um den Weg vor dem Haus im Auge zu behalten, immer die Angst im Nacken, dass die Polizei bei ihnen auftauchen würde.

»Ich finde keine Ruhe«, sagte sie.

»Tee?« Jenna grinste. »Du sagtest doch, der hilft bei allen Sorgen und Nöten.«

»Ich dachte nur nicht, dass du daran glaubst«, entgegnete sie und rang sich ein Lächeln ab.

»Versuchen können wir es ja mal.«

Jenna setzte Wasser auf und befüllte zwei Teesiebe, die sie anschließend in die Tassen hängte.

Es fiel Anneke schwer, sich vom Fenster loszulösen, doch schließlich setzte sie sich zu Jenna an den Tisch.

»Dieses Mal habe ich es echt vermasselt, oder?«, fragte diese und verrührte den Kandis in ihrem Tee. »Hätte ich doch bloß das verdammte Geld nicht angerührt.«

»Ich kann es ja sogar verstehen«, meinte Anneke. »Du warst wütend. Ich bin es auch. Noch immer wache ich jeden Morgen auf und verfluche mich dafür, dass mein erster Gedanke Erik gilt. Ich stelle mir vor, wie er mit seiner neuen Frau in unserem alten Zuhause wohnt, in unserem Bett schläft, eine Familie mit ihr gründet ...« Anneke schluckte schwer. Sie wollte nicht schon wieder weinen. »Und dann sehe ich vor mir, wie er seinen Tresor öffnet und feststellt, dass sein Geld verschwunden ist. Glaub mir, das führt bei mir zu einer gewissen Genugtuung. Auch wenn ich das als deine Mutter wohl nicht zugeben sollte.«

Jenna lachte.

»Du findest es gut, dass ich ihn bestohlen habe?«

»Das habe ich nicht gesagt«, betonte sie, als plötzlich die Türklingel erklang.

»Oh nein«, meinte Jenna erschrocken. »Was, wenn es die Polizei ist?«

»Dann werden wir beide auch eine Lösung finden«, versicherte Anneke ihr und versuchte ihre eigenen Ängste zurückzustellen. Sie ging zur Tür und öffnete. Es war Aike.

»Laufen wir ein Stück?«, wollte er wissen.

»Sehr gerne. Ich gebe nur eben Jenna Bescheid.«

Es war schön am Strand. Die Gleichmäßigkeit der auflaufenden Brandung ließ Anneke ruhiger werden. Sie spürte, dass ihr Herzschlag sich wieder normalisierte und dass jede Böe auch einen Teil ihrer Ängste davontrug. Sie liefen zunächst ein Stück am Wasser entlang, bevor Aike endlich das Wort an sie richtete.

»Carla und ich waren als Kinder wirklich gut befreundet. Wir haben schon mit drei Jahren zusammen im Sand gespielt.« Er lächelte bei der Erinnerung. »Aber letztendlich gab es da eine Sache, die uns unweigerlich miteinander verbunden hat. Und das noch bis heute.«

Er blieb stehen und blickte gedankenverloren aufs Meer.

»Was ist damals passiert?«, wollte Anneke wissen.

»Carla war elf, ich zwölf Jahre alt. Wir haben uns immer Abenteuergeschichten erzählt, von Leuten, die auf einer einsamen Insel leben. Das war eines unserer Lieblingsspiele. Gestrandet an einem verlassenen Strand, wo wir ein Feuer machen müssen und uns Nahrung suchen ... Irgendwann hatten wir die Idee mit dem Floß. Wir haben ewig gebraucht, bis wir das passende Baumaterial zusammen hatten, doch dann, eines Tages, war es fertig. Natürlich wollten wir es gleich ausprobieren, obwohl unsere Eltern uns immer wieder ermahnt haben, dass wir seine Seetauglichkeit auf keinen Fall im offenen Meer testen dürften. Aber Kinder sind nun mal Kinder. Sie denken nicht immer erst nach, bevor sie handeln. Das muss ich dir ja nicht erzählen.«

Dass Aike damit auf Jenna anspielte, verstand Anneke natürlich sofort. Sie nickte nur zustimmend.

»Es war ein windstiller Nachmittag. Das Meer war ruhig und uns erschien es völlig ungefährlich, das Floß zu Wasser zu lassen. Carlas Eltern waren nicht zu Hause, also haben wir es gleich hier am Strand gemacht, wo uns keiner gesehen hat. Wir schnappten uns ein altes Ruder und schipperten los. Wir fuhren ein ganzes Stück raus. Schließlich gehörte es ja zu unserem Spiel, dass wir eine einsame Insel entdecken wollten. Doch dann schlug plötzlich das Wetter um. Wind kam auf. Die Wellen spielten mit unserem Floß, als wäre es ein Spielzeugboot. Na ja, viel mehr war es ja auch nicht. Wir bekamen Panik, versuchten zurück zum Strand zu rudern. Aber die Strömung war zu stark. Wir kamen kaum dagegen an. Schlimmer noch. Wir schienen immer weiter abzutreiben. Der Strand lag vielleicht zweihundert Meter von uns entfernt, schien aber unerreichbar. Und dann geschah es: Eine besonders große Welle brachte uns zum Kentern. Das Floß stürzte förmlich auf uns. Es traf mich mit seiner scharfen Außenkante an der Schulter.« Aike fuhr sich über die Stelle, an der Anneke die Narbe bemerkt hatte. »Doch Carla erwischte es schlimmer. Sie wurde am Kopf getroffen. Ich schaffte es gerade noch, sie festzuhalten. Sie war zu benommen, um selbst zu schwimmen, also musste ich sie irgendwie über Wasser halten. Ich vergesse nie diese Angst. Immer wieder schlugen die Wellen über uns. Mit Carla im Arm gelang es mir nicht, mich zurück aufs Floß zu ziehen. Also begann ich zu schwimmen. Was blieb mir auch anderes übrig? Immer weiter in Richtung Strand. Wir mussten wohl einen Schutzengel gehabt haben, denn genauso schnell, wie der Sturm aufgezogen war, nahm er auch wieder ab. Das Meer wurde zwar ruhiger, aber ich war erschöpft. Meine Schulter blutete, ich musste Carla festhalten …«

Aike schwieg für einige Sekunden, übermannt von seinen Erinnerungen.

»Ich weiß nicht, wie ich es geschafft habe. Aber plötzlich wurde das Wasser flacher und ich konnte sie an den Strand ziehen. Dort blieben wir beide nebeneinander liegen. Dann hat sie mich plötzlich angesehen und gelächelt. Da glaubte ich, dass alles wieder gut werden würde. Aber das wurde es leider nicht.« Er stoppte kurz, bevor er weitersprach. »Carla war nach dieser Geschichte nicht mehr dieselbe. Sie konnte es nicht ertragen, von ihrem Zimmer aufs Meer zu blicken. Sie versuchte den Strand zu meiden, sich ihm nicht mehr zu nähern. Aber wie sollte das auf Dauer funktionieren? Wir sind hier auf einer Insel.« Aike lachte frustriert. »Sie wohnte schließlich direkt am Wasser. Und dann wurde auch noch unser Floß angespült. Praktisch direkt von ihrem Fenster aus hat Carla es am Strand liegen sehen. Ihr Vater und ich haben es schnell weggeschafft, aber sie schien plötzlich noch traumatisierter; hat sich tagelang nur zurückgezogen; kaum gesprochen. So als hätte ihr der Anblick des Floßes den Rest gegeben. Irgendwann verstanden Carlas Eltern, dass ihre Tochter diese Geschichte nur hinter sich lassen konnte, wenn sie fortziehen würden. Carlas Vater suchte sich also einen neuen Job auf dem Festland, weit weg von der Küste. Diese Entscheidung machte Carla aber auch nicht wirklich glücklich. Hier waren schließlich ihre Freunde, hier war sie trotz allem zu Hause. Also schworen wir uns, an dem Versprechen festzuhalten, das wir uns ein Jahr zuvor gegeben hatten.«

»Die Sache mit dem Hausboot«, warf Anneke ein.

»Richtig. Es vermittelte uns das Gefühl, dass wir uns nicht für immer voneinander verabschieden mussten.«

Anneke dachte kurz nach.

»Als du mich dann gestern im Meer schwimmen gesehen hast, wusstet du schließlich, dass ich nicht Carla sein kann.«

»Sagen wir mal, es hat mich stutzig gemacht. Natürlich hätte es sein können, dass Carla nach all den Jahren ihre Ängste überwunden hat. Doch es gab zuvor schon einige Momente, in denen ich dir gegenüber misstrauisch war. Ich hatte von Anfang an das Gefühl, dass da etwas nicht stimmt. Schließlich hat mir die fehlende Narbe den Beweis geliefert.«

»Die fehlende Narbe?«, fragte Anneke irritiert.

Aike strich erneut ihr Haar zurück.

»Da oben an der Stirn hat sie das Floß getroffen. Carla musste mit mehreren Stichen genäht werden. Sie hat immerzu versucht, die Naht mit ihren Haaren zu verdecken.«

»Es tut mir so leid, dass ich dir und all den anderen etwas vorgemacht habe«, sagte Anneke. »Ihr habt mich mit offenen Armen empfangen und ich ...«

»Du bist eine Mutter, die alles dafür tut, ihre Tochter zu beschützen.«

Aike blieb dicht vor ihr stehen und lächelte zaghaft.

»Und das kann ich verstehen. Auch wenn der Weg, den du dafür gewählt hast, vielleicht nicht der Beste ist.«

»Wie wird es jetzt weitergehen?«

»Du kannst nicht von mir erwarten, dass ich meine Freunde belüge.«

»Nein, natürlich nicht.«

»Aber so lange niemand fragt ...«

»Heißt das, du wirst uns nicht verraten?«

»Wie gesagt ... Sollte es jemandem auffallen, werde ich es nicht abstreiten. Aber ich werde auch nicht losziehen und es allen erzählen. Zunächst mache ich euer Spiel eine Weile mit. Zumindest bis ihr einen neuen Ausweg gefunden habt.«

»Jenna und ich werden uns etwas einfallen lassen«, versprach Anneke. Doch für den Augenblick war sie einfach nur beruhigt, dass sie noch eine Weile den Schutz dieser Insel genießen durfte.

Kapitel 18

»Zwei Wochen«, sagte Jenna und verkündete ihren wachsenden Unmut mit einem langen Seufzer.

»Zwei Wochen?«, wiederholte Anneke und sah ihre Tochter fragend an. Sie hatte bis gerade eben eine Nudelsoße angerührt, während Jenna am Küchentisch saß und ins Nichts zu starren schien.

»Ja, zwei Wochen. So lange ist es jetzt her, dass Aike hier war, um dir diese Geschichte von ihm und Carla zu erzählen. Genauso lange ist es auch her, dass er über uns die Wahrheit erfahren hat.«

»Und warum erwähnst du das jetzt?« Anneke schmeckte die Soße ab, griff zu dem Salzstreuer in Form eines kleinen Leuchtturms, den sie bei ihrer Shoppingtour erworben hatten, und würzte nach.

»Warum ich das erwähne?!« Jenna sprang von ihrem Stuhl auf und schaffte es so, ihre Mutter endlich von dem abzulenken, was da vor ihr auf dem Herd köchelte.

»Meine Güte, warum bist du denn plötzlich so aufgebracht? Hab ich irgendwas verpasst?«

»Das Leben«, brachte Jenna hervor. »Wir verpassen das Leben da draußen. Seit Aike die Wahrheit kennt, verkriechen wir uns hier.«

»Wir waren doch gestern noch im Supermarkt.«

»Du meinst diesen winzigen Tante-Emma-Laden, der weit außerhalb des Inselzentrums liegt?«

»Ich finde ihn ganz nett«, sagte Anneke.

»Du gehst doch nur dort einkaufen, damit wir niemandem begegnen. Gib es einfach zu! Wir verstecken uns.«

Anneke drehte den Herd runter und setzte sich zu Jenna.

»Okay, ich habe es tatsächlich vermeiden wollen, Aike, Mia, Fine und all den anderen zu begegnen. Die Vorstellung, dass wir erneut auffliegen, macht mir Angst. Wir werden kein zweites Mal so viel Glück wie bei Aike haben. Nicht jeder wird uns decken.«

»Aber ist es nicht ebenso auffällig, dass wir uns gar nicht mehr blicken lassen? Außer mit unserem Briefträger haben wir seit Tagen mit keinem Menschen mehr als drei Worte gewechselt.«

»Dafür ist Smutje besonders gesprächig.« Anneke musste unwillkürlich schmunzeln, wenn sie an den älteren Postboten dachte. Er war eine richtige Plaudertasche. Schon bei ihrer ersten Begegnung hatte sie alles über seine große Familie erfahren; seine drei Töchter, zwei Söhne und vier Enkel. Auch er kannte Carla und ihre Eltern von früher, stellte aber wenig Fragen. Dadurch waren die Gespräche mit ihm angenehm entspannend.

»Du hast ja recht«, musste Anneke eingestehen. »Wir sollten wohl mal in den Ort fahren. Vielleicht einen Kaffee bei Fine trinken.«

»Wunderbar!«, rief Jenna erfreut. »Und dazu ein Stück Kuchen.«

Dass sich ihre Tochter derart für einen Ausflug in ein Café begeistern konnte, zeigte Anneke deutlich, wie sehr sie sich nach Gesellschaft sehnte. Noch ehe sie sich wieder ihrer Soße zuwenden konnte, klingelte es plötzlich an der Haustür. Ein ungewohntes Geräusch nach so vielen Tagen der Ruhe.

»Hoffentlich ist das nicht wieder dieser Bauer«, stöhnte Jenna. Ihr Nachbar Gunna hatte sich als ein unangenehmer Zeitgenosse entpuppt. Schon wenn Jenna die Musik nur ein klein wenig aufdrehte, stand er vor der Tür und klagte, dass der Lärm seine Tiere nervös machte.

»Ich sehe mal nach«, sagte Anneke und ging zur Tür. Doch es war nicht Gunna, der vor ihr stand.

»Mia«, rief sie überrascht. »Was führt dich denn zu uns?«

»Ich wollte mal sehen, ob es euch gut geht. Ihr scheint euch hier draußen ja verkrochen zu haben.«

»Ach, wir hatten so viel zu tun. Uns neu einrichten und so …«, stammelte Anneke. Sie ließ Mia ins Haus und führte sie in die Küche. »Sieh mal Jenna, wir haben Besuch.«

»Oh, hallo, Mia.« Jenna schien sich aufrichtig zu freuen, endlich mal ein anderes Gesicht als das ihrer Mutter zu sehen.

»Setz dich. Möchtest du mit uns essen?«, wollte Anneke wissen.

»Nein, danke. Ich wollte eigentlich nur hören, ob ihr morgen auch mit dabei seid. Natürlich hätte ich auch anrufen können, aber wir haben noch immer nicht unsere Handynummern ausgetauscht. Also hab ich mich auf mein Rad geschwungen, um euch persönlich zu fragen.«

»Was ist denn morgen?«, wollte Jenna wissen.

»Sag nicht, du hast es vergessen?« Diese Frage galt ausschließlich Anneke. Diese lächelte unsicher.

»Aike hat doch Geburtstag. Ich dachte, das wüsstest du.«

»Ja, sicher. Ich hatte es nur ganz kurz vergessen. Der ganze Umzugsstress und so …«

»Na ja, jetzt weißt du es ja wieder. Er möchte eigentlich nicht groß feiern, aber Fine hat geplant, morgen Abend all seine Freunde ins Café einzuladen. Sozusagen eine kleine Überraschungsparty. Da wollt ihr doch bestimmt mit dabei sein, oder?«

Eigentlich konnte Anneke sich momentan kaum etwas Schlimmeres vorstellen, als an einem Abend gleich allen Menschen zu begegnen, denen sie in den letzten zwei Wochen aus dem Weg gegangen war. Aber letztendlich gab es keinen plausiblen Grund, Nein zu sagen.

»Wir kommen sehr gerne«, übernahm Jenna das Wort. »Das wird bestimmt lustig.«

»Wunderbar«, freute Mia sich und lugte zu den Töpfen auf dem Herd. »Das riecht köstlich. Vielleicht komme ich doch auf dein Angebot zurück, mit euch zu essen.«

Eine Stunde später war Mia wieder verschwunden. Und während Anneke zusammen mit Jenna den Abwasch erledigte, beschäftigte sie nur eine Frage.

»Was schenken wir Aike?«

»Keine Ahnung«, meinte Jenna schulterzuckend. »Wir kennen ihn ja kaum. Obwohl ...« Sie grinste. »Du hast ihn immerhin geküsst. Also kennst du ihn wohl deutlich besser als ich.«

»Ich hätte es dir nicht erzählen sollen«, entgegnete Anneke, denn seit Jenna von diesem Kuss wusste, neckte sie ihre Mutter immer wieder damit. »Und jetzt möchte ich nur noch ernst gemeinte Vorschläge hören. Schließlich können wir nicht ohne Geschenk bei ihm auftauchen.«

»Besorg ihm eine Flasche Wein. Die gibt es auch in deinem neuen Lieblingsladen.«

Anneke wusste, dass Jenna auf das winzige Lebensmittelgeschäft mit der geringen Auswahl anspielte.

»Ich weiß ja nicht mal, ob er Wein mag. Oder Schokolade, oder ob er vielleicht gerne ein Buch liest.« Anneke klang verzweifelt.

»Aber das Gute ist, dass Aike weiß, dass du es nicht weißt.«

»Hä?«, machte Anneke verständnislos.

»Na ja, er weiß schließlich, dass du ihn kaum kennst. Also erwartet er auch nicht viel von dir.«

»Einerseits hast du recht. Aber Aike deckt uns schließlich vor all seinen Freunden und zum Dank sollte ich ihm schon etwas mehr als eine billige Flasche Wein schenken.«

»Wie wäre es mit einer Kleinigkeit für das neue Hausboot. Ich meine das ältere der beiden. Dort fehlt es doch noch an allem.«

»Keine schlechte Idee.« Anneke begann über den Vorschlag nachzudenken. »Komm, lass uns mal in den Keller gehen. Da habe ich neulich was gesehen.«

»Du willst ihm was aus dem Keller schenken?«, fragte Jenna entsetzt, folgte ihrer Mutter aber schließlich.

Sie hatten noch immer nicht das Schloss erneuert. Da es von hier unten jedoch keinen direkten Zugang zum Haus gab, sah Anneke auch keine Notwendigkeit darin. Im Kellerraum, gleich neben einem Regal, in dem Einmachgläser verstaubten, hatte Anneke einen Rettungsring bemerkt, der früher einmal zu einem Boot gehört haben musste. Sie nahm ihn aus der Ecke und entfernte mit dem Ärmel einige Spinnweben.

»Ein tolles Geschenk«, bemerkte Jenna und verzog das Gesicht. »Er wird es lieben.«

»Noch ist es nur ein Rettungsring«, sagte Anneke. »Aber wenn wir ihn sauber gemacht und ein wenig aufgepeppt haben, dann wird er zu einer schönen Deko für das Hausboot. Vorher müssen wir natürlich noch Farbe besorgen, aber da kann Klaas uns vielleicht aushelfen.«

»Du klingst ja plötzlich so aufgeregt«, bemerkte Jenna. »Liegt es daran, dass du Aike morgen endlich wiedersiehst?«

»Vielleicht«, entgegnete Anneke lächelnd. Tatsächlich hatte sie ihn vermisst. Wie sehr, spürte sie erst jetzt. Sie konnte es plötzlich kaum noch erwarten.

Anneke war nervös. Schließlich lag Jenna nicht falsch mit ihrer Äußerung, dass sie sich gute zwei Wochen vor allen versteckt hatten. Seit Mias Einladung hatte sie immer wieder der Gedanke beschäftigt, ob sie sich mit diesem Verhalten erst recht verdächtig gemacht hatten.

Dass diese Sorge jedoch unbegründet war, spürte Anneke dann aber sehr schnell an dem herzlichen Empfang, den ihnen alle bereiteten. Kaum hatten sie Fines Café betreten, kam diese auch schon auf sie zu, um zunächst Jenna und dann Anneke in ihre Arme zu schließen.

»Wir haben uns schon Sorgen um euch gemacht«, sagte sie.

»Schön, euch zu sehen«, bemerkte auch Jasper. Christine, die gerade eine Schüssel Nudelsalat am Buffet abstellte, winkte ihnen fröhlich lachend zu. Auch Jule Buchen war da. Vor dem Zusammentreffen mit der Polizistin hatte Anneke sich besonders gefürchtet. Und sie wurde auch jetzt nervös, als Jule auf sie zukam.

Sie hatte bis gerade eben auf einer Leiter gestanden, um eine Girlande aufzuhängen. Alles war geschmückt und für die Überraschungsparty hergerichtet. Fines Mann Friedrich rückte gemeinsam mit Klaas einige Tische zusammen und platzierte Gläser darauf, während Jaspers Jungs mit den bunten Ballons spielten. Die Stimmung war fröhlich und ausgelassen.

»Moin, zusammen«, grüßte Jule nun. »Auf dich habe ich schon gewartet.« Sie zeigte mit einem anklagenden Blick auf

Anneke. Diese spürte sogleich, dass ihr heiß wurde. Erst als Jule auflachte, entspannte sie sich wieder.

»Du bist heute unsere Hauptakteurin bei der Mission *Aike zur Party locken*.«

»Ach ja?«, hakte Anneke nach.

Mia kam hinzu.

»Aike ist bekanntlich kein Freund von Geburtstagspartys, aber da muss er heute durch«, erklärte sie. »Damit er nicht schon vorher die Flucht ergreift, haben wir uns gedacht, dass du gleich zu ihm gehst, ihm gratulierst, und ihn dann ganz unverbindlich auf ein Stück Kuchen bei Fine einlädst. Da wird er wohl kaum Nein sagen.«

Da war Anneke sich nicht so sicher. Schließlich hatte Aike seit ihrem Geständnis kein Wort mehr mit ihr gesprochen.

»Also, ich weiß nicht ... Kann nicht vielleicht jemand anderes ...«, begann sie, aber Mia fiel ihr gleich ins Wort.

»Keine Widerrede. Du bist die geeignetste Person für den Plan.«

»Ja, das sehe ich genauso«, sagte Jenna grinsend. Anneke hätte sie gerne in die Seite geboxt, aber stattdessen nickte sie zustimmend.

»Dann mache ich mich wohl gleich auf den Weg.«

»Sehr schön. Und wehe, du kommst ohne Aike zurück«, sagte Jule lachend.

Anneke legte den Rettungsring zu den anderen Geschenken. Er war ihnen wirklich gut gelungen. Sie hatten ihn mit frischer Farbe aufgepeppt und in Blau ein großes *Moin Moin* darauf geschrieben.

»Der sieht übrigens echt toll aus«, hörte sie Mia noch sagen, während sie ihn zwischen zwei mit Schleifen verzierten Päckchen stellte. Dann machte Anneke sich auf den Weg zum Hafen. Wie leider oft in den letzten Tagen, hatte es wieder angefangen zu regnen. Sie trug ein buntes Sommerkleid, dazu offene Schuhe. Kein gutes Outfit, um durch einen Schauer zu laufen. Anneke überlegte kurz, sich noch einen Schirm zu besorgen, aber letztendlich wollte sie das Ganze lieber schnell hinter sich bringen. Also beschleunigte sie ihr Tempo und eilte zum Hafen. Sie wollte direkt Aikes Jacht ansteuern, da bemerkte sie plötzlich einen Mann, der in diesem Moment das neuere der beiden Hausboote betrat. Sie dachte zunächst, es sei Aike, doch auf den zweiten Blick erkannte sie Michael, Aikes schmierigen Partner. Dieser hielt etwas in der Hand. Es sah aus wie ein kleiner Kanister mit einer klaren Flüssigkeit. Als er damit begann, diese an Deck auszuschütten, wusste Anneke, dass sie schnell handeln musste. Sie sah sich um, doch bei dem Regen war niemand unterwegs.

»Hey, was machen Sie denn da?«, rief sie und rannte in Michaels Richtung. Er blickte kurz auf, dann griff er zu einem Streichholz, entzündete es und ließ es anschließend fallen. Augenblicklich loderte eine Flamme vor ihm auf. Anneke wusste nicht, was sie antrieb. Aber sie wollte auf keinen Fall untätig mitansehen, wie Aikes Hausboot abbrannte. Sie rannte direkt auf das Schiff zu, während Michael in ein kleines Boot sprang, das gleich daneben am Steg lag.

»Bestell Aike schöne Grüße von mir«, rief er Anneke lachend zu, dann heulte der Motor auf und er raste davon.

Die Flammen schossen derweil bedrohlich an der rechten Außenwand hoch. Anneke konnte die Hitze des Feuers bereits aus der Entfernung spüren. Doch noch war es nicht zu spät. Wenn Anneke unverzüglich handelte, konnte sie den Brand vielleicht noch unter Kontrolle bringen. Sie wusste, dass es einen Feuerlöscher an Bord gab. Aike hatte sie bei der ersten Besichtigung auf eine Truhe aufmerksam gemacht, die sich auf der Dachterrasse befand. Diese beinhaltete sowohl

Rettungswesten als eben auch einen Feuerlöscher. Anneke sprang an Bord und eilte die Leiter hinauf. Rauch stieg in ihre Lungen und ließ sie husten. Sie musste sich beeilen. Sie betete, dass die Kiste nicht verschlossen war. Zum Glück ließ sich der Deckel öffnen.

Anneke schnappte sich den Feuerlöscher und hielt ihn von oben auf die immer größer werdenden Flammen. Die Hitze streifte ihre Arme und sie musste aufpassen, mit ihrem Kleid nicht zu nah an das Feuer zu treten. Ihre Augen tränten und sie konnte kaum etwas erkennen. Doch dann sah sie, dass noch jemand dazueilte, ebenfalls mit einem Feuerlöscher ausgestattet. Es war Aike, der von unten Schaum versprühte, sodass sie den Kampf letztendlich gewannen. Anneke ging erschöpft in die Knie. Ehe sie sichs versah, hockte Aike neben ihr und legte einen Arm um sie.

»Bist du verletzt?«

Sie schüttelte den Kopf, obwohl ihre Lungen brannten und sie kaum Luft holen konnte.

»Das war Michael«, sagte sie hustend. »Ich habe ihn erwischt, als er den Brand gelegt hat.«

»Michael?«, fragte Aike, sichtlich geschockt.

Anneke sah auf ihre geröteten Unterarme. Sie war den Flammen viel zu nahe gekommen.

»Das sollte Jasper sich ansehen«, sagte Aike und half ihr auf die Beine. Nach dem Schrecken hatte Anneke das Gefühl, kaum stehen zu können. Sie lehnte sich an Aikes Schulter.

»Geht es?« Er sah sie besorgt an.

»Ich fühle mich nur etwas zittrig.«

»Ja, das kann ich gut verstehen.« Er schloss sie für einen Augenblick in seine Arme und drückte sie fest an sich. Anneke spürte, dass sie etwas ruhiger wurde. »Danke, dass du sofort gehandelt hast. Wenn du nicht hier gewesen wärst ...« Aike brauchte nicht weiterzusprechen. Sie blickten auf die Außenwand, die auch schon jetzt einen ordentlichen Schaden genommen hatte. Das Fenster war gesprungen, die Fassade schwarz vom Ruß. Anneke bemerkte Aikes betroffenen Blick.

»Das bekommen wir schon wieder hin«, sagte sie. »So schlimm ist es nicht.«

»Es ist viel wichtiger, dass dir nichts passiert ist«, entgegnete er. »Als ich dich da mit dem Feuerlöscher gesehen habe, so dicht an den Flammen, da hatte ich echt Angst um dich.«

»Es ist ja noch mal gut gegangen«, meinte Anneke und war dankbar, dass Aike sie nicht losließ. Er legte stützend einen Arm um sie, während sie gemeinsam zu den anderen liefen.

»Überrasch...!«

Während die meisten schon bei der zweiten Silbe innehielten, flachten beinah alle Rufe ab, noch bevor sie bei *...ung* angekommen waren. Abgesehen von Jaspers Jungen Benni und Lukas, die fröhlich die Ballons in die Luft warfen, hatte wohl jeder gleich erkannt, dass Anneke und Aike nicht mehr in Feierlaune waren. Sie hatten beide Rußflecken im Gesicht und auch auf ihrer Kleidung. Dazu wurde Anneke einfach nicht den Hustenreiz los, der sich durch den Rauch bei ihr festgesetzt hatte.

»Mama!«, rief Jenna erschrocken und eilte als Erste auf sie zu, dicht gefolgt von den anderen Gästen. »Was ist denn passiert?«

»Es hat einen Brand auf dem Hausboot gegeben«, erklärte Aike. »Wir konnten ihn aber löschen.«

»Seid ihr in Ordnung?«, wollte Jasper wissen.

»Carla hat leichte Verbrennungen an den Unterarmen.«

»Halb so schlimm«, sagte sie schnell.

»Setzt euch erst mal«, meinte Fine besorgt und drängte sie zu den Stühlen. »Ich hole euch ein Glas Wasser.«

»Zeig mal her«, bat Jasper und sah sich Annekes Verletzungen an. »Du solltest das kühlen und ich laufe schnell in die Praxis und besorge dir eine Salbe.«

»Ich hole Eis aus der Küche«, sagte Friedrich.

»Wodurch ist das Feuer denn entstanden?«, wollte Jule Buchen nun wissen.

»Jemand hat den Brand gelegt«, entgegnete Aike.

»Michael?«, vermutete Jasper sofort.

»Er würde doch nicht so weit gehen, oder?«, fragte Mia erschrocken.

»Oh doch, das ist genau seine Art.« Aike hielt nachdenklich inne. »Ich habe letzte Woche durch einen Kollegen erfahren, dass Michaels Kanzlei kaum noch läuft. Er hat sehr viele Klienten verloren und wird sich wohl deutlich kleiner setzen müssen. Die Schuld dafür schiebt er allein auf meinen Ausstieg.«

»Und deswegen zündet er gleich dein Boot an?«, fragte Jenna entsetzt. »Dafür kann er doch im Knast landen.«

»Ich werde der Sache sofort nachgehen und auch die Kollegen informieren«, verkündete Jule entschlossen und verabschiedete sich.

»Feiern wir jetzt gar nicht deinen Geburtstag?«, wollte der kleine Lukas wissen. Er sah Aike enttäuscht an.

Dieser blickte zu dem reichhaltigen Buffet.

»Das Essen sollten wir zumindest nicht verkommen lassen.«

»Das sehe ich genauso«, stimmte Fine ihm zu.

»Danke übrigens für all das hier«, sagte Aike. »Es ist wirklich lieb von euch, dass ihr mich überraschen wolltet.«

»Ist der Schaden auf dem Boot sehr groß?«, erkundigte Klaas sich.

»Nichts, was sich nicht wieder herstellen lässt.«

»Ich sehe es mir später mal an«, entschied er.

»Ich möchte auch das Feuer sehen«, sagte Benni. »Darf ich, Mama?«

»Das Feuer ist doch schon gelöscht«, erklärte Christine ihrem Sohn.

»Schade«, maulte dieser.

»Jungs ...«, sagte Christine kopfschüttelnd.

Aike wandte sich wieder Anneke zu und strich kurz über ihre Hand.

»Danke noch mal«, flüsterte er. »Das hätte auch ganz anders ausgehen können.«

»Das war ich dir wohl schuldig«, entgegnete sie leise, aber offenbar nicht leise genug.

»Warum schuldig?«, wollte Mia wissen, die gleich hinter ihr stand.

»Wollen wir den beiden nicht erst mal etwas zu Essen holen«, schlug Jenna vor. Anneke nickte ihr dankbar zu. Sie hatte nach dem Schrecken zwar kaum Appetit, aber wenigstens war Mia nun abgelenkt und fragte nicht weiter nach. Zumindest konnte sie das nur hoffen ...

Kapitel 19

Als Anneke am nächsten Nachmittag zum Hafen kam, sah sie schon von Weitem, dass Aike gemeinsam mit Klaas an Deck des Hausbootes stand und etwas besprach.

»Ich kann dir in den nächsten Tagen ein neues Fenster einbauen«, hörte sie Klaas sagen, als sie näher trat. »Dazu noch etwas frische Farbe und alles sieht wieder aus wie neu.«

»Na ja, fast wie neu«, seufzte Aike. Er blickte auf die rußgeschwärzten Planken zu seinen Füßen. »Die hier müssten vielleicht ersetzt werden. Aber zumindest die Fassade hat nicht allzu viel abbekommen.«

Anneke sah, dass er den Rettungsring an die Tür gelehnt hatte. Trotz des Schreckens hatte sie gespürt, dass sie Aike mit ihrem Geschenk eine Freude gemacht hatte.

»Moin, zusammen«, grüßte sie nun. »Darf ich an Bord kommen?«

»Aber sicher«, sagte Aike lächelnd. Er schien sich offenbar über ihren Besuch zu freuen.

»Ich muss jetzt auch los«, verabschiedete Klaas sich. »Später bringe ich noch die Farbe vorbei.«

»Sehr gerne. Danke.«

»Wenn man jemanden wie Klaas kennt, braucht man keinen Baumarkt mehr«, meinte Anneke grinsend.

»Ja, da hast du recht. Klaas kann immer mit allem aushelfen.«

Aike wurde gleich wieder ernst.

»Wie geht es dir?« Er strich sanft über die Rötung an ihrem Arm. »Tut es noch weh?«

»Nein, kaum noch.«

»Das ist gut.«

»Hast du was von Jule gehört? Konnten ihre Kollegen schon mit Michael sprechen?«

»Der scheint sich abgesetzt zu haben. Sie konnten ihn weder in seiner Wohnung noch in der Kanzlei antreffen. Niemand weiß, wo er sich gerade aufhält.«

»Sie werden ihn bestimmt finden«, sagte Anneke zuversichtlich.

»Ja, hoffentlich.«

»Übrigens noch mal danke dafür.« Aike deutete auf den Rettungsring. »Der wird sich echt gut an Bord machen. Ich dachte, ich hänge ihn gleich neben der Eingangstür auf.«

»Jenna und ich wollten uns etwas ganz Besonderes einfallen lassen, weil wir schließlich nur wegen dir noch hier auf der Insel sein dürfen. Aber ich kenne dich kaum und der Rettungsring war nur so eine Idee ...« Anneke spürte, dass sie mal wieder verunsichert klang. Das war eigentlich eher untypisch für sie. Vermutlich hatte die ganze Situation an ihrem Selbstbewusstsein gekratzt.

»Ich mag euer Geschenk wirklich sehr«, versicherte er ihr erneut.

Sie blieben dicht voreinander stehen.

»Was ist das eigentlich zwischen uns?«, fragte Anneke leise.

»Ich weiß nicht«, entgegnete Aike.

»Ich meine, du weißt jetzt, dass ich nicht Carla bin. Du müsstest doch ziemlich wütend sein.«

»Das war ich auch. Deswegen bin ich dir in den letzten Tagen aus dem Weg gegangen. Und du mir offenbar auch.«

»Ich bin so ziemlich jedem in den vergangenen zwei Wochen aus dem Weg gegangen. Jenna und ich waren fast nur im Haus oder an unserem Strand. Zumindest bis Mia mich zu deiner Feier eingeladen hat.«

Anneke schwieg für einen Augenblick. »Ich hatte Angst, du würdest uns doch noch verraten. Ich hätte es verstanden.«

»Weißt du«, sagte Aike und lächelte zaghaft. »Auch wenn du nicht Carla bist, habe ich mich von Anfang an zu dir hingezogen gefühlt. Ich hatte das Gefühl, dich zu kennen.«

»Ja, weil ich dir vorgespielt habe, dass wir alte Freunde von früher sind.«

»Nein, das allein ist es nicht. Das war es, was mein Verstand geglaubt hat. Aber dem Herzen kann man nichts vormachen.«

Er beugte sich zu Anneke, um sie zu küssen. Jetzt, wo keine Lüge mehr zwischen ihnen stand, konnte Anneke sich wirklich darauf einlassen und all die Gefühle genießen, die auf sie einströmten. Zumindest bis Mia sie unterbrach.

»Oh, störe ich?«, fragte sie grinsend.

»Ja, schon etwas«, entgegnete Aike.

»Ich wusste ja gar nicht, dass ihr …« Sie sprach nicht weiter.

»Aber ich finde es großartig!«, rief sie stattdessen entzückt.

»Und ehe du dichs versiehst, weiß die halbe Insel von dem Kuss«, flüsterte Aike. Anneke legte eigentlich wenig Wert darauf, zum Inhalt des täglichen Inselklatschs zu werden. Aber besser dieser Kuss stand im Fokus des Interesses als ihre Identität.

»Komm zur Sache, Mia«, bat Aike sie genervt.

»Ich wollte nur mal vorbeisehen und den Schaden begutachten.«

»Das geht schon den ganzen Tag so«, meinte Aike. »Jeder bleibt stehen und wirft einen Blick auf das Boot. Heute Morgen war sogar schon jemand vom Inselkurier hier und hat Fotos gemacht. Vorher hat die Polizei noch Spuren gesichert ... Es wird wohl einige Tage dauern, bis es hier wieder ruhiger wird.«

»Und dann könnt ihr voll und ganz eure Zweisamkeit genießen«, sagte Mia schmunzelnd.

Anneke lehnte sich an Aikes Schulter. Plötzlich überkam sie das Gefühl, dass alles gut werden würde. Sie hatte neue Freunde auf der Insel gefunden, dazu diesen wunderbaren Mann, der sie die Zeit mit Erik vergessen ließ. Auch Jenna schien sich allmählich wohlzufühlen. Anneke wollte daran glauben, dass das Glück endlich wieder auf ihrer Seite war. Aber da gab es auch diese warnende Stimme, die sie kaum ignorieren konnte; die sie daran erinnerte, dass sie sich in falscher Sicherheit wog. Schließlich gab es da noch die echte Carla. Und von der hatte sie seit beinah zwei Wochen nichts mehr gehört. Sie wusste nicht, wo sie sich gerade aufhielt und wie ihre nächsten Pläne aussahen. Und es existierte nur eine Person, mit der sie darüber reden konnte. Es wurde Zeit, dass Anneke mal wieder ihre alte Nachbarin Frau Sablonski kontaktierte.

Anneke hatte einen neuen Lieblingsplatz, gleich am Wasser. Sie wusste schon nicht mehr, wie viele Stunden sie seit ihrem Einzug in Carlas Haus an dem einsamen Strand verbracht hatte. Hier kam selten jemand vorbei. Aike würde jetzt, wo die Zeit des gegenseitigen Aus-dem-Weg-Gehens vorbei war, vielleicht wieder seine morgendliche Laufrunde hierher verlegen. Aber sonst kam es durchaus vor, dass man auf diesem Teil der Insel über viele Stunden niemandem begegnete. Jenna war mit ihrem Fahrrad unterwegs. Sie brauchte diese Zeit für sich. Anneke hoffte, dass sie bald neue Freunde und mit viel Glück auch einen Job finden würde.

Während sie im warmen Sand saß, die Füße von sich gestreckt, sodass die anlaufenden Wellen sie umspielen konnten, griff Anneke zu ihrem Handy. Bevor sie Frau Sablonskis Nummer wählte, warf sie einen weiteren Blick auf deren E-Mail-Account. Das tat sie mittlerweile mehrmals täglich, immer in der Hoffnung, Neuigkeiten von Carla zu hören. Leider vergeblich. Auch dieses Mal gab es keine Nachrichten.

Es rauschte ein wenig in der Leitung, als Else Sablonski sich meldete.

»Ja bitte«, krächzte sie in den Hörer.

»Hallo, Else, hier ist Anneke.«

»Anneke? Welche Anneke?«

Na wunderbar. Da hatte sie geglaubt, Frau Sablonski würde den alten Zeiten nachtrauern, in denen sie gemeinsam ihren Eierlikör dezimiert hatten, und jetzt wusste sie offenbar nicht einmal mehr, wer sie war.

»Anneke Heuser, deine alte Nachbarin.«

»Ach, die Anneke«, erinnerte sie sich. »Sag das doch gleich.«

»Ich wollte nur mal hören, wie es dir so geht.«

»Wie soll es einer alten Frau schon gehen. Das Knie schmerzt, der Rücken auch, dazu diese unerträgliche Hitze. Ich weiß gar nicht, wie das ein normaler Mensch noch aushalten soll. So heiß war es zuletzt im Sommer 1976 ... oder war es 77? Keine Ahnung. Und damals ging das sogar noch ganz ohne Klimawandel und so einen Schnickschnack. Das kannst du mir glauben.«

Anneke seufzte. Jeder normale Mensch antwortete auf die Frage, wie es ihm ginge, meistens recht einsilbig: ganz gut, passt schon, wunderbar ... Nicht Frau Sablonski. Aber sie schien nun endlich zu Ende gesprochen zu haben und beendete ihren Vortrag mit der Gegenfrage: »Wie geht es dir und deiner Tochter Jenni?«

»Jenna«, korrigierte Anneke sie.

»Jenna. Richtig. Warum eigentlich nicht Jenni, mit i hinten?«

»Keine Ahnung. Ich fand, dass Jenna sehr schön klingt«, rechtfertigte Anneke sich. Sie wollte nun endlich auf den Punkt kommen.

»Und wie geht es Carla?«

»Wie kommst du denn jetzt auf die? So schnell, wie du das Thema wechselst, kommt eine alte Frau ja gar nicht mehr mit.«

Else schwieg einen Augenblick.

»Ich wollte nur mal hören, ob sie schon von ihrer Reise zurück ist.«

»Nee, die ist noch unterwegs. Aber sie hat mich letzte Woche zu meinem Geburtstag angerufen.«

»Und was hat sie gesagt?«

»Was sagt man wohl, wenn man jemanden zu seinem Geburtstag anruft? Herzlichen Glückwunsch natürlich. Das hast du bisher übrigens versäumt.«

»Ich wusste ja auch gar nicht, dass du Geburtstag hast. Aber nachträglich wünsche ich dir alles Gute.«

»Danke«, sagte Else.

»Hat Carla sonst noch was erzählt? Wie läuft ihre Reise denn so?«

»Sie hat viel erlebt, aber leider scheint sich ihre Pechsträhne immer weiter fortzusetzen. Ich glaube, sie hat ziemliches Heimweh. Das hat sie zumindest so angedeutet.«

»Heimweh nach Hattingen?« Anneke musste das fragen. Nicht, dass Carla sich nach all dem Erlebten plötzlich in ihre alte Heimat zurücksehnte.

»Ja, hier ist doch schließlich ihr Zuhause, oder?«, fragte Else verständnislos.

»Ich dachte nur ...« Anneke sprach nicht weiter. »Also denkst du, sie kommt bald zurück?«

»Woher soll ich das wissen? Und jetzt muss ich auch auflegen. Es hat an der Tür geklingelt. Bestimmt der Postbote. Ich habe mir zwei neue Kittel bestellt. Auf das Päckchen warte ich schon seit Wochen.«

Sie hörte Else noch so etwas sagen wie: *Ja ja ... ich komm ja schon. Eine alte Frau ist doch kein D-Zug.* Dann beendete sie das Gespräch, ohne sich zu verabschieden.

»Dir auch noch einen schönen Tag, Else«, murmelte Anneke, bevor sie das Handy wegsteckte. Sie blickte etwas wehmütig aufs Meer hinaus. Seltsamerweise vermisste sie die kleine Wohnung in Hattingen manchmal ein wenig. Obwohl Anneke sich das kaum erklären konnte. Schließlich lebten sie und Jenna nun in diesem wunderschönen Haus am Strand. Vielleicht war es die Tatsache, dass sie damals noch einfach Anneke sein konnte. Es war anstrengend, ständig in die Rolle einer anderen Frau zu schlüpfen, immer von der Sorge begleitet, doch noch aufzufliegen. Doch wenn sie diesen Schritt nicht gewagt hätte, hätte Erik sie längst aufgespürt. Und sie hätte niemals all diese netten Menschen kennengelernt, allen voran natürlich Aike. Noch während sie an ihn dachte, klingelte ihr Handy und seine Nummer blinkte auf.

Sie spürte sofort, wie ihr Herzschlag sich beschleunigte.

»Hallo, Aike«, meldete Anneke sich.

»Moin«, entgegnete er. »Ich wollte dir nur Bescheid geben, dass Klaas schon die Farbtöpfe vorbeigebracht hat. Du meintest doch, dass du vielleicht Spaß daran hättest, den Pinsel zu schwingen und mir zu helfen.«

»Ja, das würde ich sehr gerne machen.«

»Dann komm doch morgen Nachmittag vorbei. Wir könnten zunächst die Fassade streichen und danach zusammen etwas essen.«

»Das hört sich gut an«, meinte Anneke lächelnd.

»Okay, ich freue mich schon. Bis morgen.«

»Ja, bis morgen.«

»Was grinst du denn so?«, fragte Jenna plötzlich. Sie war wie aus dem Nichts am Strand aufgetaucht. Oder Anneke war zu sehr auf ihr Gespräch mit Aike konzentriert gewesen, um sie zu bemerken.

»Ich grinse doch gar nicht.«

»Doch, das tust du. Und ich könnte wetten, dass du gerade mit Aike gesprochen hast.«

»Er hat mich für morgen zum Essen eingeladen.«

»Ein Date also?«

»Keine Ahnung. Vielleicht …«

Jenna hockte sich neben ihre Mutter in den Sand.

»Ich habe da auch jemanden kennengelernt«, sagte sie. »Einen Jungen. Er arbeitet in diesem Strandhotel. Du weißt schon, der große Bau am Hauptstrand. Er meinte, sie suchen noch Personal fürs Restaurant. Und da dachte ich mir, es könnte doch nicht schaden, etwas Geld hinzuzuverdienen, oder?«

»Du möchtest arbeiten?«, fragte Anneke überrascht.

»Ich kann ja nicht immer nur von meinem kleinen Taschengeld leben. Und an Eriks Geld lässt du mich ja nicht dran.«

Anneke bewahrte den Rucksack an einem sicheren Versteck im Haus auf, das bisher nicht einmal Jenna ausfindig gemacht hatte. Hin und wieder nahm sie etwas heraus, um ihr Leben finanzieren zu können. Aber letztendlich würde auch sie sich bald eine Arbeit suchen müssen. Wenn sie tatsächlich auf der Insel bleiben wollten, konnten sie sich nicht ewig wie Urlauber verhalten.

»Ich freue mich«, sagte Anneke und legte einen Arm um Jenna. »Natürlich auch, dass du jemanden kennengelernt hast. Erzählst du mir von ihm?«

»Er heißt Kevin und ist echt süß«, schwärmte Jenna.

Sie saßen an diesem frühen Abend noch lange gemeinsam am Wasser; redeten und lachten viel miteinander. Anneke spürte, wie glücklich sie plötzlich war. Ein Gefühl, das ihr manchmal Angst machte, denn sie wusste auch, wie vergänglich es sein konnte. Und doch gelang es ihr, sich voll und ganz darauf einzulassen. Hier, an diesem wunderschönen Strand, gemeinsam mit ihrer Tochter, die auch endlich wieder lachen konnte.

Kapitel 20

2 Monate später

Es war ein warmer Sonnenstrahl, der Anneke sanft aus ihren Träumen holte. Kein schriller Wecker und auch nicht der aufheulende Motor eines Wagens. Ebenso wenig das knarzende Tor der Tiefgarage, von dem sie früher immer geweckt worden war.

Solche Geräusche gehörten einfach nicht an einen so wunderschönen, friedlichen Ort wie diesen. Vielleicht war die Ruhe mit ein Grund dafür, dass sie die Tage in letzter Zeit immer mit einem unbeschwerten Lächeln auf den Lippen begann.

Sie schlug die Bettdecke zurück, streckte sich ausgiebig und stand schließlich auf. Die alten Holzdielen fühlten sich kühl unter ihren Fußsohlen an. Über Nacht hatte sich die angestaute Hitze unter den Dachschrägen etwas verflüchtigt. Anneke trat an das Dachfenster, das einen kleinen Spalt weit geöffnet war, und klappte es nun so weit auf, dass sie nach draußen blicken konnte. Eine warme Brise strich über ihre Haut. Sie brachte den Duft eines Sommertages am Meer mit sich. Früher hatte sie dafür diese aromatisierten Kerzen anzünden müssen, die vielversprechende Namen wie

Meeresbrise oder *Ein Tag am Strand* trugen. Das, was sie jetzt wahrnahm, war so viel unverfälschter, so vollkommen anders.

Sie musste sich auf Zehenspitzen stellen, um aufs Wasser blicken zu können. Die Nordsee lag friedlich vor ihr. Auf den Wellen, die leise plätschernd an Land trafen, tanzten die Strahlen der Morgensonne. Ein wolkenloser Himmel kündigte einen weiteren spätsommerlichen Tag an. Noch war kaum jemand am Strand unterwegs. Ein Jogger lief soeben an der Wasserkante entlang. Für einen Moment hoffte Anneke, es wäre Aike, der mal wieder seinem Frühsport nachkam. Augenblicklich beschleunigte sich ihr Herzschlag. Sie ermahnte sich selbst, sich nicht wie ein junges Mädchen aufzuführen, das zum ersten Mal verliebt war. So war sie doch eigentlich gar nicht. Und dennoch spürte sie die Enttäuschung, als sie erkannte, dass es sich bei dem Sportler um jemand anderen handelte.

Anneke wandte sich vom Fenster ab und lief, nur im Nachthemd, die schmale Treppe hinab. Sie verschwand kurz im Bad, nahm eine schnelle Dusche, schlüpfte in ein leichtes Sommerkleid und ging anschließend in die Küche. Sie nahm nun die Teedose von einem schmalen Regalbrett oberhalb der Spüle. Schon beim Öffnen des Deckels entfaltete sich dieser wunderbar aromatische Duft, der ihre Vorfreude auf einen weiteren Tag am Meer erweckte. Anneke wählte bewusst den alten Teekessel. Sie liebte das Pfeifen, wenn das Wasser kochte. Dann füllte sie Kandis in eine kleine Schale, die mit blauen Blumen bedruckt war, nahm eine dazu passende Tasse und wartete geduldig. Hektik war für sie ein Fremdwort geworden. Es hatte eine Weile gedauert, um dieses neue Lebensgefühl zuzulassen. Doch nun war sie endlich so weit.

Sorgsam füllte sie die Teeblätter in ein Sieb und übergoss sie anschließend mit dem sprudelnden Wasser. Zuletzt fügte sie dem Ganzen einige Kluntjes hinzu.

Während sie eine Scheibe Brot abschnitt, sah sie den Briefträger am Fenster vorbeilaufen. Anneke öffnete es, um ihn zu begrüßen.

»Moin, Smutje«, rief sie fröhlich.

Eigentlich befand er sich in einem Alter, in dem andere längst ihren Ruhestand genossen, aber Smutje hatte ihr neulich erzählt, dass er sich ein Leben ohne seine Arbeit nicht vorstellen konnte. Es erfüllte ihn, mit seinem Rad über die Insel zu fahren und den Menschen ihre Post zu bringen.

»Moin«, entgegnete er und rückte sich seine dunkelblaue Schirmmütze zurecht. Dann fuhr er sich über seinen grauen Schnäuzer. Er lachte gut gelaunt. »Ein herrlicher Tag, oder? Wetter wie aus dem Bilderbuch.«

»Ja, da hast du recht.«

Smutje griff in seine Tasche.

»Ich habe nur ein paar Prospekte für dich. Werbung vom Inselsupermarkt.«

»Dafür hat sich der Weg zu mir ja kaum gelohnt.«

»Zu dir komme ich doch immer besonders gern«, sagte er. Smutje verstand es eben, den Frauen zu schmeicheln.

»Möchtest du einen Tee? Ich habe ihn gerade frisch aufgesetzt.«

»Ein anderes Mal. Meine Enkelin hat heute Geburtstag. Sie wird vier und ich habe ihr versprochen, pünktlich zum Kaffeetrinken da zu sein. Da darf ich heute nicht trödeln.«

»Marie wird schon vier?«, staunte Anneke.

»Ja, tatsächlich.« Smutje zeigte das Lächeln eines stolzen Großvaters.

»Sag ihr alles Liebe von mir.«

»Das kannst du ihr doch selbst sagen. Du weißt, dass du jederzeit willkommen bist.«

Es war immer noch ungewohnt für Anneke, dass man auf der Insel beinah wie eine große Familie zusammenlebte. Jeder kannte jeden. Hier war es ganz normal, ohne Einladung auf einer Feier aufzutauchen. Ganz nach dem Motto: Es passt immer noch ein weiterer Stuhl an den Tisch.

»Mal sehen, vielleicht komme ich später noch vorbei.«

»Marie würde sich freuen«, versicherte Smutje ihr, reichte ihr den Prospekt durch das Fenster und radelte weiter.

Anneke wollte sich jetzt endlich ihrem Frühstück widmen, doch kaum hatte sie Honig auf die Scheibe Brot geschmiert, klingelte es an der Haustür.

Erneut wanderten ihre Gedanken zu Aike. Ob er auf einen kurzen Besuch bei ihr vorbeisah?

Doch als sie die Tür öffnete, stand eine Frau vor ihr. Sie hatte in etwa ihre Größe, war aber schlanker. Vielleicht war es ihr sportliches Auftreten, vielleicht auch die Tatsache, dass sie ungeschminkt war und reichlich verschwitzt aussah. Eigentlich hätte Anneke sie gleich erkennen müssen, doch vermutlich war sie zu leichtsinnig geworden, um genauer hinzusehen. Vielleicht hatte sie sich in den letzten Wochen einfach zu sicher gefühlt.

»Wer sind Sie?«, fragte ihr Gegenüber nun. Sie sah nicht gerade freundlich aus.

»Carla Frerichs.«

Mittlerweile kam ihr dieser Name viel zu leicht über die Lippen.

»Das glaube ich wohl kaum. Denn *ich* bin Carla Frerichs.«

»Oh Mann!« Diese Äußerung war von Jenna gekommen, die plötzlich hinter Anneke stand. »Jetzt sind wir wohl aufgeflogen.«

Für einen Augenblick fühlte Anneke sich wie erstarrt. Regungslos stand sie da, während unzählige Gedanken durch ihren Kopf schossen, der sich gleichzeitig seltsam taub anfühlte. Sie dachte an all die Ausreden, die sie sich in einem imaginären Gespräch mit Carla zurechtgelegt hatte. An die Ausflüchte, verzweifelten Versuche, sich zu rechtfertigen. Doch da kam so gar nichts mehr aus ihrem offen stehenden Mund.

»Möchtest du Carla nicht vielleicht reinbitten?«, fragte Jenna.

»Ja, natürlich.« Anneke trat einen Schritt zur Seite.

Carla stürmte an ihr vorbei, so als wolle sie allein durch ihr Auftreten verdeutlichen, dass dies ihr Haus war. Doch dann hielt sie plötzlich inne und blieb unsicher im Eingangsbereich stehen.

Anneke wurde sich darüber bewusst, dass Carla zum ersten Mal seit zwanzig Jahren zurück in ihrem Elternhaus war.

»Möchten Sie einen Tee?«, fragte Anneke. Vielleicht konnte sie etwas Zeit gewinnen, bevor Carla sie vor die Tür setzte oder bei der Polizei anzeigte.

»Sie bieten mir in meinem eigenen Haus einen Tee an?« Carla wirkte … Ja, wie wirkte sie eigentlich? Wütend? Entsetzt? Irritiert? Anneke wusste es nicht so recht. Sie sprach sehr ruhig, klang fast schon ein wenig abwesend. Womöglich war sie nur geschockt darüber, dass sich zwei Fremde in ihrem Haus eingenistet hatten.

»Wir würden uns freuen, wenn wir es Ihnen erklären könnten«, bat Jenna.

»Ich weiß ehrlich gesagt nicht, was ich zu alldem sagen soll«, stammelte Carla. »Ich entschließe mich, nach dieser furchtbaren Reise endlich in meine Heimat zurückzukehren, und dann bemerke ich, dass das Haus meiner Eltern bewohnt ist und mein Schlüssel nicht mehr ins Schloss passt. Ich sehe den gepflegten Vorgarten, die Gardinen am Fenster, höre die Geräusche aus der Küche …«

»Sie sollten sich erst einmal setzen«, meinte Anneke, denn Carla war plötzlich sehr blass. »Schließlich haben Sie in den letzten Wochen viel mitgemacht. Erst die Sache mit diesem Pierre, der sie bestohlen hat, dann der Rohrbruch …«

»Mama«, stoppte Jenna sie mit einem strengen Blick.

Anneke verstand erst jetzt, dass sie aus reiner Nervosität zu viel geplappert hatte. Wenn es überhaupt noch möglich war, wirkte Carla jetzt noch erschrockener.

»Woher wissen Sie denn all das über mich?«

»Es war doch nur so, dass ich Frau Sablonski einen E-Mail-Account eingerichtet habe, damit Sie Ihre Mails von der Reise lesen konnte. Und dann habe ich mitgelesen, auch wenn das natürlich falsch war.«

»Sie kennen Frau Sablonski?«

»Ja, wir haben schließlich eine Zeit lang in Ihrer Wohnung gelebt. Also ganz legal natürlich. Zur Untermiete.«

»Ich muss mich jetzt doch mal setzen«, sagte Carla und wankte zum Küchentisch, um sich auf einem Stuhl niederzulassen.

Unaufgefordert schenke Anneke ihr eine Tasse Tee ein.

»Hier, trinken Sie. Danach fühlen Sie sich besser. Und du, Jenna, könntest uns vielleicht ein paar Brötchen vom Bäcker holen. Oder möchten Sie lieber ein Croissant?«

Carla nickte nur stumm, so als wäre die Frage gar nicht bis zu ihr vorgedrungen.

»Ich besorge von allem etwas«, meinte Jenna. »Und dann frühstücken wir nett zusammen.« Sie sprach mit Carla in einem Tonfall, als wäre diese nicht ganz zurechnungsfähig, denn genau so wirkte sie in diesem Augenblick. Das alles war wohl etwas zu viel für sie.

»Warum?«, war das einzige Wort, das sie hervorbrachte.

»Am besten wird es sein, ich fange mal ganz von vorne an«, sagte Anneke, bevor sie Carla ihre Geschichte erzählte.

Es klingelte Sturm, noch ehe Anneke ganz am Ende ihrer Erzählung angelangt war. Das meiste hatte Carla wortlos abgenickt, ohne durchklingen zu lassen, was sie von alldem hielt. Sie hatte immer wieder an ihrem Tee genippt, einsilbige Antworten gegeben und manchmal hatte sogar etwas wie Mitgefühl in ihrem Blick gelegen.

»Ich sehe mal, wer da so hartnäckig auf die Schelle drückt«, sagte Anneke und ging zur Tür. Es war Jenna. Sie stand atemlos vor ihr.

»Ich habe Erik gesehen!«, rief sie ganz außer sich.

»Du brauchst das nicht machen«, meinte Anneke. »Wir sollten Carla nicht vorspielen, dass wir uns in unmittelbarer Gefahr befinden. Lass uns lieber ehrlich sein.«

»Aber ich habe ihn *wirklich* gesehen.« Jenna drängte sich an ihr vorbei ins Haus.

»Das kann doch nicht sein. Sicherlich hast du es dir nur eingebildet.«

»Nein, ganz bestimmt nicht.« Sie stürmte zum Küchenfenster und blickte nach draußen. »Ich wäre ihm beim Bäcker beinah in die Arme gelaufen. Er bezahlte gerade. Ich bin sofort zu meinem Fahrrad gerannt und losgefahren. Hoffentlich hat er mich nicht bemerkt.«

»Moment mal«, sagte Carla, die wieder etwas Farbe im Gesicht hatte. »Redet Ihre Tochter von diesem Mann, der hinter euch her ist?«

»Ja, aber ich kann es eigentlich nicht glauben, dass er nach all den Wochen hier auftaucht.«

»Aber es ist so«, betonte Jenna. Sie lief unruhig auf und ab. »Wir müssen schnell hier weg. Vielleicht weiß er längst, dass wir in diesem Haus wohnen.«

»Das ist jetzt aber ein seltsamer Zufall«, meinte Carla. »Habt ihr das abgesprochen, damit ich euch gehen lasse?«

Anneke konnte ihr nicht verübeln, dass sie so dachte. Schließlich war das auch ihr erster Gedanke gewesen.

»Nein, ganz ehrlich nicht«, schluchzte Jenna. Sie begann zu weinen. »Wir müssen hier weg. Sofort!«

»Lass uns zu Aike aufs Boot gehen«, schlug Anneke vor. »Da sind wir erst einmal sicher und können in Ruhe nachdenken.«

»Zu Aike?«, wollte Carla wissen. »Ihr meint doch nicht Aike Gerdes?«

»Doch, von dem sprechen wir«, entgegnete Anneke und lächelte verlegen. »Aber keine Sorge. Der weiß als Einziger, dass ich nicht die echte Carla bin.«

»Wenn ihr zu Aike geht, dann komme ich mit«, sagte Carla entschlossen. »Bevor ich entscheide, wie es weitergeht, möchte ich zu gerne wissen, was er von alldem hält.«

»Na gut, aber wir müssen uns beeilen«, drängte Jenna. In ihren Augen konnte man echte Panik erkennen. Es gefiel Anneke gar nicht, dass sie zunächst über die halbe Insel radeln mussten, um zum Hafen zu gelangen. Denn, wenn Erik wirklich hier war, konnte er nun hinter jeder Ecke auf sie lauern.

Kapitel 21

Es war ein beruhigender Anblick, Aike an Deck seiner Motorjacht stehen zu sehen. Nachdem sie beinah panisch über die Insel gerast waren, glaubte Anneke sich nun am Rande eines Herzinfarktes zu befinden. Aber auch Jenna und Carla schnaubten und keuchten, während ihnen allen der Schweiß übers Gesicht rann.

Sie stellten ihre Fahrräder ab. Dabei blickte Anneke sich erneut um, so wie sie es schon unzählige Male auf dem Weg hierher getan hatte. Sie konnte nur beten, dass Jenna falsch lag; dass der Mann, den sie gesehen hatte, Erik bloß ähnelte. Aber dieses Gebet war ja schon Monate zuvor, als er sie in Hattingen aufgespürt hatte, nicht erhört worden. Trotz der Sorgen und Nöte, die nun so unvermittelt auf sie einströmten, schaffte Anneke es, einem weiteren Gedanken Raum zu geben. Sie sah zu Carla, die wiederum zu Aike blickte, so als hätte sie ihn unmittelbar erkannt. Was musste es für ein Gefühl sein, seinen besten Freund aus Kindertagen, den Mann, der ihr einst das Leben gerettet hatte, endlich wiederzusehen?

»Das ist er, oder? Ich meine Aike ...«, sagte Carla und zeigte auf ihn.

»Kommt schon!«, drängte Jenna ungeduldig. Ihr stand die Angst ins Gesicht geschrieben. »Wir sollten endlich an Bord gehen.«

»Gib ihr eine Minute«, bat Anneke ihre Tochter.

Sie sah zu Carla.

»Alles in Ordnung?«

»Das wohl kaum, aber nun gut ...«

Sie machte sich auf den Weg zum Steg. Für den Moment hatte sie wohl akzeptiert, dass die Notlage von Anneke und Jenna vorrangig war, und sie ihr eigenes Interesse, alles schnell aufzuklären, in den Hintergrund stellen musste. Und dafür war Anneke ihr sehr dankbar.

Aike winkte ihnen, als er sie auf den Steg zulaufen sah. Noch wusste er nicht, wen sie da bei sich hatten. Anneke musste an die letzten Wochen mit ihm denken. Sie waren sich nähergekommen; hatten eine wunderschöne Zeit zusammen erlebt. Strandspaziergänge, romantische Abende an Bord, Ausflüge auf dem Wasser ... Bei Aike hatte sie sich stets sicher gefühlt. Er hatte ihr einen Teil ihrer Unbeschwertheit zurückgeschenkt. Aber wie würde es nun weitergehen? Jetzt, wo die echte Carla zurück war.

Schon als sie das Boot beinah erreicht hatten, änderte sich der Ausdruck in Aikes Augen. Sein Lächeln verschwand. Er sah nur noch sie an; Carla. So als wüsste er genau, wen er vor sich hatte. Ebenso wie Carla Aike sofort erkannt hatte. Das war es also, dieses unsichtbare Band, das Freunde auf ewig vereinigte. So sah der Moment aus, wenn zwei Seelenverwandte sich plötzlich gegenüberstanden. Er hatte nichts mit dem Augenblick gemein, in dem Anneke ihm das erste Mal begegnet war. Ihre Zuneigung zueinander hatte wachsen müssen. Zwischen echten Freunden riss sie niemals wirklich ab. Das verstand Anneke, als Aike von Bord ging und unmittelbar vor Carla stehen blieb. Sie sahen sich sekundenlang schweigend an, dann lächelte er.

»Du bist es wirklich.«

Carla nickte. Tränen sammelten sich in ihren Augen, dann schloss Aike sie fest in seine Arme. Anneke gönnte ihnen diesen Moment des Wiedersehens, doch zugleich spürte sie, wie Jenna zunehmend angespannter wurde. Und ihre Ängste übertrugen sich unmittelbar auf sie selbst.

»Und ihr zwei kennt euch bereits?«, fragte Aike nun, während sein Blick zwischen Anneke und Carla wechselte.

»Ja, obwohl ich das ganze Ausmaß dieser seltsamen Geschichte noch nicht erfasst habe. Anneke wurde leider während ihrer Erklärung unterbrochen.«

»Jenna glaubt, Erik gesehen zu haben«, platzte es aus Anneke heraus.

»Erik?« Aike wirkte erschrocken.

»Ich konnte abhauen, bevor er mich entdeckt hat. Aber vielleicht weiß er längst, wo unser Haus ist.«

»Du meinst wohl *mein* Haus«, korrigierte Carla sie.

»Das spielt doch jetzt keine Rolle«, schluchzte Jenna.

»Können wir unter Deck gehen?«, fragte Anneke. »Jenna ist ziemlich aufgewühlt und ich habe ehrlich gesagt auch Angst, dass er uns finden könnte.«

»Klar, kommt mit«, sagte Aike. »Dann reden wir in Ruhe.«

»Es sieht noch genau wie früher aus«, bemerkte Carla, während Jenna sich auf die Couch fallen ließ. Anneke nahm neben ihr Platz.

»Ja, ich habe kaum etwas verändert«, erklärte Aike. Er blieb stehen, offenbar unschlüssig, wem er zuerst seine Aufmerksamkeit widmen sollte.

»Und du bist sicher, dass es Erik war?«, fragte er erneut, bevor er seinen Gästen ein Glas Wasser reichte. Carla setzte sich an den kleinen Esstisch und trank gierig. Die Fahrradtour einmal quer über die Insel hatte sie alle sichtlich geschafft.

»Ganz sicher«, schwor Jenna. Sie sah plötzlich erschrocken auf die Uhr.

»Oh nein, ich müsste in einer halben Stunde auf der Arbeit sein. Kevin wundert sich bestimmt, wenn ich nicht komme.«

»Das ist doch jetzt zweitrangig«, sagte Anneke, obwohl sie sich insgeheim natürlich freute, dass Jenna seit einigen Wochen den Job im Strandhotel ausübte. Auch wenn der Hauptgrund für ihren plötzlichen Fleiß wohl eher der gut aussehende Kevin war als der Wunsch, einer ehrlichen Arbeit nachzugehen.

»Du solltest dich krankmelden, bis die Sache geklärt ist«, riet Aike ihr. Jenna nickte einsichtig.

Er wandte sich nun wieder Carla zu.

»Du bist also wirklich wieder hier.«

»Ich habe in letzter Zeit viel an dich denken müssen. Ich bin zu etwas Geld gekommen und dann habe ich mich an unser Versprechen erinnert ...«

»Weiß sie von dem Brief?«, wollte Aike von Anneke wissen.

»Ja, ich habe ihr vorhin alles erzählt.«

»Oh ja, das hat sie. Sie hat deinen Brief gelesen und sich für mich ausgegeben.« Jetzt sprach eindeutig die Wut aus Carla. Den ersten Schock hatte sie wohl überwunden.

»Ich weiß«, sagte Aike.

»Aber wenn du das alles doch weißt, warum lässt du sie dann zu dir an Bord kommen? Warum hast du sie nicht längst auffliegen lassen? Ich begreife das alles nicht.«

Aike schenkte Anneke einen langen, liebevollen Blick, in dem so vieles lag, was Worte nicht auszudrücken vermochten; was nicht mehr gesagt werden musste.

»Oh, verstehe«, meinte Carla leise. »Du bist in sie verliebt. Deswegen machst du dieses kranke Spiel mit.«

Die verstörte Carla hatte Anneke eindeutig besser gefallen. Sie kannte diese Frau nicht und konnte nicht einschätzen, wie ihre nächsten Schritte aussehen würden.

»Ich sollte zur Polizei gehen ... wir sollten *alle* zur Polizei gehen. Dann könnt ihr auch gleich Schutz vor diesem Mann suchen. Das wäre doch vernünftig, oder?«

Anneke war nicht so weit gegangen, einer Fremden zu erzählen, dass ihre Tochter in diese Geschichte zu sehr verstrickt war, als dass sie nun die Polizei hinzuziehen konnten. Den Teil mit dem gestohlenen Geld hatte sie gegenüber Carla bewusst ausgelassen. Diese wusste nur von einem gewalttätigen Mann, vor dem sie sich versteckten.

»So einfach ist das nicht«, erklärte Aike.

»Wieso denn nicht? Du glaubst doch nicht, dass ich die beiden weiterhin bei mir wohnen lasse.«

»Das musst du vorerst auch nicht. Sie können bei mir bleiben, bis sich alles aufgeklärt hat.«

Anneke schenkte Aike ein dankbares Lächeln.

»Und wir zwei sollten jetzt einen Spaziergang machen und alles in Ruhe besprechen. Danach kannst du immer noch entscheiden, ob du die Polizei hinzuziehen möchtest.«

Carla schien zwischen ihren Entscheidungen hin- und hergerissen. Anneke konnte ihr das kaum verübeln. Sie wusste nicht, wie sie an Carlas Stelle gehandelt hätte. Aber sie hoffte, dass Aike noch einen gewissen Einfluss auf seine ehemals beste Freundin ausüben konnte. Wieder einmal hing alles von ihm ab. Falls jemand Carla davon abhalten konnte, sie unmittelbar bei der Polizei anzuzeigen, dann war es Aike.

Anneke fand keine Ruhe. Immer wieder setzte sie sich neben Jenna auf die Couch, nur um kurz darauf wieder aufzuspringen und nervös auf und ab zu laufen.

»Hoffentlich begegnen die beiden niemandem auf ihrem Spaziergang«, sagte sie. »Stell dir vor, sie laufen Mia oder Fine über den Weg. Die zwei werden Carla sicherlich erkennen. So wie es Aike auch sofort getan hat.«

»Du wirst Carla ohnehin nicht davon abhalten können, ihre alten Freunde zu begrüßen«, warf Jenna ein.

Anneke seufzte frustriert.

»Dann sind unsere Zeiten als Carla und Jenna Frerichs jetzt wohl vorbei. Und das, wo es gerade so gut für uns lief. Du hast einen Job, ich habe mich auch eben erst für eine Stelle bei der Inselzeitung beworben. Diese Arbeit hätte ich wirklich gerne gemacht. Ganz so wie früher, vor der Zeit mit Erik.«

»Ich wäre auch gerne geblieben«, gestand Jenna. »Anfänglich fand ich die Vorstellung schrecklich, ein Leben auf dieser langweiligen Insel zu führen, weit weg von der nächsten Großstadt. Aber irgendwie habe ich mich schneller daran gewöhnt, als ich dachte.«

»Besonders seit du Kevin kennst«, meinte Anneke augenzwinkernd.

»Ich bin hier ja wohl nicht die Einzige, die verliebt ist«, entgegnete Jenna schmunzelnd.

»Ich weiß wirklich nicht, wie Erik uns nach so langer Zeit finden konnte.« Darüber hatte Anneke in den letzten Stunden immer wieder nachgedacht und war zu keinem Ergebnis gekommen. Hatte sie vielleicht zufällig ein alter Bekannter auf der Insel wiedererkannt? Irgendwer aus Eriks großem Freundeskreis, der hier seinen Urlaub verbracht hatte?

»Es wusste doch niemand, dass wir hier sind.«

»Niemand außer ... Adrian«, sagte Jenna kleinlaut.

»Adrian kennt unsere neue Adresse?«, fragte Anneke entsetzt.

»Er hat mir in den ersten Wochen doch so furchtbar gefehlt. Und da hatte ich gehofft, er würde mich besuchen kommen. Außerdem kennen Erik und Adrian sich doch gar nicht.«

»Vielleicht hat Erik dich zusammen mit ihm an dem Abend in Hattingen gesehen«, überlegte Anneke, als sie Schritte oben an Deck hörten. Kurz darauf klopfte es.

»Ob es Aike und Carla sind?«

»Die würden doch nicht anklopfen«, meinte Anneke und zögerte.

Es klopfte erneut.

»Ich sehe mal nach.«

»Und wenn es Erik ist?« Jenna sah ängstlich aus.

»Das glaube ich nicht.« Anneke stieg die Stufen hinauf.

»Wer ist denn da?«, fragte sie durch die verschlossene Tür.

»Ich bin es, Mia.«

Sie atmete erleichtert auf, bevor sie ihr öffnete.

»Wusste ich doch, dass ich dich hier antreffe, Carla«, sagte Mia. Sie war der echten Carla offenbar noch nicht über den Weg gelaufen. »Du bist ja in letzter Zeit öfter hier als bei euch zu Hause.« Sie grinste.

»Komm schnell rein«, drängte Anneke und ließ ihren Blick noch einmal über den Hafen schweifen. Erik war nicht zu sehen, dennoch schloss sie eilig die Tür hinter ihnen.

»Warum verkriecht ihr euch bei dem schönen Wetter hier unten?«, wunderte sie sich, als sie Jenna auf der Couch entdeckte.

»Uns ist es zu heiß«, grummelte diese. »Da bekomme ich Kopfschmerzen.«

»Also mir macht die Hitze ja wenig aus«, plauderte Mia munter weiter.

»Warum hast du nach uns gesucht?«, wollte Anneke wissen.

»Eigentlich nur, weil jemand anderes nach euch sucht.«

Mia wirkte keineswegs beunruhigt, doch Anneke spürte sofort, wie sie ein Schauer übermannte.

»Jemand sucht nach uns?«, fragte sie leise.

»Ja, ein Mann. Groß, dunkelhaarig, ziemlich gut aussehend. Er zeigt überall ein Foto von euch herum. Obwohl Jenna auf dem Bild noch etwas jünger ist. Aber dich habe ich sofort erkannt, Carla.«

Jenna sprang von der Couch auf und machte einen Schritt auf Mia zu.

»Hast du ihm etwa gesagt, dass wir hier sind?«

»Nein, ich wusste ja nicht, ob euch das recht ist. Obwohl der Typ echt nett war und ...« Sie hielt inne. Offenbar war auch Mia nicht entgangen, dass die Stimmung umgeschlagen war.

»Irgendwer wird es ihm sagen«, meinte Jenna und fuhr sich verzweifelt durchs Haar. »Erik wird schneller hier sein, als es uns lieb ist.«

»Macht euch dieser Mann Probleme?«, wollte Mia wissen.

»Ja, leider«, entgegnete Anneke.

»Soll ich Jule davon erzählen? Sie kann sich ihn vielleicht mal vorknöpfen.«

»Nein, Jule sollten wir da raushalten.«

In diesem Augenblick erklangen erneut Schritte, dann öffnete sich die Tür und Aike und Carla kamen von ihrem Spaziergang zurück.

»Oh, Mia ist hier«, brachte Aike nur hervor.

Diese blickte fragend zu Carla.

»Wen hast du denn da mitgebracht? Kennen wir uns?«

»Da bin ich mir sogar sicher.« Carla lächelte erfreut. Sie schien keinesfalls vorzuhaben, ihre Identität zu verbergen. Anneke konnte ihr das kaum verübeln. »Ich bin Carla.«

»Noch eine Carla?« Mia lachte. »So ein Zufall.«

»Nicht noch eine Carla, sondern *die* Carla.«

»Ich verstehe nicht …« Sie sah zu Aike. »Was geht hier vor sich?«

»Vielleicht setzt du dich erst mal und dann erzähle ich dir alles.«

»Womöglich solltest du damit noch einen Augenblick warten«, drängte Jenna. »Erik spaziert nämlich über die Insel und zeigt Fotos von uns herum.«

»Ich verstehe das alles nicht …«, sagte Mia erneut. Sie klang verunsichert.

»Wir sind hier an Bord nicht länger sicher«, warf Anneke ein. »Schließlich weiß jeder, dass ich in letzter Zeit oft bei dir bin. Irgendwer wird ihn hierherschicken und dann …« Sie brauchte nicht weiterzusprechen.

»Ich bringe euch rüber aufs Hausboot. Dort wird euch niemand vermuten.«

»Sagtest du nicht, dass du es diese Woche an die ersten Urlauber vermietet hättest?«

»Ja, aber das betrifft nur das neuere der beiden Boote.«

»Oh nee«, seufzte Jenna. »Wir sollen uns in dieser schwimmenden Bruchbude verstecken?«

»So schlimm sieht es da gar nicht mehr aus. Aike und ich haben ja schon mit den Renovierungsarbeiten begonnen.«

»Moment mal«, sagte Carla aufgebracht. »Ich dachte, das wäre *unser* Traum. Die Hausboote kaufen und für Urlauber herrichten. Das wollten wir zwei doch immer machen. Nur deswegen bin ich zurückgekommen.«

»Lass uns darüber später in Ruhe sprechen«, bat Aike sie. »Zuerst bringe ich euch jetzt schnell rüber zum Boot.«

»Und anschließend solltest du mit Carla losziehen und unseren Freunden die Wahrheit über mich und Jenna erzählen«, bat Anneke ihn. »Das haben sie verdient. Genauso wie du, Carla.« Sie sah sie mitfühlend an. »Das alles tut mir echt leid.«

Carla nickte nur stumm. Anneke wusste nicht, was gerade in ihr vorging, aber die Aussicht, dass sie und Aike schon bald alles richtigstellen konnten, ließ sie tatsächlich etwas versöhnlicher wirken. Vielleicht konnte man sie auf diese Weise zumindest von einer Anzeige bei der Polizei abhalten.

»Sollen wir?«, fragte Aike.

Anneke nickte zögernd. Ihr Versteck zu verlassen, erschien ihr falsch und gefährlich. Aber hierbleiben konnten sie auch nicht. Sie legte einen Arm um Jenna und drängte sie sanft zur Treppe.

»Was, wenn er draußen schon auf uns wartet?«, fragte diese den Tränen nahe.

»Ich gehe vor und sehe nach«, bot Mia an. »Schließlich weiß ich, wie der Typ aussieht.«

»Danke«, sagte Anneke. Sie hätte Mia gerne umarmt. Obwohl sie nicht einmal die Geschichte hinter diesem Schwindel kannte, war sie weiterhin für sie da.

Mia verließ das Boot. Sie beobachteten durch das Fenster, wie sie ein paar Mal den Steg auf- und ablief und sich dabei aufmerksam umsah. Dann kam sie zurück.

»Die Luft ist rein. Ihr könnt jetzt rauskommen.«

Anneke ging, dicht gefolgt von Jenna, an Deck. Auch sie suchte mit ihren Augen noch einmal den Hafen ab.

»Beeilt euch«, drängte Aike.

Sie liefen los, rüber zum Anleger, und eilten schließlich an Bord. Aike war schon zur Stelle und öffnete ihnen die Tür. Dann drückte er Anneke den Schlüssel in die Hand.

»Schließ hinter mir ab, okay? Und lass niemanden rein.«

Er gab ihr einen Kuss und drückte sie anschließend kurz an sich.

»Das wird schon wieder. Macht euch keine Sorgen.«

»Erzählst du mir später, wie die anderen auf die Neuigkeiten reagiert haben? Ich muss es schließlich wissen, falls niemand mehr etwas mit uns zu tun haben möchte. Verstehen würde ich es, nachdem wir sie alle belogen haben.«

»Die Menschen hier sind eure Freunde. Sie werden euch nicht hängen lassen«, meinte Aike.

Das konnte Anneke nur hoffen, aber sicher war sie sich da nicht ...

Kapitel 22

»Das nennt ihr also *mit der Renovierung begonnen!*«

Jenna klang noch übellauniger als sonst, während sie auf einem Klappstuhl, und der damit einzigen Sitzgelegenheit, Platz nahm, und den Kopf in die Hände stützte.

»Aike hat versprochen, uns später noch ein paar Sachen vorbeizubringen, die uns den Aufenthalt hier ein wenig angenehmer machen.«

Tatsächlich waren die Innenwände mittlerweile zwar frisch gestrichen, aber es fehlte noch ein neuer Bodenbelag. Die kahlen Holzdielen waren voller Farbspritzer, Staub und Schmutz. Eine Abdeckfolie lag zusammengeknüllt in der Ecke. Sie hatten die alten Vorhänge zugezogen, sodass niemand zu ihnen hereinsehen konnte. In der Luft hing der Geruch von frischer Farbe gemischt mit feuchtem Holz. Diese Kombination bereitete Anneke Kopfschmerzen. Sie griff zu einer Flasche Wasser, die sie zwei Tage zuvor an Bord zurückgelassen hatte, öffnete sie und nahm einen Schluck. Es schmeckte warm und abgestanden. Sie war in Versuchung, die Flüssigkeit gleich wieder auszuspucken, schluckte dann aber tapfer.

»Und wie lange soll dieser Aufenthalt dauern?«, fragte Jenna. »Werden wir uns jetzt auf ewig hier verstecken müssen?«

»Es sind bisher gerade mal drei Stunden.« Anneke versuchte, ruhig zu bleiben. Sie wollte sich jetzt nicht auch noch mit Jenna streiten. Aber in ihr brodelte es. Sie brauchte ein Ventil, um den angestauten Stress loszuwerden.

»Drei Stunden, die mir wie ein halbes Leben vorgekommen sind!«, schleuderte Jenna ihr entgegen und sprang so abrupt von ihrem Stuhl auf, dass dieser nach hinten krachte.

»Jetzt reicht es aber!«, schrie Anneke. Sie wurde normalerweise niemals laut. So eine Mutter war sie nicht. Doch in diesem Augenblick konnte sie nicht mehr anders. »Wegen wem sind wir denn überhaupt in dieser aussichtslosen Situation?«

Jenna sah sie mit großen Augen an. Der plötzliche Wutausbruch schien sie aus dem Konzept gebracht zu haben. Anneke hingegen bereute es im selben Moment, dass sie Jenna für all das verantwortlich gemacht hatte. Auch wenn es natürlich den Tatsachen entsprach. Dennoch hatte sie das nicht tun wollen. Sie machte einen Schritt auf ihre Tochter zu.

»Tut mir leid. Ich wollte das nicht sagen.«

»Du hast ja recht.« Jenna lehnte sich gegen die Wand und versuchte, ihre Tränen fortzublinzeln. Doch es war vergeblich.

»Ich habe alles falsch gemacht. Und jetzt, wo wir endlich wieder glücklich sein könnten, kommt Erik hierher. Und auch das ist meine Schuld. Weil ich Adrian unseren Aufenthaltsort genannt habe.«

»Das kannst du nicht wissen. Vielleicht hat Erik es auf einem anderen Weg herausgefunden. Er kennt so viele einflussreiche Leute.«

»Egal wie es endet«, schluchzte Jenna. »Wir werden uns schon wieder ein neues Zuhause suchen müssen. Du musst Aike zurücklassen, ich Kevin ... Und im schlimmsten Fall lande ich im Gefängnis.«

»Niemand sperrt dich ins Gefängnis«, versuchte Anneke sie zu beruhigen.

»Ach ja?« Sie sah ihre Mutter mit einer Mischung aus Trotz, Angst und Traurigkeit an. »Nachdem ich einen Tresor aufgebrochen und mehrere tausend Euro gestohlen habe, glaubst du wirklich, ich würde nicht hinter Gittern landen?«

Anneke sagte nichts, denn sie kannte die Antwort nicht. Während sie nach tröstenden Worten suchte, klopfte plötzlich jemand an die Tür.

»Ich bin es, Fine. Macht schon auf, ihr beiden«, hörten sie die alte Frau sagen.

»Was will die denn hier?«, wunderte Jenna sich und fuhr sich über die verweinten Augen. Anneke öffnete ihr.

»Keine Sorge«, flüsterte Fine und blickte sich um. »Mir ist niemand gefolgt.«

Sie trug einen Korb in der Hand, dessen Inhalt mit einem Tuch abgedeckt war.

»Dann weißt du es also schon?«, wollte Anneke wissen und streckte kurz ihre Nase nach draußen. Die Luft duftete nach Sommer und Sonnenschein; nach Meer und Salzwasser. Einfach nach allem, was sie so sehr liebte. Wie gerne wäre sie jetzt an den Strand gegangen, anstatt sich im Inneren des Hausbootes zu verkriechen! Doch ihr blieb nichts anderes übrig, als schnell die Tür hinter sich zu schließen.

»Oh Mann«, seufzte Fine. »Was für eine Aufregung. Ihr könnt euch gar nicht vorstellen, wie ich auf die Neuigkeit reagiert habe. Ich meine, dass du gar nicht Carla bist. Eigentlich hätte ich es besser wissen müssen. Die kleine Carla war ja fast täglich bei uns. Aber irgendwie hast du mich wohl überzeugt. Mich und die anderen ...«

»Es tut mir so leid«, stammelte Anneke. »Du musst ziemlich wütend und enttäuscht sein.«

»Ach was, Unsinn«, winkte Fine ab. »Aike hat mir alles erklärt. Auch, dass dieser Mann euch sucht. Glaub mir, ich verstehe das. Was tut man nicht alles für die Menschen, die man liebt; insbesondere für seine eigenen Kinder.«

Sie schenkte Jenna ein aufmunterndes Lächeln.

»Ich habe euch etwas zu essen mitgebracht. Eine selbst gemachte Quarkcreme mit frischem Obst; dazu eine Kanne Eistee.«

»Das tust du für uns? Nach allem, was du jetzt über uns weißt?« Anneke spürte, dass auch sie nun feuchte Augen bekam, obwohl Jennas noch nicht ganz getrocknet waren. Wenn das so weiterging, würde dies noch zu einem Boot der Tränen werden. Aber so weit würde es schon nicht kommen.

»Ich lasse euch doch nicht im Stich.« Fine stellte sich zwischen Anneke und Jenna und legte jeweils einen Arm um sie. »Ihr zwei seid mir schließlich ans Herz gewachsen. Außerdem weiß ich, dass du meinem Aike sehr wichtig bist.« Sie sah zu Anneke. »Er hat dich in sein Herz gelassen, obwohl er längst wusste, dass du nicht Carla bist.«

Anneke lächelte gerührt.

»Können wir jetzt essen?«, drängte Jenna. »Ich habe echt Hunger.«

Fine holte eine alte Wolldecke aus ihrem Korb und breitete diese auf dem Fußboden aus. Dann stellte sie die Schüssel in die Mitte und reichte Jenna und Anneke jeweils einen Löffel sowie zwei Tassen, in die sie den Eistee füllen konnten.

»Du hast ja an alles gedacht«, freute Anneke sich.

»Aber sicher. Und später schmiere ich euch noch ein paar Stullen. Damit ihr bei Kräften bleibt.«

»Wie haben die anderen darauf reagiert, als sie es erfahren haben?«, wollte Jenna wissen und trank gierig von dem Tee.

»Keine Ahnung. Aber Jasper könnt ihr gleich selbst fragen.«

Fine hatte einen der Vorhänge ein kleines Stück zur Seite gezogen und ihn dabei zufällig über den Steg laufen sehen. Er steuerte direkt auf das Hausboot zu.

»Es ist vielleicht nicht so gut, wenn alle herkommen«, bemerkte Anneke. »Schließlich soll niemand mitkriegen, dass wir an Bord sind.«

Sie stand eilig auf, um ihm zu öffnen.

»Meine Güte, habt ihr euch hier verbarrikadiert«, bemerkte er, als er den abgedunkelten Raum betrat. Er hatte einen weiteren Klappstuhl bei sich, außerdem einen Rucksack.

»Aike bat mich, euch die Sachen vorbeizubringen, damit ihr nicht auf dem Fußboden sitzen müsst. Aber wie ich sehe, habt ihr es euch schon bei einem Picknick gemütlich gemacht. Im Rucksack habe ich ein paar Flaschen Wasser und Müsliriegel.«

»Du bist auch nicht böse auf uns?«, wunderte Anneke sich.

»Na ja, sagen wir, ich habe es so hingenommen. Obwohl ich es echt nicht fair finde, dass ihr uns belogen habt.«

Sein säuerlicher Gesichtsausdruck wirkte eher halbherzig, denn kurz darauf huschte bereits ein Lächeln über sein Gesicht.

»Zumindest habt ihr eure Sache gut gemacht. Ich habe euch jedes Wort geglaubt.«

»Es tut mir leid«, stammelte Anneke erneut. Sie hatte das Gefühl, sich heute noch öfter entschuldigen zu müssen.

»Braucht ihr sonst noch was? Ich muss nämlich zurück in die Praxis.«

»Vielleicht ein paar Kopfschmerztabletten«, stöhnte Jenna.

»Bei dieser stickigen Luft muss man ja Kopfschmerzen bekommen«, sagte Fine. »Wollt ihr nicht wenigstens eines der Fenster öffnen?«

»Besser nicht«, entschied Anneke.

»Ich gebe Aike später die Tabletten für euch mit«, bot Jasper an.

»Ich gehe dann auch mal wieder«, schloss Fine sich ihm an. »Passt gut auf euch auf.«

»Das machen wir«, versprach Anneke.

Sie spürte noch immer einen Kloß im Hals. So viel Freundlichkeit hatten sie nach dieser Geschichte wohl kaum verdient und doch machte es sie glücklich, dass sie nicht allein waren. Es gab Menschen, die sich um sie sorgten, und das war ein gutes Gefühl und schenkte ihr neue Hoffnung.

»Ich konnte noch zwei Schlafsäcke für euch auftreiben.« Aike breitete diese vor Anneke und Jenna auf dem Fußboden aus.

»Das erinnert mich an dieses furchtbare Sommerlager, in das du mich mit zwölf geschickt hast. Eine Woche zelten im Wald.«

»Du wolltest damals doch unbedingt dahin«, sagte Anneke. »Zusammen mit deinen Freundinnen.«

»Ja, aber nachdem wir in der ersten Nacht schon Besuch von Ameisen hatten, wollten wir nur noch nach Hause.«

»Keine Sorge, hier gibt es bestimmt keine Ameisen«, versuchte Aike sie zu beruhigen.

»Wo hast du eigentlich Carla gelassen?«, fragte Anneke. »Ist sie in unserem ... also ich meine natürlich, ihrem Haus?«

Es tat weh, sich die Tatsache einzugestehen, dass Carla nun in ihrem Bett schlief. In dem gemütlichen Zimmer unter dem Dach, wo Anneke so gerne auf das Prasseln des Regens oder das Rauschen der Brandung gehört hatte. Morgen früh würde Carla es dann sein, die sich einen Tee in der Küche zubereitete und anschließend einen Plausch mit Smutje hielt. Anneke durfte nicht weiter darüber nachdenken, sonst würden ihr erneut die Tränen kommen. Sie musste stark sein. Für Jenna.

»Für Carla war das alles ein bisschen viel«, erklärte Aike. »Der Gedanke, allein in diesem großen Haus zu schlafen, in dem sie seit ihrer Kindheit nicht mehr gewesen war. Die Erinnerung an damals ...«

Anneke nickte verständnisvoll.

»Sie wird wohl ein paar Tage bei Fine und Friedrich übernachten. Dann sehen wir weiter.«

»Fine war heute bei mir. Und gleich danach Jasper. Sie waren alle ziemlich verständnisvoll«, bemerkte Anneke lächelnd.

»Ich denke, sie alle mögen euch sehr. Ich habe ihnen natürlich diesen einen Teil der Geschichte verschwiegen, oder sagen wir besser, umschrieben.« Er sah zu Jenna. »Niemand muss wissen, dass du Erik bestohlen hast.«

»Ja, achttausend Euro könnten manch einen durchaus verschrecken«, bemerkte Jenna beiläufig.

Aikes überraschter Blick zeigte ihr deutlich, dass auch er sich über die Höhe der Summe nicht im Klaren gewesen war.

»Ich dachte, er wüsste es.« Sie sah zu ihrer Mutter.

»Ich habe nur davon gesprochen, dass du ein paar Euros mitgehen lassen hast.«

»Oh ...«, brachte Jenna nur hervor.

»Achttausend?!«, wiederholte Aike entsetzt.

»Ach herrje, die liegen jetzt ja noch in meinem Versteck.« Anneke hatte bei all der Aufregung gar nicht darüber nachgedacht, dass sich der Rucksack noch immer im Haus befand.

»In welchem Versteck denn?«, wollte Aike wissen.

»Ich habe ihn im Keller in einer Kiste zwischen alten Kleidungsstücken versteckt. Abgetragenen Jacken und Mänteln, die vermutlich Carlas Eltern damals aussortiert hatten.«

»Wir müssen ihn zurückholen, bevor Carla wieder in ihr Haus zieht«, sagte Jenna aufgebracht.

»Achttausend also«, murmelte Aike erneut.

»Ja, es sind und bleiben achttausend«, sagte Jenna ungehalten. »Egal, wie oft du das noch wiederholst.«

»Jenna«, ermahnte Anneke sie, bevor sie sich Aike zuwandte. »Glaub mir, für mich war das zunächst auch ein Schock. Aber für jemanden wie Erik ist das nur Taschengeld.«

»Und doch ist er wütend genug, um euch bis hierher zu verfolgen.«

»Das ist bei ihm eine reine Prinzipsache. Niemand hat das Recht, einen Mann wie ihn zu bestehlen. Da versteht Erik keinen Spaß und schreckt vor nichts zurück.«

»Mama, mir müssen den Rucksack holen«, drängte Jenna.

»Ihr habt doch noch so viele andere Sachen im Haus«, erinnerte Aike sie. »Wenn ihr die zusammenpackt, könnt ihr auch den Rucksack mitnehmen.«

»Aber wenn Carla dabei ist, können wir nicht geradewegs in den Keller spazieren und in den alten Kisten rumwühlen«, warf Jenna ein. »Wir sollten das besser sofort erledigen.«

»Ihr könnt doch nicht im Dunkeln allein über die Insel spazieren. Was ist, wenn ihr auf Erik trefft?«

»Es ist schon fast elf Uhr. Er sollte jetzt eigentlich nicht mehr unterwegs sein, oder?«, überlegte Anneke. »Vermutlich ist er längst in seiner Unterkunft.«

»Mir gefällt das gar nicht«, sagte Aike und schenkte Anneke einen besorgten Blick. »Mir wäre echt wohler, wenn ihr hier in eurem Versteck bleibt.«

Er dachte kurz nach.

»Ich hole das Geld für euch.«

»Das ist lieb von dir, aber du müsstest erst all die Kisten durchwühlen. Und davon stehen eine ganze Menge im Keller herum. Ich sollte wirklich mitkommen.«

»Und ich werde auf keinen Fall allein hierbleiben«, betonte Jenna.

»Dann gehen wir gemeinsam«, entschied Anneke.

»Na gut, wenn ihr meint.« Aike klang nicht gerade begeistert. »Aber wir müssen echt vorsichtig sein. Wenn Erik wirklich so unberechenbar ist, sollten wir es besser vermeiden, ihm über den Weg zu laufen.«

Da konnten Anneke und Jenna ihm nur zustimmen.

Kapitel 23

Im Dunklen sah alles anders aus. Besonders nachdem sie die Hauptwege verlassen hatten, machte sich mit einem Mal ein beklemmendes Gefühl in Anneke breit. Die Dunkelheit zwischen den Dünen wurde hin und wieder von einzelnen Weglaternen durchbrochen, doch streckenweise umgab sie nichts als eine tiefe Finsternis. Sie waren zu Fuß unterwegs, um weniger aufzufallen. Jenna hatte die Taschenlampe an ihrem Handy eingeschaltet, die zumindest den unmittelbaren Weg vor ihnen erleuchtete. Sie ging einige Schritte voran, während Aike und Anneke sich dicht hinter ihr bewegten. Anneke hielt Aikes Hand. Seine Anwesenheit schenkte ihr ein wenig Sicherheit, und doch konnte sie es nicht vermeiden, sich bei jedem noch so kleinen Geräusch umzudrehen.

»Das ist nur der Wind«, sagte Aike, nachdem sie wieder einmal zusammengezuckt war.

»Ich kann das Meer hören«, bemerkte Jenna und lauschte kurz auf das wilde Tosen der Wellen. Der Wind hatte an diesem späten Abend deutlich aufgefrischt. Anneke fröstelte. Vermutlich waren nicht nur die kühleren Temperaturen daran schuld, dass ihr immer wieder ein Schauer über den Rücken fuhr. Aike legte einen Arm um sie und zog sie näher an sich, während sie weiterliefen.

»Bei dieser Dunkelheit kann ich gar nicht richtig einschätzen, wie weit es noch ist«, bemerkte Anneke. Obwohl sie den Weg jetzt schon so oft zurückgelegt hatte, fehlte ihr ein wenig die Orientierung.

»Wir sind bald da«, sagte Aike.

»Danke, dass du uns bei der Sache unterstützt.« Diese Bemerkung von Jenna ließ Anneke überrascht innehalten. Für gewöhnlich war ihre Tochter nicht sehr gut darin, ihren Dank auszudrücken. Sie verlangsamte nun ihr Tempo, sodass sie auf einer Höhe mit Anneke und Aike lief. »Ich weiß, dass ich Mist gebaut habe. Aber Erik hatte es auch verdient. Er war so fies zu Mama.«

»Lass gut sein, Jenna«, bat Anneke sie. Sie wollte jetzt nicht wieder über all diese Dinge nachdenken oder gar sprechen müssen. Aike schien gleich zu spüren, dass sie sich bei diesem Thema unwohl fühlte, denn er fragte nicht weiter nach. Stattdessen spürte sie, wie er liebevoll mit seinem Daumen über ihre Hand strich. Nur eine kleine Berührung, in der so viel Trost und Zuneigung lag.

»Wir sind endlich da.« Jenna klang erleichtert, als der Pferdehof vor ihnen lag. Sie konnte sehen, dass im Bauernhaus noch Licht brannte. Auf der Bank direkt vor der Eingangstür saß Gunna und rauchte eine Zigarette. Er schien sie nicht zu bemerken. Sie versuchten möglichst lautlos sein Grundstück zu passieren, bevor sie schließlich Carlas Haus erreichten. Anneke fühlte einen Stich in ihrem Herzen, als sie den Vorgarten betrat. Dies war in den letzten Wochen zu ihrem Zuhause geworden. Hier hatte sie sich heimischer gefühlt als all die vielen Jahre in Eriks prächtiger Villa, die letztendlich nichts als Kälte ausgestrahlt hatte. Sie wäre so gerne mit Jenna hiergeblieben. Der Schmerz traf sie unvermittelt heftig.

»Alles in Ordnung?«, fragte Aike, der Annekes Zögern bemerkt hatte.

Sie nickte nur.

»Kommt schon«, drängte Jenna. »Beeilt euch.«

Sie umliefen das Gebäude, um in den Garten zu gelangen. Jenna steuerte zielstrebig den Kellereingang an.

»Gut, dass wir das Schloss noch nicht repariert haben«, bemerkte Anneke, denn am Nachmittag hatte sie Carla die Schlüssel übergeben. Was sonst hätte sie auch tun können? Dies war nun mal Carlas Haus. Ihr stand es nicht weiter zu, dort ungefragt ein und aus zu gehen.

Anneke ging voran und betrat als Erste den Keller. Sie lief auf einen Stapel alter Pappkartons zu, die an der Wand vor dem Floß aufgestellt waren und musste zunächst einige Kisten zur Seite räumen, bevor sie die richtige hervorziehen konnte.

»Du hattest wohl echt Angst, dass ich mich weiterhin ungefragt an dem Geld bediene«, bemerkte Jenna.

»Diese Sorge war ja wohl kaum unberechtigt«, erwiderte Anneke.

Jenna zuckte nur mit den Schultern und grinste.

Anneke öffnete nun die Kiste mit den Kleidungsstücken, warf diese achtlos auf den Boden und entnahm schließlich den roten Rucksack. Mittlerweile war die Summe schon ein wenig geschrumpft, aber Anneke glaubte noch deutlich das Gewicht des Geldes auf ihren Schultern zu spüren, als sie ihn aufsetzte; wohl wissend, dass es vielmehr die Last ihres schlechten Gewissens war, die sie mit sich trug.

»Dann lasst uns schnell wieder von hier verschwinden«, drängte Aike. Auch er fühlte sich offenbar unwohl.

Sie verließen eilig den Keller und kehrten zurück auf den Weg. Sie hatten schon fast den Hof hinter sich gelassen, als sich plötzlich, wie aus dem Nichts, jemand vor ihnen aufbaute. Er musste wohl direkt vom Hof gekommen sein. Vielleicht hatte er sogar hinter dem Gebüsch auf sie gewartet.

»Schön, euch zu sehen.«

Es war Erik, mit einem breiten Lächeln, das keine Herzlichkeit ausstrahlte. Anneke fragte sich, ob es das jemals getan hatte. Sie konnte sich plötzlich nicht mehr erinnern. Sie sah ihn vor sich. Den Mann, mit dem sie so viele Jahre ihres Lebens verbracht hatte. Eigentlich sah er aus wie immer. Trotz der späten Uhrzeit saß seine Kleidung, bestehend aus Anzughose, weißem Hemd und dunklem Sakko, perfekt. Seinem kurzen, ordentlich frisierten Haar konnte der Seewind nichts anhaben. Seine Augen sahen sie mit einer Gefühlskälte an, die sie erschaudern ließ. Sie konnte sich nicht erklären, wo er mit einem Mal herkam, doch die Antwort lieferte Erik ihr sogleich.

»Es hat sich also doch gelohnt, ein Zimmer auf diesem stinkenden Hof zu mieten. Direkt neben eurem neuen Zuhause.« Er grinste. »Mein neuer Freund Gunna hat eure Rückkehr bemerkt und sich direkt bei mir gemeldet. Ich glaube, er mag euch nicht besonders. Aber mit den Nachbarn hast du dich ja noch nie gut verstanden.«

Anneke hätte gerne widersprochen, dass sie sich sehr wohl mit Frau Sablonski verstanden hatte, aber das gehörte jetzt nicht hierher. Sie hatten nun ganz andere Sorgen.

»Was wollen Sie von den beiden?«, fragte Aike und stellte sich schützend vor Anneke und Jenna.

»Oh, ist das der neue Mann in deinem Leben?« Erik lachte. »Man erfährt ja so einiges, wenn man mit den Leuten hier auf der Insel spricht. Wo ihr wohnt, wie ihr euer Leben führt, wer mit wem liiert ist. Die Menschen hier reden gerne und viel.«

»Lass uns in Ruhe und verschwinde!«, rief Jenna aufgewühlt. Anneke hörte die Angst in ihrer Stimme.

»Du glaubst doch nicht, dass du erst meinen Tresor ausräumen kannst und ich dich dann ungestraft davonkommen lasse.«

Er wollte einen Schritt auf Jenna zugehen, doch Aike trat ihm in den Weg.

»Du solltest dich da besser nicht einmischen«, riet Erik ihm. Er hob sein Jackett an. Eine Waffe kam zum Vorschein. Noch vor einem Jahr wäre Anneke über diesen Anblick schockiert gewesen, doch mittlerweile schien es einfach ins Bild zu passen. Wie hatte sie über all die Jahre ignorieren können, dass sie mit einem Verbrecher zusammengelebt hatte? War sie wirklich so dumm und naiv gewesen?

»Gehen wir.« Er wollte sie in Richtung Haus drängen. »Dann können wir uns ganz ungestört unterhalten.«

»Das geht nicht. Wir haben keinen Schlüssel«, erklärte Anneke.

»Wollt ihr mich auf den Arm nehmen?« Erik klang wütend.

»Das ist jetzt schwer zu erklären, aber wir wohnen dort nicht mehr.«

»Ihr kommt doch gerade von dort.« Erik schien nicht zu verstehen. Wie sollte er auch?

»Gehen wir doch auf mein Boot«, schlug Aike vor. Es war eine gute Idee von ihm, Erik in Richtung Inselzentrum zu drängen. Hier draußen, in der Einsamkeit, waren sie ihm weitaus ungeschützter ausgeliefert. »Dann reden wir ganz in Ruhe. Sicherlich werden wir eine Lösung finden.«

»Oh ja, das werden wir ganz bestimmt«, betonte Erik, aber die Art, wie er es sagte, ließ Anneke erschaudern. Sie sah zu Jenna und nahm ihre Hand.

»Das wird schon wieder«, flüsterte sie. Doch in Wahrheit hatte ihre Angst längst Oberhand gewonnen. Mittlerweile hatte sie eines verstanden: Es ging Erik nicht darum, Jenna bei der Polizei anzuzeigen. Dies war sein persönlicher Rachefeldzug dafür, dass es Jenna gelungen war, ihn zu bestehlen. Denn so etwas, das wusste Anneke zweifellos, ließ ein Mann wie Erik sich nicht gefallen.

Erik lief so dicht hinter ihnen, dass Anneke seinen Atem im Nacken zu spüren glaubte. Sie roch sein Aftershave. Es war ein seltsam vertrauter Duft, der sie an andere Zeiten erinnerte. Zeiten, in denen sie mit Erik zusammen gewesen war, in denen sie ein gemeinsames Leben als Familie geführt hatten. Sie verabscheute sich mittlerweile selbst dafür. Wie vielen Menschen hatte er in den letzten Jahren wohl Leid zugefügt? Wie viele seiner ehemaligen Geschäftspartner hatten vielleicht noch einen Unfall gehabt, so wie der arme Mann, der damals unmittelbar nach der Auseinandersetzung mit Erik von einem Auto erfasst worden war. Wie hatte sie so blind sein können?

Der Gedanke, dass Erik bewaffnet war, machte ihr Angst. Er wusste nicht, dass sie das Geld, *sein* Geld, im Rucksack mit sich trug. Dass er nur die Hand ausstrecken musste, um es sich zu holen. Anneke hätte es ihm liebend gern überlassen, wenn er sie dafür in Ruhe ließ und wieder von der Insel verschwand. Obwohl ihre Befürchtung, dass es längst nicht mehr allein darum ging, sich mehr und mehr verstärkte, musste sie es versuchen.

Sie hatten das Inselzentrum noch nicht ganz erreicht, da blieb sie so abrupt stehen, dass Erik beinah gegen sie stieß.

»Was soll das? Lauf weiter«, drängte er.

»Worum geht es dir wirklich?«, fragte sie, drehte sich zu ihm um, und sah ihm fest in die Augen. Sie hörte, dass Aike scharf einatmete. Er stand dicht neben ihr, schien ihr allein durch seine Anwesenheit Schutz bieten zu können. »Willst du dein Geld zurückhaben? Dann nimm es dir!«

Sie schleuderte ihm den Rucksack vor die Füße.

»Ernsthaft?« Er sah sie beinah amüsiert an, obwohl an der Situation absolut gar nichts lustig war. »Du trägst es schon die ganze Zeit über bei dir.«

»Es ist im Rucksack. Es fehlen einige hundert Euro, aber die kann ich dir zurückzahlen.« Sie schlug einen versöhnlichen Tonfall an. »Jenna hätte dich nicht bestehlen dürfen und es tut ihr auch sehr leid.«

»Ja, das tut es wirklich«, beteuerte diese.

»Das hättest du dir vorher überlegen sollen.« Er funkelte sie böse an.

»Wir waren doch mal eine Familie«, erinnerte Anneke ihn.

»Das galt nur bis zu dem Tag, an dem du mich verlassen hast.« Seine Stimme klang eiskalt. Er machte einen Schritt auf Anneke zu und baute sich dicht vor ihr auf. Alles erinnerte sie an den Abend, an dem sie ihre Koffer gepackt hatte. An die letzten Stunden, bevor sie gemeinsam mit Jenna aus seinem Haus geflohen war. Erik fasste sie grob an der Schulter und versetzte ihr einen Stoß. Anneke taumelte nach hinten und konnte sich gerade noch so abfangen. Wut stieg in ihr auf. Sie wollte auf Erik zustürzen, sich gegen ihn zur Wehr setzen, aber Aike war schneller. Er packte ihn und zog ihn mit sich zu Boden. Dann schlug Aike zu. Erik rollte sich blitzschnell zur Seite, sodass er nicht den vollen Fausthieb zu spüren bekam. Noch ehe Aike reagieren konnte, hatte Erik seine Waffe gezogen und schlug hart zu. Er traf Aike am Hinterkopf. Dieser ging zu Boden und blieb regungslos liegen.

»Aike!«, schluchzte Anneke erschrocken und wollte zu ihm eilen, doch Erik trat ihr energisch in den Weg.

»Lass ihn!« Er unterstrich seine Forderung, indem er die Waffe auf Jenna richtete.

»Du würdest ihr doch nichts antun«, sagte Anneke unter Tränen. Doch sie zweifelte selbst an ihren Worten. Der Ausdruck in Eriks Augen verriet ihr, dass er zu allem fähig war.

»Wir gehen jetzt weiter zum Hafen«, drängte er. »Und das möglichst, ohne viel Aufsehen zu erregen.«

Anneke sah verzweifelt zu Aike, der noch immer bewusstlos war. Es war spät und niemand schien mehr unterwegs zu sein. Jetzt waren sie ganz allein auf sich gestellt. Sie wechselte einen ängstlichen Blick mit Jenna und spürte, dass ihr genau das Gleiche durch den Kopf ging. Wie weit würde Erik wirklich gehen?

Der Hafen lag still und friedlich vor ihnen. Das leise Pfeifen des Windes, das Klimpern der Segelmasten, das Plätschern des Wassers, wenn es auf die Kaimauer traf ... Anneke wusste, dass diese Idylle ein falsches Gefühl der Sicherheit vermittelte. Sie blickte sich immer wieder nach Hilfe um, doch da war niemand. Die meisten Jachten lagen in völliger Dunkelheit da. Nur an Bord eines Schiffes sah sie noch Licht brennen. Aber wer würde schon auf sie aufmerksam werden? Aus der Ferne wirkten sie wie drei harmlose Spaziergänger, die die Milde des späten Abends ausnutzten. Es ging bereits auf Mitternacht zu, als sie Aikes Jacht erreichten. Anneke war sich über eines nur allzu sehr bewusst: Wenn sie erst einmal unter Deck waren, dann gab es niemanden, der ihnen Schutz bieten konnte. Dann waren sie und Jenna sich selbst überlassen.

Sie bemerkte, dass auch auf Aikes Schiff die Fenster beleuchtet waren. Hatte er vielleicht nur vergessen, das Licht auszuschalten? Oder war da jemand an Bord? Sie spürte einen kleinen Hoffnungsschimmer, gepaart mit der Sorge um den eventuellen Besucher.

»Geht schon«, drängte Erik. Seit dem Zwischenfall mit Aike war er deutlich nervöser geworden und damit auch gefährlicher. Er hielt seine Waffe fest umklammert, und Anneke fragte sich immer wieder, ob er sie wirklich gegen sie einsetzen würde. War seine Wut so groß? Wegen des gestohlenen Geldes oder einfach nur, weil sein Stolz verletzt worden war? Er hatte ihr in der Vergangenheit bei jedem Streit vorgehalten, dass man einen Mann wie ihn nicht verließ. Schließlich war er vermögend und erfolgreich; sie hingegen war niemand. Das hatte er nicht ausgesprochen und es war auch nicht nötig gewesen. In der letzten halben Stunde hatte Anneke krampfhaft versucht, eine schöne Erinnerung mit Erik in ihrem Gedächtnis ausfindig zu machen. Etwas, worüber sie mit ihm sprechen konnte. Ganz nach dem Motto: Weißt du noch damals, das waren doch schöne Zeiten. Die kannst du doch nicht völlig vergessen haben ...

Aber ihr Kopf wollte nicht richtig arbeiten. Besonders, seit sie Aike verletzt am Boden liegen gesehen hatte, schien nichts als ein Nebel aus Angst und Verzweiflung in ihr zu wabern, der sie beinah handlungsunfähig machte.

Sie gingen nun an Bord.

»Mama«, flüsterte Jenna. Man spürte, wie groß ihre Angst war. Anneke strich ihr tröstend über den Arm.

»Ihr geht voran«, sagte Erik, als sie vor der schmalen Treppe standen, die unter Deck führte. Jenna lief als Erste hinunter, dann kam Anneke, während Erik das Schlusslicht bildete.

Anneke bemerkte, dass Jenna kurz innehielt, als sie Carla auf dem Sofa sitzen sah. Sie spürte augenblicklich, dass diese sich nicht rührte, sondern nur ängstlich zu ihnen sah. Hatte sie auf einen Blick erfasst, dass hier etwas nicht stimmte? Nein, das konnte nicht sein, denn Erik hielt seine Waffe hinter Annekes Rücken verborgen.

Dann, wie aus dem Nichts, stürzte sich jemand auf Erik. Jenna und Anneke sprangen zur Seite. Es war Michael, der Erik schreiend zu Boden warf. Es dauerte einige Sekunden, bis Anneke verstand. Er hatte wohl geglaubt, Aike vor sich zu haben. Auf den ersten Blick ähnelten sich die beiden Männer in ihrer Statur und hatten auch die gleiche Haarfarbe. Das hatte für Michael wohl gereicht, voreilige Schlüsse zu ziehen. Als er nun bemerkte, dass sein Gegner nicht Aike war, taumelte er für einen kurzen Moment erschrocken zurück. Erst als Erik sich zu wehren begann, ging auch Michael wieder zum Angriff über. Sie begannen miteinander zu kämpfen. Anneke sah, wie Michael zuschlug. Zwei oder dreimal. Carla auf dem Sofa schluchzte auf. Anneke blickte zur Treppe, doch die beiden Männer versperrten ihnen den Fluchtweg. Erik lag quer auf dem Boden, dabei hielt er noch seine Waffe in der Hand. Das hatte nun auch Michael bemerkt. Er versetzte Erik einen erneuten Hieb, schaffte es, die Waffe zu packen und entriss sie ihm. Anneke und Jenna versuchten, Deckung zu suchen. Das Gerangel um die Pistole konnte sehr gefährlich werden. Ohne zu erkennen, wer sie gerade in den Händen hielt, eilten sie hinüber zu Carla und duckten sich hinter die Couch. Dann fiel ein Schuss. Ohrenbetäubend laut drang der Knall durch die Kabine. Danach war es plötzlich sehr still. Während Anneke noch die Ohren rauschten, erhob sie sich langsam; war für einen Moment unfähig, hinzusehen.

»Oh mein Gott«, stieß Carla hervor. »Er hat ihn erschossen.«

Erik lag am Boden, während Michael erschrocken von ihm wich. Die Waffe hielt er noch in den Händen. Auf Eriks Hemd breitete sich Blut aus. Sehr viel Blut

Anneke erkannte an dem leeren Ausdruck in Eriks Augen, dass Carla mit ihrer Vermutung richtig lag. Sie hatte das

Gefühl, sich irgendwo festhalten zu müssen. Ihr war schwindelig.

»Ist er tot?«, fragte Jenna.

Anneke nickte stumm, während Michael aus seiner Schockstarre zu erwachen schien.

»Wir sollten die Polizei rufen«, sagte Anneke leise. »Das war ein Unfall.«

»Nein ... nein, das machen wir nicht«, stammelte Michael. »Keine Polizei. Die suchen mich ... wegen dieser Sache.«

Anneke wusste, dass er von dem Feuer auf Aikes Boot sprach.

»Legen Sie die Waffe weg«, bat sie ihn. Es machte sie nervös, dass er sie noch immer in der Hand hielt.

»Wir müssen ihn loswerden«, sagte Michael. Er wirkte panisch wie ein wildes Tier, das man in eine Falle gelockt hatte. Und dabei genauso unberechenbar.

»Wir müssen die Polizei rufen«, sagte nun auch Carla, während sich Jenna dicht neben ihre Mutter stellte. Anneke spürte, wie sehr sie zitterte.

»Sein Sie doch vernünftig«, versuchte sie es ein letztes Mal.

Doch Michael stieg nun über Eriks Leiche.

»Wir fahren raus«, entschied er.

»Raus?«, wiederholte Carla ängstlich.

»Ja, raus aufs Meer. Und dort werfen wir ihn über Bord.«

Michael lief zur Treppe und schloss die Tür hinter sich. Anneke hörte, wie er den Schlüssel im Schloss umdrehte und fragte sich, woher er diesen überhaupt hatte. Doch letztendlich war das nur zweitrangig. Denn über eines wurde sie sich bewusst. Ein kalter Schauer erfasste sie, als sich ihr der Gedanke aufdrängte, dass Michael sie nicht gehen lassen würde. Denn Zeugen waren wohl das Letzte, was er gebrauchen konnte.

Kapitel 24

Aike fasste sich stöhnend an den Hinterkopf. Er spürte Blut an seiner Hand. Ihm war schwindelig und es brauchte einen Moment, bis er verstand, warum er hier draußen auf dem Boden lag. Dann kam die Erinnerung an das, was geschehen war, schlagartig zurück und damit auch seine Angst um Anneke und Jenna.

Er zog sich mühsam an einem Laternenmast hoch und holte einige Male tief Luft, bis der Schwindel nachließ. Aike versuchte seinen ersten Impuls, gleich zum Hafen zu laufen, zu unterdrücken. Denn letztendlich wusste er, dass er in seinem Zustand nichts gegen Erik ausrichten konnte. Er musste sich Hilfe holen. Jule Buchen wohnte nur wenige Gehminuten von hier entfernt. Die Polizistin konnte Verstärkung von ihren Kollegen anfordern. Er musste sich schnellstmöglich auf den Weg zu ihr machen. Seit Erik ihn angegriffen hatte, war über eine halbe Stunde vergangen. Vermutlich befanden sie sich längst an Bord seiner Jacht. Zumindest konnte Aike nur hoffen, dass Erik seine Pläne nicht kurzfristig geändert hatte. Obwohl er sich schwach auf den Beinen fühlte, beschleunigte er sein Tempo, bis er schließlich das kleine Gebäude erreicht hatte, in dem sowohl die Polizeiwache als auch, in der oberen Etage, Jules Wohnung lag. Er drückte hektisch auf die Klingel.

Es dauerte in seinen Augen viel zu lange, bis hinter den Fenstern das Licht anging und sie schließlich den Türöffner betätigte. Aike trat ins Treppenhaus.

»Jule«, rief er und stützte sich auf das Geländer. »Ich bin es, Aike.«

»Aike?«, fragte sie überrascht, und kam, nur im Schlafanzug, die Treppe herunter. Sie erschrak, als sie das Blut an seinen Händen und auf seinem Shirt bemerkte.

»Was ist dir denn passiert?« Jule eilte zu ihm. »Setz dich erst mal. Ich rufe Jasper an.«

»Nein, dafür haben wir keine Zeit. Wir müssen zum Hafen«, sagte er panisch. »Der Mann, vor dem Anneke sich versteckt hat, ist auf der Insel aufgetaucht. Er hat Anneke, Jenna und mich gezwungen, mit ihm zu kommen. Ich habe versucht, ihn zu überwältigen, aber er hat mich mit seiner Waffe niedergeschlagen.«

»Er ist bewaffnet?«, fragte Jule alarmiert.

»Ja, und er ist sehr gefährlich. Sie wollten auf mein Boot gehen. Wir müssen gleich los.«

»Vorher rufe ich Verstärkung. Gib mir fünf Minuten, okay?«

Aike setzte sich auf die unterste Stufe und wartete ungeduldig, bis Jule zurückkam. Sie trug keine Uniform, hatte aber ihre Dienstwaffe dabei.

»Die Kollegen sind unterwegs«, erklärte sie und half Aike, aufzustehen.

»Geht es?« Sie klang besorgt.

»Ja«, entgegnete er nur und folgte ihr nach draußen.

Er lief eilig voran, dicht gefolgt von Jule. Der Hafen lag von ihrem Haus nur wenige Gehminuten entfernt, sodass sie schnell am Anleger standen. Aike blickte fassungslos auf die leere Stelle, an der sein Boot sonst immer vor Anker lag. Er spürte, wie ihn Panik und Angst ergriffen und er ein Stück zurücktaumelte, sodass Jule ihn halten musste.

»Sie sind weg«, sagte er. »Dieser Verrückte ist mit ihnen auf und davon.«

»Wir finden ihn«, entgegnete Jule zuversichtlich. »Ich werde sofort die Küstenwache darauf ansetzen. Sie können ja noch nicht weit sein.«

Er nickte nur wortlos. Aike wollte nichts lieber, als Anneke endlich wieder in den Armen halten.

Es war eine seltsame Stimmung unter Deck. Angst und Panik schienen greifbar, und doch befanden sie sich alle in einem Zustand der Regungslosigkeit. Vermutlich saß der Schock über das, was gerade geschehen war, zu tief.

Anneke war die Erste, die sich nach einigen Minuten wieder rührte. Während Carla krampfhaft versuchte, nicht zu Eriks Leiche zu sehen, schien es, als könnte Jenna ihren Blick nicht mehr abwenden. So sehr sie es auch wollte. Anneke nahm schließlich ein Laken aus dem Wandschrank. Sie betrachtete noch ein letztes Mal sein Gesicht, versuchte sich an den Mann zu erinnern, den sie einst geliebt hatte. Doch da war nichts mehr. Keine Liebe, aber auch kein Hass. Sie breitete das Laken über ihn aus und wandte sich ab.

»Danke«, murmelte Carla. Jetzt schien auch sie endlich wieder aus ihrer Starre erwacht zu sein.

»Was hat er denn jetzt mit uns vor?«, schluchzte Carla. »Will er uns auch über Bord schmeißen?«

»Uns zum Dank, dass wir ihn bei der Entsorgung von Eriks Leiche helfen, zum Kaffee einladen, wird er wohl nicht.«

»Jenna«, ermahnte Anneke sie. Insgeheim war sie aber sehr froh darüber, dass ihre Tochter endlich wieder etwas sagte. Auch wenn ihre Bemerkung nicht unbedingt hilfreich war.

»Warum warst du überhaupt hier an Bord?«, wollte Anneke von Carla wissen. »Aike erzählte mir, dass du bei Fine und Friedrich übernachten würdest.«

»Ich konnte nicht schlafen. Es war alles ein bisschen viel für mich. Da dachte ich, es täte gut, mit Aike über früher zu sprechen. Dass es mir helfen würde, einige Dinge aufzuarbeiten. Aike sagte, ich könnte jederzeit vorbeikommen; hat mir gestern sogar extra einen Schlüssel für sein Schiff überlassen.«

Anneke nickte verständnisvoll. So war Aike eben. Immer hilfsbereit und offen für die Sorgen der Menschen, die ihm wichtig waren. Und dass Carla für ihn jemand ganz Besonderes war, wusste sie. Denn schließlich kannte sie die Geschichte der beiden.

Carla trat ans Fenster und blickte in die Schwärze der Nacht hinaus. Das Schiff sprang förmlich übers Wasser. Michael wollte offenbar keine Zeit verlieren.

»Als ich an Bord kam, war er schon da«, erzählte Carla. »Fine hatte mir bereits von Michael und seinem Versuch, das Hausboot in Brand zu stecken, erzählt. Jetzt wollte er wohl endgültig mit Aike abrechnen.«

»Er ist ein kranker Irrer«, bemerkte Jenna. »So wie Erik es war.«

»Nein, Erik wusste genau, was er tat. Michael hingegen scheint tatsächlich den Verstand verloren zu haben«, bemerkte Anneke, wobei sie nicht wusste, was in diesem Fall schlimmer war. Sie musste an Aike denken. Hoffentlich ging es ihm gut.

»Vielleicht konnte Aike Hilfe holen«, sagte sie, als die Motoren ruhiger wurden, bis das Schiff schließlich zum Stillstand kam. Die drei Frauen wechselten einen stummen Blick. Egal, was Michael wirklich plante, es würde jetzt geschehen. Sie hörten Schritte, dann wurde ein Schlüssel im

Schloss herumgedreht und Michael stand vor ihnen. In der Hand hielt er noch immer Eriks Waffe. Auf seinem Shirt war Blut. Allein das ließ ihn noch gefährlicher, unberechenbarer aussehen.

»Helft mir, ihn nach oben zu tragen«, sagte er.

Carla und Jenna rührten sich nicht, also hob Anneke Eriks Füße an, während Michael die Schultern packte. Es war viel schwerer, den leblosen Körper die schmale Treppe hinaufzuhieven, als Anneke vermutet hatte. Sie wusste kaum sein Gewicht zu halten, wollte aber weder Carla noch Jenna um Hilfe bitten. Als sie schließlich an Deck standen, legten sie ihn auf den Planken ab. Anneke lehnte sich erschöpft gegen die Reling. Sie sah aufs Wasser hinaus. Es war ganz ruhig, beinah windstill. Wie ein großer, schwarzer See. Schön und bedrohlich zugleich. Ganz in der Ferne konnte sie die Lichter der Insel ausmachen, erkannte das Signallicht des Leuchtturms.

»Komm schon«, drängte Michael. »Werfen wir ihn endlich über Bord.«

Sie hörte Carla aufschluchzen. Zitternd stand sie neben Jenna, die nur still und reglos ins Leere zu starren schien.

Anneke bückte sich, um ihn erneut an den Füßen zu fassen. Sie liefen zum Heck und betraten die Badeplattform. Trotz allem, was er ihnen angetan hatte, sprach sie in Gedanken leise Abschiedsworte, bevor sie Erik losließen und ihn den Fluten übergaben.

Es platschte, dann versank er in der Tiefe des Meeres. Beinah so, als hätte es ihn niemals gegeben. Kurz musste Anneke an die neue Frau in Eriks Leben denken. Sie erwartete ein Kind von ihm. War sie ohne ihn besser dran? Sie konnte es nicht beantworten.

»Kommt her«, sagte Michael nun zu Carla und Jenna.

»Warum?«, fragte Carla ängstlich und klammerte sich an die Reling.

»Ich sage es nicht noch mal.« Er zog nun wieder seine Waffe und richtete sie auf die beiden.

Jenna setzte sich zuerst in Bewegung, dann folgte Carla ihr.

»An dieser Stelle muss ich mich leider auch von euch verabschieden«, erklärte Michael. »Das könnt ihr doch verstehen, oder?«

»Sie glauben doch nicht, dass wir springen werden«, schleuderte Jenna ihm entgegen.

»Doch, genau das werdet ihr tun.«

Er zog Carla an sich und hielt ihr die Waffe an den Kopf.

»Los, du machst du den Anfang.«

Er deutete auf Anneke. Sie sah zu Carla, die hemmungslos zu weinen begann. Michael würde nicht zögern, auch sie zu erschießen. Daran bestand für sie plötzlich kein Zweifel mehr. Er war zu weit gegangen, um jetzt einen Rückzieher machen zu können. Und das wusste er.

Also gab Anneke sich einen Ruck und rutschte von der Badeplattform in die kalte Nordsee. Wasser hatte ihr noch nie Angst bereiten können. Sie war eine sehr gute Schwimmerin. Schon als Kind hatte sie es geliebt, zu tauchen oder von Sprungtürmen zu springen, während ihre Freunde ihr bewundernde Blicke zugeworfen hatten. Es war immer der Spaß, der überwogen hatte. Doch jetzt, in dieser finsteren Nacht, verstand sie, dass sie es ohne fremde Hilfe nicht schaffen konnten. Das Ufer lag zu weit entfernt.

»Jetzt du«, forderte er Jenna auf.

Auch Jenna konnte sich gut über Wasser halten. Es war Anneke immer wichtig gewesen, aus ihrer Tochter eine sichere Schwimmerin zu machen. Jenna zögerte nicht lange und schwamm an die Seite ihrer Mutter.

»Ich kann nicht«, hörten sie Carla sagen. Sie klang verzweifelt. »Lieber werde ich erschossen, als ins Wasser zu gehen.«

Anneke wusste, dass sie diese Situation an das traumatische Erlebnis ihrer Kindheit erinnerte. Carla würde sich freiwillig nicht von der Stelle rühren. Auch wenn eine Kugel ihr augenblickliches Ende bedeutete, würde sie die kleine Chance, lebend aus dieser Sache herauszukommen, nicht freiwillig nutzen. Zu groß war ihre Angst vor dem Ertrinken.

»Ich sagte, du springst auch von Bord«, schrie Michael. Und ehe sie sichs versahen, versetzte er Carla einen kräftigen Stoß und warf sie ins Meer. Sie kam gleich neben Anneke und Jenna auf. Anneke packte sie an der Schulter, doch Carla schlug panisch um sich.

»Du musst dich beruhigen«, drängte Anneke sie. »Sonst ziehst du uns beide runter.«

»Ich ertrinke!«, schrie Carla.

»Nein, ich werde dich nicht loslassen. Es wird alles gut.« Anneke wusste nicht, woher sie die Kraft fand, beruhigend auf Carla einzureden. Aber es wirkte.

»Tief ein- und ausatmen«, sagte sie. »Wir bekommen das hin. Das verspreche ich euch. Aber ihr müsst jetzt schwimmen. Es ist kalt und wir müssen in Bewegung bleiben, okay?«

Anneke war über die vielen zurückliegenden, warmen Sommerwochen dankbar, denn so würden sie nicht sofort unterkühlen. Auch wenn das Wasser sich trotz allem unglaublich kalt anfühlte.

»Da vorne liegt unser Ziel.« Sie zeigte auf die Insel.

»Das schaffen wir nie«, meinte Jenna.

Sie hatte die Situation bereits erfasst. Jenna konnte man eben nichts vormachen. Aber sie würde es wenigstens versuchen.

»Doch, wir schaffen es«, entgegnete Anneke entschlossen, während Michael den Motor anwarf und sich auf und davon machte.

Aike saß auf einer Bank am Hafen und beobachtete das Gewusel um sich herum. Jules Kollegen waren eingetroffen. Zusätzlich hatte sich die Küstenwache auf den Weg gemacht, um nach seinem Boot zu suchen. Hinter ihm stand Jasper und verarztete seine Wunde.

»Du solltest dich wirklich hinlegen«, riet er ihm. »Eigentlich gehörst du ins Krankenhaus.«

»Ich gehe hier nicht weg, bevor sie Anneke und Jenna gefunden haben«, sagte er entschlossen.

Mia und Fine kamen angelaufen.

»Wir haben gehört, was passiert ist«, erklärte Mia aufgewühlt.

»Ist Carla etwa auch noch an Bord?«, wollte Fine wissen.

»Ich dachte, sie wäre bei euch zu Hause«, sagte Aike erschrocken und sprang von der Bank auf.

»Bleib sitzen«, drängte Jasper ihn. »Ich muss deine Wunde noch versorgen.«

»Sie ist gegen halb elf rüber zum Hafen gegangen, weil sie nicht schlafen konnte«, erklärte Fine. »Sie wollte zu dir, Aike.«

»Dann könnte es sein, dass sie ebenfalls in Eriks Gewalt ist?«, fragte Mia erschrocken.

»Wir müssen Jule sagen, dass es eine weitere Geisel gibt«, entschied Aike.

»Ich mach das schon«, sagte Mia. »Lass du dich von Jasper verarzten.«

»Ich kann nicht länger tatenlos hier rumsitzen. Wir sollten rausfahren und nach ihnen suchen«, drängte Aike. »Komm, Jasper. Lass uns dein Boot nehmen.«

»Mein winziges Motorboot? Glaubst du, damit sind wir erfolgreicher als die Küstenwache?«

»Auf jeden Fall sind wir damit schneller.«

Jasper seufzte.

»Du lässt dich ohnehin nicht aufhalten, oder?«

»Nein. Wir müssen die drei finden. Und zwar so schnell wie möglich«

»Na gut, dann mal los«, erwiderte Jasper.

»Mir ist kalt«, sagte Jenna.

»Ja, mir auch«, entgegnete Anneke. Sie sah zu Carla. Diese war etwas ruhiger geworden und schwamm nun selbstständig neben ihnen her. Das Wasser war beinah spiegelglatt, sodass sie zumindest nicht gegen die Wellen ankämpfen mussten. Dennoch ging ihnen allmählich die Kraft aus.

»Lange halte ich das nicht mehr durch«, meinte Carla.

»Lasst euch einfach ein wenig treiben«, riet Anneke ihnen und legte sich auf den Rücken. Jenna und Carla taten es ihr gleich.

»Ohne Aike wäre ich schon damals ertrunken«, erzählte Carla. »Er hat mich gerettet.«

»Ich weiß. Ich kenne eure Geschichte.«

»Aber jetzt ist er nicht hier. Niemand wird uns aus dem Wasser holen.« Erneut drohte sie die Panik zu erfassen.

»Glaubst du das auch?«, fragte Jenna aufgewühlt. »Werden wir ertrinken?«

»Wenn wir die Ruhe bewahren, stehen unsere Chancen doch gar nicht so schlecht.« Anneke war schon früher beim Sport diejenige gewesen, die ihr Team anfeuern und motivieren musste. Darin war sie stets gut gewesen. Deswegen hatte man sie auch immer zum Kapitän ihrer Schwimmmannschaft gewählt. »Das Wasser hat bestimmt achtzehn Grad, dazu der niedrige Wellengang ... Wir können es schaffen.«

»Nein, nein, das können wir nicht!«, rief Carla panisch und begann erneut zu zappeln und zu strampeln. »Ich habe keine Kraft mehr. Ich kann nicht mehr.«

Anneke schwamm zu ihr.

»Ich halte dich, okay? Wie ich es versprochen habe.«

Sie würde Carla niemals im Schlepptau bis an Land ziehen können. Dazu fehlte auch ihr die Kraft. Wenn nicht noch ein Wunder geschah, dann würden sie die Insel niemals wiedersehen ...

Aike spürte, dass er sich nicht in der Verfassung befand, mit einem Motorboot über die Wellen zu jagen. Sein Kopf tat weh und ihm war schwindelig. Aber das ließ er sich nicht anmerken. Die Sorge, dass Jasper die Suche augenblicklich abbrechen würde, wenn er seinen Zustand bemerkte, war zu groß. Also biss Aike die Zähne zusammen und hielt seinen Blick aufs Wasser gerichtet, in der Hoffnung, sein Schiff zu entdecken.

Doch da lag nichts als Dunkelheit vor ihm. Bis er plötzlich eine Bewegung ausmachte. Nur ganz schwach glaubte er im Lichtstrahl der Scheinwerfer etwas gesehen zu haben. Womöglich nur ein Stück Treibholz? Nein, da bewegte sich doch etwas!

»Fahr langsamer«, wies er Jasper an. »Da vorne ist etwas.«

Jasper drosselte die Motoren und folgte Aikes Blick.

»Ja, du hast recht«, rief er aufgeregt. Er fuhr langsam näher, bis sie schließlich erkannten, dass drei Menschen im Meer trieben. Nein, sie schwammen! Und jetzt hob einer von ihnen die Hand und winkte hektisch. Es war Anneke.

»Das sind sie«, rief Aike erleichtert. »Fahr schnell zu ihnen.«

Sie näherten sich ihnen, bis sie schließlich die Hand nach den dreien ausstrecken konnten.

»Ihr habt uns tatsächlich gefunden«, sagte Anneke und zog Carla näher an das Schiff heran, sodass Aike sie zu fassen bekam. Dann war Jenna an der Reihe und schließlich hievte er auch Anneke an Bord.

»Geht es euch gut?«, fragte Jasper besorgt.

»Jetzt ja«, sagte Jenna glücklich und lehnte sich erschöpft zurück.

Carla zitterte am ganzen Körper. Sicherlich hatte sie einen Schock.

Aike setzte sich und legte jeweils einen Arm um die beiden, während Jasper sich um Jenna kümmerte.

»Wo ist Erik?«, wollte Aike wissen.

»Erik ist tot«, brachte Anneke leise hervor. »Michael hat ihn erschossen. Er war es auch, der uns über Bord geworfen hat.«

Es kostete sie einiges an Kraft, doch schließlich begann sie, Aike und Jasper alles zu erzählen.

Sie saßen mit Decken über den Schultern am Hafen. Jemand hatte ihnen Tee gebracht, aber Anneke glaubte, dass ihr nie wieder warm werden würde.

»Ihr solltet mit in die Praxis kommen«, sagte Jasper. »Ihr *alle*.« Er warf Aike einen strengen Blick zu. »Keinem hilft es, wenn wir hier am Hafen sitzen und auf Neuigkeiten warten.«

»Da hat er recht«, sah Aike ein und legte einen Arm um Anneke. Seit ihrer Rückkehr war er nicht mehr von ihrer Seite gewichen. So als wolle er sie nie wieder loslassen.

»Wir sollten wirklich ins Warme gehen«, meinte Jenna.

»Ihr müsst aus den nassen Klamotten raus«, sagte Mia.

»Ich koche euch eine Kanne Tee«, bot Fine an.

Alle waren besorgt um sie und das half Anneke, ruhiger zu werden.

Sie standen schließlich auf, um Jaspers Aufforderung nachzukommen. Doch gerade, als sie den Hafen verlassen wollten, kam Jule angelaufen.

»Wartet!«, rief sie. Ihr Lächeln verriet, dass sie gute Neuigkeiten hatte. »Die Küstenwache hat gerade durchgegeben, dass sie Michael fassen konnte, noch bevor er mit deinem Schiff am nächsten Hafen angelegt hat.«

»Das sind wirklich großartige Neuigkeiten«, freute Aike sich.

»Ja, wirklich«, schloss Anneke sich an, auch wenn sich die Erleichterung nicht gleich einstellen wollte. Es war zu vieles in dieser Nacht geschehen, das erst einmal verarbeitet werden musste. Aber sie war zuversichtlich, dass es ihnen gelingen würde, über all das hinwegzukommen. Schließlich hatten sie und Jenna neue Freunde gefunden, die an ihrer Seite standen.

Aike umschloss ihre Hand und lächelte liebevoll. Sein Blick schenkte ihr das Versprechen, dass jetzt endlich alles gut werden würde.

Epilog

4 Monate später

Liebe Anneke,

ich sitze gerade in der Sonne, in der Hand einen Cocktail mit bunten Schirmchen (obwohl es erst zehn Uhr am Vormittag ist,) und freue mich auf einen weiteren Tag meiner Reise.

Dein Vorschlag, meine Ängste zu überwinden, indem ich mich direkt aufs Wasser begebe, hat sich als genau richtig herausgestellt. Diese traumhafte Karibikkreuzfahrt hat einfach alles zu bieten, was man sich wünschen kann: Spaß, Erholung und Sonne satt. In den ersten Tagen habe ich mich weder der Reling noch dem Pool genähert. Doch gestern hat Else Sablonski mich tatsächlich überredet, ein paar Bahnen zu schwimmen. Und weißt du was? Es hat sich herrlich angefühlt. Ich bin sehr zuversichtlich, dass ich meine Angst vor dem Wasser eines Tages wieder völlig überwinden kann.

Die Sache mit Else war übrigens ebenfalls eine großartige Idee. Sie blüht richtig auf, seit wir an Bord sind. Gestern habe ich sie sogar beim Flirten mit einem anderen Senior erwischt. Unsere Else ist eben immer für eine Überraschung gut.

Ich hoffe, dass auch ihr euch mittlerweile gut eingelebt habt. Es freut mich, in euch gute Mieter für das Haus gefunden zu haben. Es weiterhin seinem Verfall zu überlassen, wäre zu schade gewesen.

Ich möchte dir noch einmal für alles danken. Ohne dich wäre ich in dieser schrecklichen Nacht wohl ertrunken. Zum zweiten Mal habe ich die Chance erhalten, neu anzufangen. So viel Glück haben nur die wenigsten.

Ich wünsche dir und Jenna alles Liebe. Bitte grüß auch Aike von mir. Ich freue mich, dass ihr euch gefunden habt.

Ich werde euch bald wieder besuchen und dann natürlich auf einem unserer Hausboote wohnen.

Bis dahin liebe Grüße

deine Carla

PS: Wenn du mal wieder eine neue Identität suchst, dann nimm aber bitte nicht die meine an. Wie wäre es mit der von Frau Sablonski ...?

Anneke legte schmunzelnd ihr Handy neben sich in den Sand. Dann blickte sie aufs Meer hinaus. Während die Wellen tosend auf den Strand trafen, überkam sie eine tiefe Zufriedenheit. In den letzten Wochen waren sie wirklich angekommen. Angekommen in diesem neuen Leben, in dem sie voll und ganz sie selbst sein durften. Anneke und Jenna ...

ENDE

Von Brigitte Ploenes auch erschienen

- Der Klang des Muschelkästchens
- Im Schatten des alten Leuchtturms
- Das Geheimnis hinter den Dünen
- Die Küstenmaklerin – Schorsch Gruber ermittelt
- Zwischen Stadtluft und Meeresduft
- Los ins Glück
- Das Flüstern der Dünen
- Am dunklen Ufer
- Abgetaucht in Schottland

Aus der Reihe »Küstencamping«:
- Auch Weltenbummler sagen Moin – Küstencamping 1
- Auch Flusskapitäne sagen Moin – Küstencamping 2
- Auch Weihnachtsmänner sagen Moin – Küstencamping 3

Aus der Reihe »Küstenlädchen«:
- Souvenirs und Meer – Küstenlädchen 1
- Kluntjetage und Meer – Küstenlädchen 2

Aus der Reihe »Der Küstendoktor«:

- Der Küstendoktor – Von der Insel ins Dorf
- Der Küstendoktor 2 – Dorf-Visite
- Der Küstendoktor 3 – Dorf-Weihnacht
- Der Küstendoktor 4 – Dorf-Ferien
- Der Küstendoktor 5 – Dorf-Stürme
- Der Küstendoktor 6 – Dorf-Freunde
- Der Küstendoktor 7 – Dorf-Neuheiten
- Der Küstendoktor 8 – Dorf-Vermächtnis
- Der Küstendoktor 9 – Dorf-Melodie

Aus der Reihe »Die Pension in den Dünen«:

- Die Pension in den Dünen
- Küstenfrühling – Die Pension in den Dünen 2
- Inselschatz – Die Pension in den Dünen 3
- Inselpromi – Die Pension in den Dünen 4
- Idas Dünenweihnacht – Die Pension in den Dünen 5
- Idas Dünengeheimnis – Die Pension in den Dünen 6
- Hauptsaison – Die Pension in den Dünen 7
- Dünensturm – Die Pension in den Dünen 8
- Dünenfamilie – Die Pension in den Dünen 9
- Dünenversteck – Die Pension in den Dünen 10
- Dünennacht – Die Pension in den Dünen 11
- Dünengäste – Die Pension in den Dünen 12
- Dünen-Wellness – Die Pension in den Dünen 13
- Dünenhochzeit – Die Pension in den Dünen 14
- Dünen-Stars – Die Pension in den Dünen 15
- Dünen-Leben – Die Pension in den Dünen 16
- Dünen-Heimat – Die Pension in den Dünen 17
- Dünen-Geschichten – Die Pension in den Dünen 18

- Idas Inselglück – Sammelband der Bücher „Die Pension in den Dünen" Teil 1 – 4
- Idas Inselglück 2 – Sammelband der Bücher „Die Pension in den Dünen" Teil 5 – 8
- Idas Inselglück 3 – Sammelband der Bücher „Die Pension in den Dünen" Teil 9 – 12

Alle Bücher sind als E-Book erhältlich. „Der Klang des Muschelkästchens", „Im Schatten des alten Leuchtturms", „Das Geheimnis hinter den Dünen" und „Auch Weltenbummler sagen Moin – Küstencamping 1" sind darüber hinaus auch als Taschenbuch erhältlich.

Mehr zur Autorin finden Sie auf
www.brigitteploenes.de
www.facebook.com/AutorinBrigittePloenes

Lust auf Updates über neue Projekte und Veröffentlichungen von mir? Dann abonnieren Sie doch meinen Newsletter unter
www.brigitteploenes.de
Diesen versende ich in lockeren Abständen und kann selbstverständlich auch jederzeit wieder abbestellt werden.
Oder folgen Sie mir einfach auf Facebook …